盗墓玄机

长篇盗墓小说

DAOMUXUANJI

朱晓翔 著

中国華僑出版社

图书在版编目(CIP)数据

盗墓玄机/朱晓翔著. —北京:中国华侨出版社，
2010.11

ISBN 978-7-5113-0831-3

Ⅰ.①盗… Ⅱ.①朱… Ⅲ.①长篇小说-中国-当代
Ⅳ.①I247.5

中国版本图书馆 CIP 数据核字(2010)第 209896 号

●盗墓玄机

著　　者/朱晓翔
策　　划/刘凤珍
责任编辑/宋　玉
责任校对/王京燕
装帧设计/木鱼书籍
经　　销/全国新华书店
开　　本/710×1000 毫米　1/16 开　印张 18　字数 260 千字
印　　刷/北京紫瑞利印刷有限公司
版　　次/2011 年 1 月第 1 版　2011 年 1 月第 1 次印刷
书　　号/ISBN 978-7-5113-0831-3
定　　价/30.00 元

中国华侨出版社　北京市朝阳区静安里 26 号　邮编:100028
法律顾问:陈鹰律师事务所
编辑部:(010)64443056　64443979
发行部:(010)64443051　传真:(010)64439708
网　址:www.oveaschin.com
e-mail:oveaschin@sina.com

目录

盗墓玄机

楔　子

公元一九九〇年十一月二十五日，农历十月初九，宜动土，宜婚娶，不宜远行。

雪花铺天盖地占据了整个天地，在山风的刮击下成团成块地往下砸，不容分说打在头上、脸上，雪水沿着发梢和耳际浸湿了衣衫，寒气直浸到骨髓最深处，全身冰凉得几乎麻木。

很后悔不该在这种季节千里迢迢跑到这儿做生意，更不该自以为是独自进山。大山深处谬之毫厘差之千里，稍有闪失便会误入歧途，加之突如其来的大雪将山川染成一片白色，我已完全失去方向感，搞不清往哪边是上山路，哪边是下山路。此时唯一的念头是赶紧找个栖身之地躲过这场风雪，保存体力，等雪停后再设法下山。

不知在雪地里跋涉了多久，不知摔了多少个跟斗，也不知翻越了几道坡、几道梁，眼看天色渐渐昏暗下来，还没找到意想中的山洞或可供憩息的地方，心中非常焦急。

爬上一处高坡后举目远眺，坡下白茫茫的雪地中依稀矗立着十多个柱状物，一米多高，排列没有规律。我精神一振，连滚带爬来到坡下，原来是人工雕刻的石像，头戴圆形头盔，脸上似笑非笑，表情煞是怪异，胸口以下是方方正正的青石，未作修饰。

所有石像完全相同，好像是从一个模子出来的。

我无暇研究其雕刻风格和工艺年代，沿着石雕一路前进。石雕的分布似乎有些讲究，忽儿密集，忽儿稀疏，随着山势高低起伏呈现不同的变化。再走了一阵，周围景色似乎模糊起来，我暗暗叫苦，担心天黑前找不到落脚的地方，心烦意乱间走了数里路，突然眼前一亮，一间古朴别致的小木屋映入眼帘。

小木屋全是用碗口粗的圆木搭成，乍一看长短不一，杂乱无章，再仔细看就会发现它的搭配错落有致，每个位置、每个角度都精妙到极致，好比插花艺术，达到“不可增减一寸”的上乘境界。

如此荒岭僻野之中，竟隐居着世外高人，怎不教人悠悠神往？我浑然忘了疲惫，兴冲冲跑到跟前，门没有锁，虚掩了一条缝，我大声叫道：“屋里有人吗？”说着推开木门闯进去。

屋里热气腾腾，三个人围坐在壁炉边的小方桌前，面朝门的是位中年人，脸上挂着微微笑意，右侧是个十五六岁的少年，还有一位年轻人背对着我，看不清模样。壁炉右侧墙壁上挂着个铁制面具，面具上线条很简单，只有三道向下的半弧线代表双眼和嘴，看起来愁容满面。

中年人和少年目瞪口呆看着我，脸上充满了惊疑，好像我的出现是世界上最不可思议的事。

“你……你是怎么来的？”少年问。

我觉得他问得很可笑：“走的呗，外面雪太大，能否让我坐进来取取暖？”

“可以，”中年人微笑道，朝右侧一指，“那儿有毛巾，先擦擦脸。”

我应了一声，拿起毛巾擦了擦。转身看时，一直背对我的年轻人已经不见了，我不由一愣。

中年人道：“过来玩几把牌如何？”

“没问题。”

我坐到年轻人的位置上，少年已开始发牌，并解释说：“梭哈，从第三张起叫，每个人有五十个点，最后结账。”

“对不起，我身上现金不多。”我歉意道，临行前安全起见，特意把支票、汇票都存在旅馆服务台，只带了一百多块钱。

中年人慢吞吞说：“我们不玩儿钱。”

“那么……”

他还是笑眯眯的样子：“我们只玩儿命。”

我一窒，展颜笑道：“大叔真幽默。”

第一轮牌发完了，我的牌面是一对9，底牌也是9，少年是一对K，先叫牌。

“五个点。”少年说。

我不假思索说：“跟，加二十个点。”

两个人相顾骇然，齐齐瞪着我，过了半晌中年人郑重其事地说：“刚才我不是开玩笑。”

我耸耸肩：“要是害怕你们可以不跟。”

中年人掀开底牌瞅瞅，叹息一声：“越老越怕死，我放弃。”他将牌往桌子中央一扔。

少年蹙眉各发了一张牌，他是10，我是3。

“加五个点。”他胆气壮了不少，但加注还保持谨慎。

“跟。”

最后一轮，他仍是10，我仍是3。此刻他的牌面是一对K，一对10，我是一对9，一对3，他比我大，如果他的底牌是K或10，我就死定了。

少年深深看了我一眼：“加十个点。”

我摇摇头：“留十点干什么？都押上吧。”

“手中留点筹码还有翻本的机会，”中年人劝道，“何必在一棵树上吊死。”

我盯着少年：“跟不跟？”

他冷言道：“除非你有三张9！”说着翻开底牌，Q。

我也亮出底牌，霎时两个人都僵住了，尤其是少年，脸色惨白如纸，良久才艰难地将筹码推到我面前。

“第一局就打见了底，看来赌不下去了。”中年人说。

少年恼怒地叫道：“我不服气，再来一把。”

“你已没有筹码，怎么玩儿？”中年人说。

“我，我向赢家借，”少年转向我，“请借五十点给我。”

我反问道：“可以这样吗？”

中年人说：“可以，不过按规矩要有抵押。”

“抵押什么？”我茫然问。

少年二话不说，咬紧牙关用力一拧，居然将左耳朵硬生生撕下来往我面前一扔，奇异的是耳朵和他的伤口处都没有血迹，但殷红模糊的创口依然触目惊心。

中年人还带着笑："第一次押耳朵，第二次押大腿，第三次就该赔命了。"

我呆呆看着耳朵，缓缓点头道："好，我借。"

我双手各抓一把筹码点了点数，猛地掷向两个人，同时站起身抡起椅子冲少年砸去！

两人似乎早有准备，各自后退闪开，但保持对我的包围之势。我要的就是这一刻空隙，当即将木椅往壁炉里一扔：

呼！顿时溅起一大片火星和烟灰，雾气弥漫了整个小屋。

中年人急着拍打地板上的余烬，少年则抽出匕首，沉着脸一步步逼了上来。

我没有转身出逃，因为很明显，开始消失的年轻人肯定在外面将门堵死了。他们邀请我打牌的目的是拖延时间，让他得以从容布置，不过对我来说，当务之急是逃出小木屋。

少年挥刀扑上来，我双手举起小方桌挡住他一刀，将桌面砸向中年人，中年人退了半步，我趁机先把桌子扔到墙边，连跑两步跳上去，再团身一纵，撞破窗户玻璃飞出去。

砰！

我重重坠在木屋外的石地上，坚硬的地面把我撞得七荤八素，眼冒金星。此时外面夜幕降临，雪却下得越来越大，朦胧中一条人影带着凌厉的风声扑过来。情急中我连翻七八下，在厚厚的雪地里连滚带爬十多米。或许身上沾满的积雪形成保护色，或许黑暗中能见度实在太低，更或许呼啸的山风掩盖了我发出的声响，人影很快不见了。

我松了口气，猫着腰小心翼翼在雪地里潜行。

蓦地不远处陡然一亮，中年人和少年手举火把出现了，我一惊，顾不上隐藏身形，放速狂奔。

"他在南面！"

"快包抄，别让他跑了！"

"……不熟悉地形……"

身后断断续续传来他们的交谈声，我不知从哪儿生出那么大力量，一个劲地直往前面跑，跑了大约四五里路，后面的声音突然急促起来，似乎要阻止我什么，我全然不管，咬着牙继续跑，冷不防脚下一空，没等我反应过来身体已如沉甸甸的秤砣急速滚下陡坡，坠向茫茫的未知深处……

悬崖！

我坠崖了！

脑中刚闪过这六个字，腰际间好像被某个有弹性的东西垫了一下，并带落一大片山石，虽没阻住坠势，速度却明显降下来，然后又是令人绝望的坠落……

“谁?!”

耳边隐隐有人大叫一声，紧接着身体被人紧紧抱住，两人在陡峭的山坡上连滚几十米才止住。我遭遇一连串变故，脑中一片空白，昏乎乎只想大睡一场。

“晓飞!”

听到熟悉的声音，我勉强睁开眼，全身一颤，失声道：“怎么是你?”

他竟是特种兵郭项龙！

第一章　豹山古堡

刹那间我的大脑发生短路，反应不过来怎么回事：退役特种兵、钢铁厂保卫科长，为什么突然出现在这荒山野岭？难不成千里迢迢追着我买面粉？

他的惊讶程度丝毫不亚于我，愣了半晌问："你跟阿诚联系上了？"

"阿诚？"

我更是丈二和尚摸不着头脑，阿诚是我从小玩儿大的朋友，后来一起考入南京大学，虽然专业不同，毕业后的发展方向也不同，但始终臭味相投，称得上最亲密的战友。

难道他也到了这儿？

见我满脸迷惑，郭项龙露出一言难尽的样子，他本来就拙于言辞，仓促之下更无法三言两语解释清楚，憋了半天道："他说到豹山寻找古堡，我就来了。"

"这儿是豹山？"我恍然大悟，闹了半天是我走错了方向，原来去老君山，却跑到豹山这边来了，"他在哪里？"

他叹了口气："不……不知道，我们在石像里转了半天，走着走着回头一看，他们俩就不见了。"

"他们俩？还有谁？"我觉得他每句话都留了若干尾巴，恨不得一脚踹到他屁股上。

"蓝真真。"

我一呆，勃然变色道："为两年前那件事？当时不是说好保守秘密，永不再提吗？"

"阿诚仅仅说寻找古堡，没有提那件事，我本来在张家口搞外调，临时接到电话到格吉勒会合，来了之后才看到她也在……唉，我说不清楚，最好遇到阿诚再问。"

“寻找古堡……干什么？”

“可能有宝藏。”

我深深看了他一眼，没有说话。雪愈下得紧，两人站着交谈的工夫身上就披了层厚厚的积雪，大团大团的雪花如飞蛾投火飘落到火把上，发出“滋滋”声，旋即腾起一缕白气消失在夜幕里。

“怎么办？”郭项龙静静地问。

我笑了笑：“当然找人要紧，阿诚是你的雇主，他走丢了你一分钱都得不到，岂不血本无归？”

他也笑了笑：“损失一点钱倒无所谓，万一蓝真真丢了，你独自活在世上也没什么乐趣。”

我的心仿佛被尖锐无比的针狠狠扎了一下，闭上嘴不再说话。

蓝真真是我大学时的初恋情人，毕业后她回苏州继承家业，成为德隆古玩店老板，我呢运气差了点，正赶上九十年代初试行双向分配，被分到与专业相差十万八千里的盐城面粉厂。可能是自惭形秽，也可能相隔两地，直到辞职下海做面粉生意，我都没主动与她联系，这段感情无疾而终。然而两年前……

“滋！”郭项龙突地将火把按入雪中，眼前陡然一暗，什么都看不清了。

“干嘛？”我问。

郭项龙悄声道：“附近有人，凭感觉不像阿诚他们。”

小木屋追兵？我惊出一身冷汗，忙不迭向他靠拢，牙关格格作响，不知是冷还是害怕。

“这会儿对方也不能确定我们的位置，我过去给他点颜色瞧瞧，”他又悄声说，“别乱动，原地待命。”

他悄无声息没入漆黑中，右侧前方十多米处陡地响起拳脚相交声和吐气声，偶尔还闪出一两道刀刃的寒光，“咚、咚、咚”，后方、左侧都有人急促奔跑，显然对方原先想打算包围我们，见同伴行迹暴露都赶过来帮忙。我悄悄拔出藏刀，准备加入战斗。

前方突然传来数下沉闷的击打声，紧接着郭项龙短促地闷哼一声，连喘几口粗气，脚步声也凌乱起来。我心头一紧：郭项龙是条硬汉子，能让他叫出声可见遭受的打击有多大。当下来不及考虑，我怒叱一声扑过去。

周围一下子平静下来，搏斗声、喘息声、奔跑声消失得无影无踪，好像什么事都没有发生，山坡上寂静得能听到雪花落地的声音。

一分钟、两分钟、三分钟……漆黑中时间仿佛过得特别慢，我握紧藏刀全力戒备，防止敌人猝然从哪个角落冲过来。然而周围还是静悄悄的，没有一丝声响。

“我……在这里……”

六七米远处传来郭项龙微弱的声音，我赶紧跑过去，他已点起火把，盘膝坐在雪中，面色青白，嘴角挂着血渍，看起来受伤不浅。他说幸亏我刚才一声呐喊，使敌人误以为中了埋伏匆匆撤离，否则性命难保。

调息片刻后，我们继续向前，很快进入石像密集区，郭项龙说阿诚很可能在这一带，需耐下性子仔细找。于是，我们各举两只火把，张开双臂尽量扩大视野，顺着峭壁石岩边沿搜索，在凹凸不平的山地里走了四五里，猛然看到右侧一米多深的石坑内侧，青黑色岩缝间有一团黑乎乎的物体。

“阿诚！阿诚！”

“真真！”

黑影蠕动一下，发出含混不清的嘟囔声，我和郭项龙赶紧跳下去。却见蓝真真蜷在阿诚怀里，身上罩着他的外套，脸上结了层冰霜，已陷入昏迷中。阿诚虽冻得皮肤发紫，气若游丝，仍残余一丝神智，努力抬手指指蓝真真，表示先救她。郭项龙受过特种训练，掌握紧急救护的基本常识，当下生起篝火，将阿诚抬到火堆旁。蓝真真冻伤较为严重，不能移动以免伤害更大。

“把她的衣服解开，拿雪擦皮肤，注意不要用力过猛。”郭项龙边帮阿诚边命令道。

“啊！”我迟疑不决。

郭项龙抬起头似笑非笑：“怎么，要我动手？”

我咬咬牙扑通跳入石坑，经过一番摩擦，她的皮肤逐渐有了血色，气息也比刚才强了些。郭项龙翻开她眼睛，摸摸她脉搏，说情况依然不乐观，最好找个干燥避风的石洞静养休息，旁边生堆火烤着，睡几个小时就能基本恢复。

“石洞？我一下午都没找到……”我发愁道。陡然闪过一个念头：“小木屋！到小木屋里去！”

听我讲述完在小木屋的来龙去脉，郭项龙眼睛发亮，目光炯炯道：“小木屋，石像，古堡，你觉得三者之间有无联系？”

这一点拨我也琢磨起来：“小木屋里的几个人本来很放松，脸上挂着悠闲写意的笑容，看到我瞬间非常惊讶，好像看到怪物似的……也许他们认为石像足以挡住所有入侵者，因此显得那么不可思议。”

“爫山古堡是格吉勒的传说，虽然人人都知道，但从未有人真正见过，究其原因，我想，”郭项龙道，“石像应该是人为设计的阵法，正是它让古堡不受外人打扰，是保卫古堡的屏障，小木屋或许是石像阵核心，或许是通向古堡的最后一道门户。”

“刚才与你交手的就是小木屋里的人，他们世代居住在这里守卫古堡，阻止所有入侵者……问题是我为什么能稀里糊涂破掉石像阵，你们三个却不能，格吉勒那么多熟悉地形的当地人也不能？”

郭项龙点点头：“确实很奇怪，我当过工程兵，对地域地势和山体结构都有研究，阿诚经常盗墓，了解古代常用阵法，普通伎俩根本困不住我们，可石像阵却有点名堂，无论怎么走始终在一个圈子里打转，好像古墓里的鬼打墙……同样在石像阵，为何你没有碰到我们的难题？”

“因为目的不同，你们想寻找古堡，而我只想找个石洞睡一觉。”我随口说。

郭项龙皱眉道：“心态只是决定成败的辅助因素，破除阵法关键还靠知识和能力，然而你既不懂阵法又不知自己入了阵，可谓一无所知，偏偏……即使蒙也要有蒙的道理……”

实在悟不出关节，两人不约而同沉默下来，看着昏迷不醒的阿诚和蓝真真，雪花飘落到他们脸上、身上，又迅速融化。

“雪！”郭项龙突然说。

我也反应过来：“不错，与下午这场大雪有关！”

大凡精奥古怪的阵法，从八卦阵、天罡阵到十面埋伏阵，无非是依附地形地势，暗合天干地支，按照奇门八卦之机理布局而成，其核心是利用人的视觉误差。例如鬼打墙，就是将古墓里的墙体、结构设计得一模一样，让人误以为始终在小范围里打转。

石像阵也是如此，故意在参照物、方位等方面采取误导性设计，让人越走越迷糊。然而大雪将远山、近峰、地面厚厚覆盖了一层，又加之暮色将至，使人辨不清设计者苦心经营的那些名堂，石像阵完全失去了应有的威力。本来这种大雪天无人敢在深山乱闯，阿诚、蓝真真乖乖躲在石坑下，结果越蜷越冷，冻得失去知觉；郭项龙冒雪来回寻找他们，幸得无恙；我则不知天高地厚，误打巧撞之下找到了小木屋。

“走，连夜行动寻找小木屋!”郭项龙一跃而起，“只有在大雪和黑暗中行走才能避免受石像阵干扰，也只有这样才能打对方个冷不防，把他们堵在小木屋抓个正着。”

我犹豫道：“刚才交手你并不占上风……”

“没关系，这回他们在明，我们在暗，打不过就骚扰，总之让他们不能安心睡觉，”他拍拍我说，“我们也没有选择，与其看着阿诚和蓝真真被风吹，被雪冻，眼睁睁冻死在眼前，不如拼死一搏!”

“行，大不了同归于尽!”经他一说我也豪气大发。

扎好火把后重新上路，我是从陡崖坠落的，郭项龙判断小木屋位于山腰以上，与我们的垂直高度不超过两百米。此时雪仍下个不停，气温也急剧下降，不少地方已结了冰，走在上面稍不注意就是一个跟斗，郭项龙背了两个人却如履平地，他的步伐有些类似鸭子走路，八字步，左右摇摆却稳得出奇，特种兵的素质到底不同凡响。

爬到山腰位置又向上四五十米，前面出现一个断坡，断面高达十多米。郭项龙取出飞虎爪远远一抛，接着如猿猴般轻巧地攀到上面，再垂下缆绳将我拉上去。或许坡上地域更开阔，雪也积得更厚，已有三四十厘米，踏在积雪里吱吱直响。郭项龙担心被听到动静，熄了火把改用微光电筒，在雪地里摸索了一个多小时，眼前黑影幢幢，果然是我曾闯过的小木屋。

郭项龙如灵猫般轻盈地贴到门前一看，屋内已搬迁一空，木桌、木椅、炭堆，还有必备的生活用品都不见了，连壁炉都被打扫一空，好像很久无人居住，若不是窗户口留有我的脚印，简直怀疑是不是做了场梦。

生好壁炉，将阿诚和蓝真真安置到炉前，又烧了些开水。坐在光洁干燥的地板上，两杯热气腾腾的开水下肚，顿时觉得人生幸福不过如此。

正准备躺下睡会儿，阿诚呻吟一声悠悠醒来，睁眼便看到我，勉强咧嘴笑了笑："晓飞……幸会，幸会。"

我骂道："你活腻了是不是？大老远跑到格吉勒寻什么古堡，想发财到河南、江西、福建乡下，随便逛几天也比这儿来得实惠。"

"老弟，这回你错怪俺了，"他挣扎着从怀里掏出一张纸，"看看再发表意见。"

我展开纸，原来是张古画影印，一看画上内容，我不由失声道："百尸抬石?!"

第二章　百尸抬石

“百尸抬石”是北宋年间有名的悬案。事情发生在澶州，即宋真宗被迫签订城下之盟的地方。一个盛夏的中午，骄阳似火，居民们都躲在家里歇息。突然，冷清的街上出现一大群人，白衣白帽，个个低着头，双手垂在两侧，膝盖僵直，悄无声息地向前走，每个人肩上系着一根绳子，绳子尽头密密匝匝绑着一块黑黝黝的石头。石头不算大，大概两个壮汉就能搬起来，可这些人好像背得很吃力，步伐沉重而缓慢。

有好事者凑上前看热闹，越看越不对劲，不知谁先叫出声来：“他们都是死人！”

所有抬石者都脸色惨白，双目紧闭，没有一丝表情，虽然是三伏酷暑，又在烈日下奔波，却不见一点儿汗渍，全身上下散发出死亡的气息。

整条街的店铺、住户忙不迭砰砰砰关闭门窗，叮嘱孩子不准出去——万一上百个尸体拥进来可是天大的麻烦。消息传开后转眼间几条街空无一人，只有抬石队伍缓慢而有节奏地蹒跚前行，穿过大街小巷径直抵达北城门，城门守兵从城墙上看得分明，早吓得一哄而散，抬石队出城后很快失去了踪迹。后来官府专门派出数千人的缉凶队四处搜寻，终究没弄清楚这支庞大的抬石尸队从何处来，到何处去，成为一个悬案。

此事在《澶州县志》等地方传记书籍中都有记载，多达六百人签字画押证明乃自己亲眼所见，其中包括儒士、商贩、僧人、歌妓等三教九流各类人物。

尸体能否自己走路，一直是民间杂家与主流科学家争论不休的话题，众所周知湘西一带有赶尸的风俗，据说赶尸者在黄裱纸上写了死者的姓名、出生年月、籍贯等等，贴在死者脸上，然后就驱使他们上路。

至于驱使的手法或技巧则有很多的说法，有人说是借助特殊工具，加上赶尸者的高超技巧，让人误以为在“赶尸”，实质是“抬尸”，也有人说是某种神秘的符咒使尸体不得不听话。

抬石尸队中是否暗藏赶尸者，为何让数百名尸体抬一块来历不明的石头，这块石头究竟有什么作用，都成为困扰后代研究者的难题。

“百尸抬石图”的作者是马远，南宋著名画家，光宗、宁宗两朝的画院待诏，与李唐、刘松年、夏圭并称南宋四大家，尤擅山水画。马远的画流传下来的数量不多，市场上不太容易见到他的作品，1986 年苏富比拍卖过他的《山水十开册》，成交价为 32 万美元。

马远画这幅图已是几十年之后，多少有些虚构加想象的成分，但他夫人的祖籍就在澧州，也许马远在岳父家听到亲历者绘声绘色的叙述，从而激发起创作灵感，一改平时方硬严整雄奇峭拔的风格，以细腻逼真的笔法生动再现了百尸抬石时的阴森可怖，以及居民们恐慌惧怕的情景。“百尸抬石图”题材特殊，又是马远唯一的鬼怪传奇类作品，价格被炒得很高，估计在四五十万元以上。

“画在你手里么？它与㚰山古堡有何关系？”我纳闷地问。

阿诚双手轻抚纸片，好像它就是古画一般，道：“这幅画得自一个破落的大家族之后，起先我也不敢妄下判断，特意让蓝真真在苏州请了位宋画鉴定大师一同前来，经鉴定是真品才拍板成交，他娘的花掉我二十四万八千……事后关起门来慢慢鉴赏，不料竟从印章中看出个大问题。”

“印章……”我狐疑地捧着影印纸喃喃道。

唐代以来收藏家都喜欢在收藏的字画上加盖印章，其中以乾隆皇帝最过分，有时能在一幅字画上盖七八枚，什么“乾隆御览之宝”、“乾隆鉴赏”、“乾清宫鉴藏宝”、“乐寿堂”、“御书房”、“宁寿宫”、“养心殿鉴藏宝”等等，成为后代收藏家鉴别宫廷藏品的依据。

“百尸抬石图”属于私人收藏，数百年来几经其手，画上的印章更是多如牛毛，有的甚至与画中人物重叠，破坏了画的整体协调。不过印章也是未知的宝库，一旦找到名人印章，不仅增加书画的历史厚度和文化品位，更能抬高它的价值。例如阿诚去年收购了一幅唐代仕女图，作者藉藉无名，可画中赫然有柳宗元的印章，立即身价百倍，让他大赚一笔。

这幅画有什么特别意义的印章呢？

我细细看了两遍，扔给他道：“一时半会儿哪看得出来？直接说就是了。”

“你花在面粉上的时间太多了，导致鉴赏能力严重下降，”他边嘲讽边指着纸说，“看这枚印章，桐州吴琪。”

“吴琪……”我将熟悉的历史人物在脑中快速过滤一遍，并无印象，“哪个朝代的？”

“唉，提示到这个程度还不知道，朽木不可雕也，”他恨铁不成钢地说，“再说个名字你总该知道，他的父亲叫吴浩！”

“啊！”

我惊跳起来，盯着影印纸呆呆说不出话来。

吴浩，明朝武进士，力大无比，擅长刀剑格斗，喜欢收藏古玩字画，对金石鉴赏颇有研究。历任桐州安抚副使、宣抚司佥事、宣慰使司副使等职，死后被谥正四品官员。他是明朝年间研究古蜀文明成就最高的人，从硕果仅存的几篇论著看，其研究的深度、广度远远超过明朝以前所有研究，代表了古蜀文明探索的最高峰，其中很多观点角度之新、内容之怪异连近代史学家都不能接受，直到三星堆文明、金沙文明的逐步开掘，才验证了他思想的正确性，因此当代学术界有一种说法，认为他的研究已几乎触及古蜀文明核心，或许再向前迈一步、半步，就能完全揭开困扰华夏文明数千年的秘密。

两年前我和阿诚就是从他的研究中得到启发，邀请蓝真真，再重金聘请郭项龙到四川探险，那次行动——怎么来形容呢，简直是一场噩梦，一场地狱般体验的噩梦！结果是以失败告终，大家约定永远保守秘密，再也不提那件事。

难道阿诚还不甘心失败，想通过新的线索卷土重来？

“两年前我们光顾研究吴浩，忽视了他的儿子吴琪，实际上吴琪对古蜀文明研究之深不在其父之下，有些见解更超前、更尖锐，不过他的成就被吴浩的光芒所掩盖，”阿诚说，“我随即赶到桐州作进一步调查……”

桐州博物馆保存的县志非常齐全，一直能追溯到五国十代，还有堆积如山的家谱族谱做参考，他在泛黄的故纸堆里坐了四天，总算查到吴浩父子的名字。不过令阿诚失望的是资料中涉及吴琪的内容寥寥无几，只在介绍吴浩之死时顺带了一笔：十月二十九，公染疾暴毙，是夜葬于秋鸣山麓，长子琪旋率族远徙，至陕西格吉勒云云。

县志里没有介绍远迁的细节，倒是吴琪的岳父——桐州副镇抚祁泰福在随笔里提了一句：牛车三十四辆，马车二十八乘，仆从六十余人，继其父志以远涉。

如果不是替亲家吹嘘，吴浩家族的家底子还是比较丰厚的，可想而知，牛车上都装着他历年收藏的古蜀文明资料。“继其父志以远涉”，吴浩的志向是什么呢？难道他暴亡前自知凶多吉少，特意留下遗书安排好后事？吴琪“继其父志”，跑到陕西的一个偏远小城干嘛？

带着一连串疑问阿诚赶到格吉勒，从当地一位老萨满嘴里打听到有关吴琪的传说，正是这个传说将吴琪、刎山古堡和古蜀文明巧妙地联结在一起。

传说春秋末年有个弓鱼国，国君叫鱼伯，后来临近的矢国大兵压境，弓鱼国大败。鱼伯的儿子率领手下逃进刎山，前后耗费二十年时间建成一座戒备森严、易守难攻的古堡，从此世代隐居于此，过着与外界完全隔绝的生活。古堡有用不完的金银珠宝，吃不完的山珍海味，每隔一段时间，还派人下山挑选俊男美女，带入堡中传宗接代，不过外人无论用什么办法都找不到古堡。不知过了多长时间，也许五百年，也许一千年，古堡平静安逸的生活被打破了，堡里的人突然得了一种奇怪的病，全身乏力，懒洋洋提不起精神，只能躺在床上等死——唯独一个瞎子侥幸逃下山，惊恐万状讲述了古堡内的惨状。人们认为古堡蕴藏着不吉利的东西，更没有兴趣探究了。明朝末年吴琪来到格吉勒，没费什么劲就找到古堡并举家迁入，开始还经常下山采购各种物资，后来像鱼伯的后代那样渐渐隔绝于世。清兵人关后，十几万大军进军陕西，吴琪菩萨心肠，一夜之间把格吉勒居民全部引入古堡，几天后清兵像潮水般涌过来，然而刎山古堡是鹰隼也飞不进的地方，清兵连影子都没找到。结果附近几个村镇上万人口悉数被屠，只有格吉勒逃过一劫。又过了十多年，那种奇怪的病再度出现，与上次一样只逃出一个瞎子，他什么都不肯说，只含混其辞表示可能与一块石头有关，古堡又一次成为“死堡”。

“古蜀国分裂后，一支前往成都平原，在金沙重新建立了可与三星堆媲美的文明，另一支则迁至陕西宝鸡茹家庄一带，在渭水河畔建立了弓鱼国；而百尸抬石图、吴琪的收藏印章，似乎暗示尸体们抬的石头就是导致古堡覆灭的石头，正是这两个混账理由使你蠢蠢欲动，把真真和小郭都叫到这里，对不对？”我越说越恼，指着阿诚咆哮道。

郭项龙没料到我说得好好的突然大发雷霆，一时不知如何是好。

阿诚静静地说：“是，这两个理由还不够么？”

我一个箭步上前揪住他的衣领，咬牙切齿道：“你忘了两年前的教训？要不是小郭身手不凡，再加上一点运气，我们的坟头已长满青草……好不容易活着回家过了段安稳日子，你又故态复萌想发一笔横财……”

“错，大错特错！”阿诚道，“我承认自己确有一夜暴富的心理，但主要还是为了蓝真真，事实上是她主动提出寻找势山古堡的。”

古蜀文明从何起源，因何发展，其中又为何莫名其妙中断一千多年，是困扰史学界多年的谜团，被称为历史界的哥德巴赫猜想。作为考古系高材生的蓝真真，毕业后一直没放弃过对古蜀文明的研究，希望有朝一日能挖掘出历史真相。

我一时哑了口，坐到原处闷了半晌，指着她说：“古堡还没找到，倒险些丧命，这就是冲动的后果。”

阿诚笑道：“所以说我们的运气好，不然怎会遇到你，怎会被救到这儿？”

我无言以对，气呼呼躺下就睡。

郭项龙调解似的插了一句：“我估计古堡就在小木屋附近，没准明早天一亮就能发现。”

“古……堡……”

蓝真真发出一声梦呓，我们赶紧围过去看。炉火把她脸蛋映衬得红扑扑分外妖娆，长而浓密的睫毛下眼睑微微颤动，八成在做关于古堡的梦。

郭项龙试试她的脉搏，说身体已恢复正常，大家可以安心休息了。我和阿诚各自睡下，这一觉睡得又香又甜。

梦里我和蓝真真手挽手步入古堡，她身披洁白的婚纱，手戴硕大的钻戒，喔，原来是一场婚礼。我们俩走啊，走啊，越过一道道走廊，穿过一间间屋子，就是找不着洞房……

“快看呐，古堡！”

迷迷糊糊中被蓝真真叫醒，揉揉眼睛跑出门一看，雪已经停了，晨光下一座古朴巍峨的城堡屹然耸立于奇峰翠岭之间，果然是古堡，传说中的㔉山古堡！

第三章　出师不利

古堡的位置非常奇特，三面绝壁，正面是一道又深又宽的鸿沟，此乃建筑学上最忌讳的绝境，只要敌方派人扼守在正面，里面的人将被困于其中，但从另一个角度讲，闭关自守，自成一体，也许就是古堡设计者的初衷。

古堡正面城墙高十多米，中间排列有不规则的眺望孔，可以用来射击和投掷，城墙全是坚固结实的花岗岩构成，虽历经千年风蚀日晒仍牢不可摧。城门呈深紫色，其中闪烁着点点金光，大概是古蜀国人的传统工艺——青铜门，门上没有锁，也不需要锁，在设计者看来，倘若石像阵、护城沟都难不倒人，还会被区区一把锁挡住脚步？

看着宽超过二十米，深数百米的鸿沟，郭项龙微皱眉头沿着沟边来回踱步，阿诚将我们拉到一边，说："他是工程兵出身，解决这种技术难题只是时间问题，但在进去之前，大家需要对古堡有清醒的认识。"

"你指哪一方面？"我问。

"尸骸和病菌，死亡与威胁，"阿诚说，"首先古堡里到处是尸骸，死在家里的，来不及回去倒在路上的，虽然只剩下森森白骨，病菌仍游荡在古堡每个角落，大家要准备好湿纱布和手套，不要直接接触尸骸，其次是人，小木屋里的三个人哪去了？会不会提前躲进古堡，利用熟悉的地形和机关偷袭我们，这是最令人担心的，所以……"

蓝真真插道："还有石头，百尸抬石的那块石头是否真在古堡里，怪病是否由它而来，确实值得探究。"

经她提醒我也想了起来，道："是啊，为什么让尸体抬石头？会不会因为石头本身就有致命危险，比如含有常人无法承受的剧毒或某种放射性元素，幕后策划者通过尸体将石头运到古堡，酿成一场灭门之祸？"

"从澶州到格吉勒相距千里，数百名尸体抬着石头到处招摇过市，还不引起天下大乱……”蓝真真从理性角度反驳道，这时郭项龙走过来说已经准备妥当。

他策划的强渡护城沟方案融高风险与高技能于一体：挑选一处相对狭窄的地方槌绳而下，降到上窄下宽的区域后大幅度摆动，荡至最高点时按动机簧飞梭，绳子的长度为八米，飞梭是十米，勉强碰到对面峭壁。郭项龙在飞梭顶端装了几只倒钩，每射出去一次就拖些山藤过来，如此四五个回合，除去太短和已枯萎干化的，也扭成一根拳头粗的藤绳，与身上的缆绳扣好，一点点地悬空挪过去，再沿着藤蔓爬上岸，利用绳子和山藤织成一米多宽的绳网，在他的保护下我们一个个爬过护城沟。

近距离站在古堡面前，或许是心理作用，觉得一股阴气扑面而来，全身上下凉嗖嗖的起了层鸡皮疙瘩。为防止城门设有滚石、擂木之类的机关，郭项龙找了根三米多长的木头抵住大门用力一推，门纹丝不动。

“这种门要向外拉，不能推。”蓝真真指着地面刮痕说。

郭项龙微微颔首，戴上手套，双手握着铜环一拉，“咔嚓”，才开了一条缝，门背后“哗啦”倒下一片白花花的东西，郭项龙大惊之下向后跃出两步，定睛一看原来全是碎裂的尸骨，在积雪映衬下反射出惨白的光芒。

我和蓝真真想上前查看，被阿诚喝住，道：“自然腐朽的尸骸怎会如此不堪一击？有悖常理。”

“什么意思?”我还是不明白。

阿诚指着尸骨裂片上的隐隐绿丝说：“这是吸毒或中毒的症状，毒性会导致尸骨疏松干脆，不过碎成这个样子确实少见。”

蓝真真拿出口罩分发给大家，阿诚和郭项龙一人站一边将铜门全部拉开，“哗啦啦”，又倒下一大片尸骸，密密麻麻排列在一起，足有三四十个。大家相顾骇然：古堡到底发生了什么可怕的事，使得这些人拖着病体急欲逃离，然而他们太孱弱了，以至于合力都无法推开大门，只能簇拥成一团静静等待死亡来临。

“听说年代久远的古堡里都有吸血鬼……”蓝真真喃喃道，下意识打了个寒噤。

阿诚敲了下她的脑袋，皱眉说："不准说扰乱军心的话，吸血鬼是欧洲古堡的传说，跟中国不相关，再说鱼伯后人住了上千年，吴琪也住了几十年才出现怪病，可见是偶发事件，跟鬼没关系。"

"但凡古堡，大都有些鬼鬼神神的故事，揭穿了都没什么特别的，不过是自己吓自己而已，"事到如今我只得力挺阿诚，"大家不妨换个角度看问题，虽说刚开门就碰到这么多尸骸有点不吉利，但也证明那三个人没有潜伏进去，不必担心来自他们的威胁。"

郭项龙向来喜欢以行动代替辩论，他找了根粗树枝左右扫荡，将尸骸推到两侧形成一条狭窄的路，站在门口做了个请君入瓮的姿势。阿诚二话不说，一手握着藏刀，一手拿着木棍大步走进去，我和蓝真真对视一眼也跟了上去。

走过长长的城门甬道，前面视野一宽，是个方方正正的四合院，三面回廊，一面是画檐彩壁的门楼，门楼两侧雕刻着张牙舞爪的飞龙和游凤。院子里没有任何修饰和建筑，连假山、盆景和花草等应有的点缀都看不到，让人感觉全无生气。阿诚摇头说到底是中国式古堡，外表看还像模像样，一到里面就露馅了，弄来弄去就是四合院、雕龙刻凤这些老一套，真腻。我说欧洲古堡也就是种些玫瑰、装个喷泉、搞两个光屁股的女人石雕制造浪漫，看多了也就那么回事儿。

"等等！"蓝真真突然说，"这里有问题。"

我们都歪着头看她。

"外面积雪有三四十厘米，你们看堡内，一点儿水渍都没有，这是怎么回事？"

经她提醒我们才发现确实如此，不但地面，屋顶、门楼上，所有视力所及处都没有积雪，也没有消融后的痕迹，可事实上昨夜大雪时气温骤降，山上的雪都冻上了，根本来不及融化。

阿诚跑到院子中间使劲跺脚、蹦跳，又用力将木棍往空中一扔，落下来时差点砸到我们。

"都什么时候了，还有心情搞笑？"我瞪了他一眼。

阿诚讪讪道："我想试试古堡上空是否有一层罩子。"

我悚然一惊："如果真有罩子，那么堡内空气无法流通，任何一种疾病都有可能蔓延开来酿成灾难。”

蓝真真说：“你们俩是不是以为自己在未来世界？这是春秋战国时代的建筑，那时连玻璃都造不出来，哪会有看不见、摸不着的罩子？”

郭项龙还是那副走着瞧的态度，一言不发带头踏入门楼，有效制止了这场辩论。

门楼后面是高达七八十级的石阶，石阶又陡又窄，只能容一个人行走，两侧是又高又厚的石墙，给人以沉重感和压迫感。蓝真真游览过欧洲，对古堡文化颇有研究，说这是防御外敌的设计，可以居高临下打击敌人，可谓一夫当关万夫莫开，必要时还有石闸，切断敌人联系以各个击破……

正听得入神，蓦地头顶呼地一声，一团黑乎乎的东西凌空而降，郭项龙反应奇快，一脚踹在蓝真真身上，她身体腾空飞起撞到后面的我，两人骨碌碌滚下石阶，与此同时“咚”一声巨响，一堵黑黝黝的石闸砸到蓝真真站的位置，结结实实卡在石阶当中，将我、蓝真真与他们两人隔开。

果然被蓝真真不幸言中，古堡利用石闸各个击破。

她揉着肚子愁眉苦脸道：“郭项龙太厉害了，这一脚差点要了我的命。”

我苦笑道：“与其被孤零零抛下，还不如让他一脚踹死。”

蓝真真上前试着推了推，叹了口气道：“难道守在这里坐等不成？不对，石闸挡在这儿，不是也切断他们的回头路么？”

“应该在某个地方有控制开关，如果放得出收不回，古堡里的人岂非一辈子都出不去？”

“只好听天由命，看他们能否找到机关了。”蓝真真无精打采地说。我们两人下了台阶回到院子，坐在地上休息。

“真真……近来还好吧？”

“嗯。”

“你觉得古堡之行能有什么发现？”

“我也说不清，只是感觉里面应该有内容。”

“但是……”

“晓飞，我知道你很担心大家的安危，所以始终抱着反对态度，不过……为了探索古蜀文明秘密，请支持我，好吗?”

“阿诚对此事很热心，有他支持就足够了。”

她凝视着我，幽幽说：“大家都是朋友，别这么说，好吗?”

我叹了口气正待说话，突然两人同时跳起来看着地面。

“地面是热的。”她说。

“所以没有积雪，”我飞快地转动脑子，“这也是院子里不长花草的原因，古堡就修建在有地热的区域，因此四季长春，虽处深山绝壁却不受严寒之苦。”

“一辈子困在狭小的天地，成天都看着同样的面孔、说着同样的话，全然接触不到外面的世界，了解不到新鲜事物，就算不发疯也要闷死。”

“这大概就是古人向往的世外桃源范本吧。”我打趣道。

在院子里转了几圈，我忍不住跑进门楼瞅了一眼，却见石闸已不翼而飞，石阶上空空如也。顾不上探究缘由，两人赶紧直往上跑，跑至一半，“咚”，石闸几乎擦着蓝真真后背重重落下，她吓得花容失色，双腿发软，胸口急促起伏。

一定是杠杆原理，机关就设在我们脚下的某级石阶，石阶受到压力后传输到总枢纽，继而推动石闸落下。但它如何自动复位呢，难道郭项龙他们找到了控制机关的奥秘？想到这里我们不由加快步伐。

石阶尽头是一间高大宽敞的石殿，足有六七十平米，里面同样空荡荡的，石殿两边各有三个小门，右边第一间的石门虚掩着，其他都紧紧关闭。我们来到门前轻轻一推，一股血腥味扑鼻而来，石室中间地上赫然有只被切断的手臂，长约半米，深褐色，上面长满金黄色茸毛，泡在一大摊鲜血之中。

这只手臂，怎么看都不像是人类身上的。

第四章　人兽大战

石室约十平米左右，里面除了这只手臂什么都没有，血腥味却浓得令人无法忍受，从鲜血凝固程度看，此事刚发生不久，很可能是郭项龙的杰作。蓝真真心细，发现门口有只沾了血的脚印向殿内深处延伸，顺着血印一直跟到左侧第三间石室。

我伸手欲推门，蓝真真紧张地拖住我道："你考虑清楚，也许，也许屋子里不是他们，而是那个……"

"我敢保证一定是阿诚，"我指着脚印中间的图案说，"喏，他的旅游鞋底有朵梅花。"

她松了口气："怪不得，你把郭项龙的本事都学到手了。"

我趁机卖弄说："还有其他细节，比如小郭衣服上有多少颗钮扣，阿诚哪只手留了长指甲，还有你，脸到颈部有几粒痣……"

她下意识摸摸脖子俏脸微红道："快进去吧。"

石门一推便开，我刚叫了一个字就刹住口，被眼前的场景惊呆了：

石室中间地上依然有只被切断的手臂，形状、大小与先前看到的完全一样！

这一刻我甚至怀疑自己是不是产生了幻觉。

我看看不知所措的蓝真真，一咬牙跑到左侧第二间、第一间，里面同样如此。这就有问题了，就算是八臂哪吒，就算郭项龙神力通天，也绝无可能连续在六间石室搏斗，每一间正好砍一条手臂，而且被砍的位置、角度完全一致。反而言之八成是石殿本身有鬼，貌似简单的六个石室，或许隐藏着某种玄奥精微的阵法，表面看是打开的不同石室，实质看的是同一间。

蓝真真受不了浓烈的血腥味，又戴上口罩，我对她说："听我指挥，没准能有新发现。"

她站在左侧第二间，我到右侧第二间前站好，喊道“推”，两人同时推开门，只听见蓝真真惊叫一声“你……”旋即好像被一股大力吸了进去，然后石门自动关上，整个石殿顿时寂然无声。

“真真!”我发了疯似的跑到对面一脚踢开门，眼前还是令人窒息的血手臂，蓝真真已不见踪影。怒极之下我几乎丧失理智，一间间踢开石门，眼前还是手臂、手臂、手臂……

我颓然坐到地上，无奈看着空旷的石殿，才开始感受到古堡神秘莫测的威力，它好像不按牌理出牌的高手，每个环节都让人摸不着脑袋，从刚入城门时成群结队的尸骸，到从天而降的石闸，再到透着古怪的血手臂，四个变成两个，两个又剩下一个，可悲的是我还没琢磨过来怎么回事。

蓝真真失踪前叫了声“你”，显然认识石室里的人，她的语气急促而惊恐，说明那个人正遭受着不幸，躲在一边的“它”趁其不备猝然出手将她活擒。

奇怪的是，她能看到的场景我为何看不到?

“不对，问题出在石殿!”我当机立断跳起身退出石殿，站在石阶上深呼吸几口气，脑中顿时清朗了许多，再回想进殿后的经过，记忆破碎而模糊，似乎从看到第一间石室的血手臂起就犯了糊涂。

血腥味!

那不是血腥味，而是含有某种致幻成分的气体!

蓝真真戴了口罩之后恢复清醒，因此才看到真实场景，然而事情怎么会如此巧合，她选择的一间正好看到郭项龙等人遭受折磨?可见石室里还有其他名堂……我无暇考虑更多，匆匆戴上口罩返身冲入石殿。

“嘭!”一脚踹开石门，果然没了瘆人的血手臂，地上干干净净，石室正对面是个双扇石门，门半掩半开，里面黑乎乎一片。我强迫自己冷静下来，拔出藏刀，点燃火把，蹑手蹑脚靠上前。刚到门口，正打算扔一根火枝进去试探动静，冷不防里面“呼”伸出一只血淋淋的手臂，干瘪枯瘦的手指如利刃般直插我双眼!

两年前的探险经历使我积累了丰富的实战经验，能够在极其凶险的情况下处乱不惊。我侧退半步，左手火把护住要害，右手挥刀砍向手臂。奇怪的是那物不躲不闪，听任藏刀如切豆腐般砍下半截，然后缓缓缩回去。断臂落地后很快溢出一滩鲜血，金黄色茸毛，深褐色皮肤，其场景与先前在石室里看到的一模一样！

这绝不是幻觉！手臂是我亲手砍断，亲眼看着它掉到地上的，可他妈的为什么出现这种惊人的巧合？

瞬间我内心深处激烈交战，仅短短几秒钟工夫对蓝真真的牵挂便战胜了懦弱，全身绷至最高戒备状态，一步步挪了进去——

那物没有再出现。

里面是个空间很大的厅室，纵深十多米，大厅中央有块五六米见方的羊毛地毯，北面靠墙处是张长条香案，上面放置着铜佛像、香炉、瓷器等物件，香案前是古色古香的八仙桌，桌子两边各有一张暗红色太师椅，椅子上端端正正坐着两具尸骸。

家具、尸骸的出现使我感觉到有点人气。或许屋内通风条件好，受地热影响又比较干燥，地毯还保持柔软滑贴的弹性。我绕到八仙桌前仔细观察两具尸骸，从骨骼特征看是一男一女，年龄偏大，女尸脖子上挂着玉佛珠，右腕戴着玉镯，男尸手指上套了只宝石玉戒。几样玉饰一看就知非同寻常，是品质绝佳的玉石打磨而成，再加上两具尸骸的坐姿风度，可以推测两人生前的身份应该不低，在古堡内属于有影响的人物。正因为如此，他们选择更为体面的死亡方式，以此维护自己的尊严。

要是换了阿诚肯定毫不犹豫取走玉饰，但我不想这样做——潜意识里我只想帮助蓝真真探寻历史真相，不愿沦为盗墓者。

这也证明郭项龙等人没有经过此地，他们走的是另一条路，这个判断使我非常不安。

八仙桌上两只铜镇尺压着一张宣纸，纸上密密麻麻写了七八行字。莫非上面记载着古堡覆灭的来龙去脉？我抑制着紧张和喜悦凑上去看，蓦地背后掠过一阵凉风，火把被一下子灭掉，黑暗中劲风扑面，一股锐利凌厉的杀气当胸而至。我错步横移数尺，一手挥刀猛刺，一手拿起桌上的铜镇尺奋力一掷，铜镇尺好像打在某个柔软的部位，紧接着大厅里响起怪异刺耳的“咻咻”声，声音忽左忽右，忽前或后，捉摸不定。

那物又来了！

根据刚才较量的经验，它肢体柔软易断，没有很好的手段对付利刃攻击，我双手交替挥舞藏刀护住身体，防止它暗中偷袭。一团漆黑里藏刀闪烁着星点寒光，然而就是看不到那物的真面目，它仿佛与黑暗融为一体，在黑暗中积蓄邪恶而可怕的力量。

我退到北面墙壁与太师椅之间，形成相对安全的犄角之势，心中略定，才微微有点松懈之际，突然间胸、腹、腿连续遭到凶狠猛烈的重击，翻江倒海的剧痛使我冒了一身冷汗，四肢抽搐个不停，完全丧失防御能力。我情知不妙，强撑着滚入八仙桌下，“咔嚓”，桌面被打得四分五裂，我抡起桌腿拦腰一扫，对面传出沉闷的哼哼声，我瞅准方向向前一扑，藏刀在空中划出一道弧线，又狠又快地砍中目标！

“咚”，有物体坠地，我利用难得的空隙陡地亮起打火机，一照之下四处空荡荡的，只有地上多了条血手臂。

那物难道是千手怪物，长了无数条手臂供人砍斫？它来无影，去无踪，依靠什么能如此快速地移动？

我点燃火把，心有余悸地四下转了一圈，再回到八仙桌下寻找那张宣纸，然而经过刚才那番打斗，原本松脆腐朽的纸已四分五裂，大部分化为碎末。我蹲在地上凑了半天，勉强拼出块巴掌大的纸片，上面断断续续写着几个字：“每况愈”、“其状惨”、“意难”、“晓倩”。

“每况愈”后面应为“下”，说明堡里的情况每况愈下，后来场面越来越可怕。“其状惨”，其状况惨不忍睹。“意难”什么意思呢？是天意难违，还是堡内上层人物已经猜到灾难起因，却因为某种原因无法阻止？晓倩又是谁，在堡中处于什么地位？

这几个没头没脑的字除了让我更疑神疑鬼，没有任何好处，可惜了八仙桌，那可是正宗红木家具。太师椅也未能幸免，被砸得仰面朝天，两具尸骸倒还硬朗，从椅子上滚落后在地上翻了几圈都没散架，半倚半靠坐在墙边……

不对！

城门口几十具尸骸轻轻一倒就碎得不成样子，这两具何以例外？

蹲在尸骸面前反复打量，突然发现骨架背后有块黑黝黝的东西，掂了掂还挺沉，拿藏刀一刮，里面露出黄灿灿的金光。金块！原来他们是吞金自杀，骨骼没有遭受病毒更多侵蚀，算是保留了全尸。

金块光滑平整，棱角分明，应该是官府铸造的“官锭”，不参与市场流通，以吴浩的级别没有理由，也应该不敢私藏官锭，而且千里迢迢从云南运到甘肃。我边琢磨边用藏刀刮去金块表面的沉积物，最后在侧面发现一排细小的图案，从左到右依次是：

树、人头、鱼、弓箭。

我为自己的发现瞠目结舌。

树，是通天神树；方脸凸眼的人头，是第一代古蜀王蚕丛；鱼和弓箭则代表另一位名声显赫的古蜀王，鱼凫。

以三星堆文明和金沙文明代表的古蜀国，没有文字流传，没有史料记载，有关它的一切只隐约见于含混不清的传说中，李白为此感叹说：“蚕丛及鱼凫，开国何茫然。尔来四万八千岁，不与秦塞通人烟。”值得注意的是，诗人用词非常贴切，不说没有人烟，而是不通人烟，可见李白也考证过古蜀国相关资料。

官锭的出现无可辩驳证明古蜀人已建立了制度严密、主权独立的国家，因为官锭是国家稳定市场和币值，依靠强制力来实行的财政手段，一直沿用到清朝。

古蜀国官锭怎么会出现在㟃山古堡？

是弓鱼国覆灭后鱼伯的儿子带入古堡，还是吴琪从其他某个渠道获得？吴琪出于什么考虑不顾劳顿跋涉千里来到荒凉阴森的古堡，又为何与鱼伯后人一样死于相同的怪病？

正想得出神，大厅西南角突然响起了敲门声。

几分钟前我刚刚巡查过，大厅除了入口没有任何门，然而敲门声十分清晰，“笃、笃、笃”，每一下都似乎敲在我心坎上。

第五章　囚室僵尸

我手握藏刀，循声一步步靠过去，一直走到西南角才发现敲击声来自地下——墙角地面有个深灰色铜盖，铜盖上方的铜闩深深陷入两侧墙内，只有抽出铜闩才能打开铜盖。

谁在下面敲击？

从古堡结构看，大厅应处于二楼或三楼的位置，因此不能排除郭项龙等人从其他石室到了楼下，但他们是否会这样文质彬彬地敲门，恐怕要划个大大的问号。蓝真真倒具备此优雅风度，但她孤身一人应该不敢随随便便敲门。难道是浑身长满手臂的千手怪物，或是其他古堡怪物……

我心一横，开！

不管下面冒出什么，总比没有答案好。阿诚说过，古墓里不能留有任何疑点，否则将是最致命的威胁。

我来回跑了几趟，将八仙桌、太师椅的木料搬到洞边，燃起四五堆火，再用绳子套在铜闩上做了个拉环，退到四五米开外用力一拉，将铜闩抽了出来，紧接着铜盖被什么东西顶了一下，“唰”地掀开。我瞪大眼睛盯着洞口，谁知里面寂然无声，并没有冒出意想中的怪物。

怎么回事？会不会是个陷阱？

我悄无声息靠上前想看个究竟，不料刚走出两步，冷不丁洞里窜出一个面目狰狞、表情凶恶的人头！

“啊呀！”我惊出一身冷汗，倒退半步的同时右手拿着木条拼命一扫，七八根熊熊燃烧的木料倾倒入洞中，洞内随即传来惊叫。瞬间我明白过来，怒气冲冲道：

“阿诚，你小子差点把我吓死。”

洞内传来阿诚开朗的笑声：“你也够狠，差点烧光我的头发。”

我搭着洞沿向下看，他正小心翼翼梳理原本就不多的头发，后脑勺明显有块被灼伤的痕迹，手里举着木条，顶端挂着刚才吓唬我的青铜面具。

“小郭呢?”我问。

他反问道：“真真呢?”

“说来话长，先上来吧。”

原来石闸落下后，郭项龙第一反应是到石殿寻找开关，谁知进去后泥牛入海，声息全无。阿诚感觉不对劲，全神戒备跟进去，之后看到的场景与我一样，每间石室都是血手臂。阿诚盗墓经验丰富，很快悟出名堂，取出口罩浸了水戴上，然后进入右侧第一间石室里的石门，顺着楼梯来到楼下。期间也遭遇到隐身于黑暗、战斗力不强但长满手臂的千手怪物，留下几条血手臂后悄然消失。楼下好像是储藏室，里面堆着乱七八糟的杂物，包括坏家具、破盆罐、旧衣服等等，有些东西年代过于久远，稍稍一碰就化为粉尘。阿诚是这方面的行家，懂得表面越是不堪内里越有发掘价值的道理，挽起袖子在灰尘中将杂物搬来挪去，很快在一堆旧得泛黑的破棉絮中发现一只青铜面具——方脸纵目，气度威严，正是古蜀国的开创者蚕丛。

阿诚异常兴奋，因为它的出现意味着古堡中还收藏有其他古蜀国青铜器，这可是价值连城的宝贝，尤其在国际收藏品市场上炙手可热。遂将储藏室细细梳理了一遍，再沿着甬道向里进入一间大石厅，石厅中央孤零零立着一幅红木镶玉八扇屏风，屏座为须弥式，上面雕刻着仰式莲花瓣，中间束腰，最下面是覆式莲花瓣，俗称巴达马座屏风。

蚕丛青铜面具有价无市，加上这么大块头的正宗红木家具，最保守估计也在一百万元以上。阿诚看着这两件宝贝，心里爽透了，若非惦记着其他人的下落，几乎要打包把东西运出去。

继续往里走，里面一间套一间全是石室，密密麻麻排了几十张床，每张床都躺着一具尸骸，信手一捏，骨骼寸寸俱裂。阿诚推测是发病初期的临时收容所，将古堡内患有怪病的患者汇集到一起，防止病毒蔓延传播，但后来染病者越来越多，收容所便失去存在的意义，任由大家死在家中。到了尽头无路可走，阿诚循原路回头，然而蹊跷的是这回进的石厅好像不是原来那间，因为屏风不见了，而且石厅没有出口。

他不信邪，又折回走了一遍，结果还是如此——这么简单的路况，居然迷了路。阿诚处乱不惊，沿着墙壁四下敲打，再蹲在地上一段段摸索，最后照着厅顶来回探了一圈，终于找到那块铜板，断定是石厅唯一的出口。于是卸下几根床脚接起来使劲向上捅，我在上面移开铜闩后他担心是陷阱，将青铜面具挂在上面吓唬一下，不料反被我推落的火条烫着。

“可惜了那幅屏风……”阿诚摸着后脑勺还恋恋不忘红木屏风。

关于金块，阿诚想得比我更深，他认为金块来自于弓鱼国国库，鱼伯的儿子携带大批财宝躲进深山古堡并非避祸，而是图谋东山再起，但春秋战国末期局势急转直下，秦国灭掉六国统一中国，鱼伯的后代感觉无力与强大的秦朝抗衡，干脆放弃前人梦想一心归隐。这个秘密被吴琪发现，于是携家带口远涉陕西，成为古堡新主人。不过古堡再次出现的怪病与第一次是否存在某种内在联系，暂时不得而知。

我们决定回石殿再作打算，从现知的古堡结构看，石殿相当于总入口，六间石室分别通向不同的功能区，功能区之间也能暗通款曲，只是路况十分复杂，非短时间内能参透。最能揭示古堡秘密的应该是生活区，通过大量残留的生活用品、文字记载、食物等方面还原当年怪病来袭时的场景，继而找出蛛丝马迹。

离开前不出所料，阿诚将尸骸上的玉器一扫而光，我暗叹一声，懒得多说什么。

推开石门，石殿里安安静静，阿诚嫌青铜面具太大太笨带着碍事，想把它放到殿外石阶上，等回去时顺便拿走，出了殿一看，那堵石闸不知何故又没了。由于摸不透它的运行规律，阿诚不敢擅自下去，老老实实将面具放在靠近石殿的角落里。

我们分别打开每间石室里的石门，情况大抵相同，都是一个偌大的石厅，有的空无一物，有的布置了简单的家具，不外乎八仙桌、条桌之类，唯一不同的是左侧第四间，石厅正面墙上挂着中堂，两侧书“碧通一径晴烟润，翠涌千峰宿雨收”，中间是幅气势磅礴的山水画，墙边一溜排开十多张红光可鉴的太师椅，中间一律间隔古铜色镂花茶几，正中则是一个古朴大气、沉稳高贵的铜香炉，虽然已过了数百年，鼻子里仍依稀嗅到丝丝香气。

“议事大厅！”阿诚惊喜交集，冲进去左摸摸，右看看，神态好像小孩初入游乐园，“紫檀木，明朝末期就已绝迹的越南紫檀，现在市场上都论斤卖……”又围着铜香炉啧啧有声：“好家伙，好家伙……”他一连说了十多个“好家伙”，显然这位见多识广的文物贩子也找不出合适的词来赞美它。

我不悦地干咳一声道：“前途莫测，还是擦亮招子继续前进吧。”

阿诚一拍额头：“对不起，老衲失态了……咦……”

他突地看到中堂，半傻半痴地双膝慢慢向下沉，“卟嗵”跪倒在地。我赶紧上前扶起他，问道：“你怎么了，哪儿不舒服？”

他指着中堂颤抖道：“这，这，这是唐伯虎的真迹！”

世人只知唐伯虎的画冠绝天下，却很少知道他的书法水平同样出类拔萃。他的字师承赵子昂一派，端庄秀丽，结构精巧，比赵子昂的字更婀娜，有飘逸洒脱之姿。唐伯虎画作流传下来的很少，字更是凤毛麟角，这幅中堂连画加对联，尺寸又远远超过常规，其价值简直无法衡量。

阿诚盯着中堂看了半天，嘴角抽搐了半天才憋出四个字：“摘下，回家！”

我连忙阻止道：“还有蓝真真和郭项龙……”

“起码先把中堂送出堡外，否则夜长梦多，”阿诚似乎清醒了些，“俗话说得好，揣到兜里的才算钱，我们一定要吸取以前的经验，不能光看不动，而要见好就收，最大限度保证收益。”

我说：“别猴急好不好？再仔细鉴定一下，唐伯虎生前就以绘画闻名，死后几十年内很快冒出大量赝品，因此不能排除以假乱真的情况。”

“那也得摘下来。”阿诚坚持说。

不知不觉间两人站到太师椅前，从各个细节辩论字画真伪，突然间脚下一空，两个人来不及反应就倒翻着坠了下去。

“嘭嘭嘭！”

阿诚第一个落地，紧接着我撞在他大腿上，我慢一拍砸在阿诚胸腹间，接连打击之下阿诚呻吟声不绝。

“陷马坑，古墓常用机关之一，他奶奶的就是没想到这种低级设置居然应用于古堡，而且在议事大厅主人席前面，真是阴沟翻船。”黑暗中阿诚骂骂咧咧，感觉很没面子。

我掏出打火机一照，原来置身于一间狭小的石室，大约十二三平米，没有窗户——不知什么原因，目前为止我们发现的石室都没有窗户，整个右面由铁栅栏构成，好像是间囚室。再往上看，原先掉下来的地方已闭合得天衣无缝，找不着缺口。

“糟糕，被禁闭了。”我说。

阿诚满有把握道：“没关系，凡是有锁的地方都困不住我，不如休息会儿。”

“可是……”

我还是没底，继续在囚室里转悠，不经意间发现左墙角落有团黑影，凑近一看上面覆盖着一层黄裱纸，上面画着奇奇怪怪的图文，好奇之下捏着纸边揭了起来。

“住手！”阿诚暴喝道，几乎同时黄裱纸下电射出一条黑影，将我扑倒在地，冰冷的爪子死死扼住咽喉，勒得我喘不过气来。

僵尸！

我激活了僵尸！

黄裱纸是镇压僵尸的符咒——普通僵尸只需尺许长的道符，贴在额头或胸前即可应验，除非道分特高、具备一定魔性的僵尸，才要从头到脚封住，即便如此，一旦黄裱纸破损或被揭起哪怕一点点，都会使僵尸复活。明清两朝有些豪强家族在私牢里安置僵尸，被囚禁者成天与随时有可能复活的僵尸为伴，心理、肉体都遭受冷酷而歹毒的折磨，不出几天便会精神崩溃。我盗墓经验不足，莽撞之下闯下大祸。

刻不容缓间阿诚轻叱一声，双手洒出一大团糯米，米粒打在僵尸身上只使它微微一滞，我抓住难得的机会用力挣脱，翻了几下滚到他身边。僵尸低低咆哮着，以惊人的速度冲过来将阿诚扑到身下。

第六章　水晶之球

阿诚毕竟身经百战，具有丰富的与僵尸对垒的经验，不知用了什么手法竟然滑脱出去，反腿蹬在它胸口。它身体硬逾钢铁，挨了一下纹丝不动，反将他震出两尺开外。我想起玉能辟邪震妖，迅速从阿诚怀里掏出玉佛珠掷在它身上，岂料这厮全然不惧，五指叉开抓向我脑门。我身体后仰，右手挥刀狠狠一砍，“当”，藏刀尤如砍在石头上，差点脱手。僵尸趁我失去平衡纵身一扑，死死揪住我的腰际。阿诚在后面不知从哪儿找到根木棍，抡圆了重重砸在它后背，它一个踉跄险些栽倒，显然被惹恼了，嘴里发出“嗬嗬”声，当即放过我反扑过去。它的动作快如闪电，饶是阿诚机敏还被捉住手腕一拖一扭，将他在空中连转两圈，再往地上一摔，尖利的十指插向他咽喉。

我在一边看得分明，一个挺身鱼跃而起，双脚横扫在僵尸膝盖上。它的膝盖不能弯曲，乍然受力后上半身向前倾倒，十指平平从阿诚眼前掠过扑了个空。他腾出空冲我喝道：“快拿符咒!”我如梦初醒，连滚带爬来到墙角捡起那张黄裱纸。

阿诚与僵尸在狭小的囚室里展开游斗，边打边抱怨不该听蓝真真的话，说什么古堡没有僵尸只有吸血鬼，结果没带黑驴蹄子，不然冲它嘴里塞三四个立马就会老实了。说话间三晃两晃将僵尸引到墙角附近，他猛地趴下，喊道：“盖脸!”

我双手张开黄裱纸朝着它的脸蒙过去，谁知它真有点魔性，大概感觉大祸来临，仓促中捉住我的手臂向前一挡，“滋!”我手中的藏刀将黄裱纸一剖两半，还险些划到自己的脸。

瞬间两个人都愣住了——黄裱纸是眼下唯一能克制僵尸的法宝，如今法宝被毁，我们只有挨打的份儿。

阿诚第一个反应过来，纵身将我一拉，逃脱僵尸的利爪，喝道：

“掩护我开门!”

他旋风般转到铁栅栏前面上下摸索寻找门锁，我则尽力挑逗僵尸，但我的技巧与他有天壤之别，没几下就被踢得人仰马翻。幸好阿诚在铁栅栏下沿找到大铁锁，从口袋里掏出根小铁丝，凑在锁眼中捅了几下，“喀”，大铁锁应声而开，他拉开铁门第一个蹿出去，我慢了半拍，前脚刚迈出去，后脚被僵尸一把拽住，任凭我怎么拉都挣不脱。阿诚右手飞起一刀割断我半截裤子，左手将我扯出囚室，迅速关好铁门并拍上大铁锁。僵尸在里面暴跳如雷，用力撕扯铁栅栏，发出巨大的“哗哗”声。

“快跑，它真能拉断铁栅栏!”阿诚神情紧张道，两个人沿着漆黑的甬道向前飞奔，刚跑出十多米就听到一声巨响，整个铁栅栏轰然倒地。

阿诚叫道：“快找门，我们跑不过它。”

他长期在夜间盗墓，锻炼出一双夜视眼，没走几步就发现右侧有个房间，二话不说一脚踹开门，两人一拥而入。阿诚一摸门没有锁和插销，我点燃打火机，瞥见屋里有八仙桌和大理石屏风，当即一起动手移过去顶住门。刚布置妥当，石门被重重一撞，紧接着“咚咚咚”撞击声不绝，大有不达目的不罢休之势。不一会儿八仙桌面出现裂纹，石屏风也开始摇晃。我们使出吃奶的劲拼死抵在石屏风边沿，额头上冷汗滚滚而落。

“顶得住吧?”我问。

阿诚沉重地摇摇头：“顶不住……僵尸的力气永不衰竭，而且认准目标就不放弃，可以连续几天、几十天就站在外面砸，别说石门，就是一堵石墙也经不住……看来得另想主意……”

我再次燃起打火机，阿诚目光一闪道：“左边有门!”

我颓然道：“门有屁用，我们又跑不过它。”

“未必，”阿诚陡然松开手，一把抢过我的打火机，“辛苦点，我进去看看。”说着飞快地冲进去。

“咚!”石门被撞开一条缝，僵尸立即伸入一条枯黑干瘦的手臂，我双脚蹬地死死撑住，手臂被夹在门缝中上下挥舞，一次次击在桌子上，很快就砸了个洞。

“该死的阿诚，太没责任心，怎能在这节骨眼上掉链子?”我不满地想。

“咔嚓”，八仙桌塌掉一个角，门缝被撞得更大，僵尸又伸入一条腿，吊在半空踢断桌腿，桌子终于顶不住压力“哗啦啦”全部解体。僵尸倏地穿入门中，一掌将石屏风打掉小半面。

我只得撒手，铆足劲往小门里跑，刚到门口正好迎上阿诚，端了只铜盆，叫道：“看我的!”说着双手一挥，一盆黑糊糊的粘稠物洒在僵尸身上，接着打燃打火机一抛，“呼”，熊熊火焰顿时包围了僵尸，发出皮肉燃烧的“滋滋”声和腥臭难闻的味道。

“嗬嗬嗬……”僵尸在火中剧烈挣扎，踉踉跄跄向我们冲过来，阿诚拿着桌腿一顶将它推倒在地上，几分钟后便烧成一团黑焦炭。

“好猛的火势，”我咋舌道，“从哪儿找来的原油?”

阿诚道：“里间屋里多的是，恐怕是专门储藏原油的地方，足有上百桶。”

穿过堂屋走进去，迎面就是浓烈的油呛味儿，我掏出备用打火机欲打，被阿诚一掌拍落，叱道：“不要命了？这儿空气里都含有油，万一烧起来说不定能将整个古堡都炸掉!”说着亮起手电，四下照了一圈。

屋子约三十多平米，整整齐齐叠放了上百个方形铜箱，铜箱上侧刻有不同的图案，花、鸟、鱼、虫、虎、蛇等无一相同，线条简洁别致。我查看了几只铜箱后判断是古蜀国青铜工艺，原油应为鱼伯后代留下的，图案的作用是编号或记数。阿诚注意到地面有刮痕和油污，推测原先贮藏的原油占了满满一屋子，后来陆续被用掉大半。

他拿出保温杯灌了一杯，说或许后面用得着。

回到甬道，沿着笔直的走廊走了十多米，前面出现旋转楼梯，贴着两侧墙壁慢慢向下，到了底层又是甬道，右侧均匀排列着三间石室。第一间里堆满了干柴，由于年代久远已经炭化；第二间有五排铜架，上面隔了几十个方格，里面放着不同的蔬菜；第三间里则是各种各样的药材和药草，墙角工具柜内有鹤嘴锄、圆头镰、斗笠和各种规格的小撇锅，以及铜捣钵、竹编药筛、踬船、小铡刀之类，看起来是研制中药的作坊。

阿诚若有所思说：“我明白了，这一块是储藏区，贮存维持古堡运转的生活必需品，除了翻板，应该还有一条路通往生活区或后勤区……”

我一愣：“后勤区？”

阿诚说：“从古堡规模分析，里面常住人口有数百人，要保证这么多人每天吃喝拉撒，厨房、餐厅、卫生间、饮水池都必不可少，而且占据相当重要的地位，我甚至怀疑古堡在深山老林中开垦了田地，种植粮食、蔬菜、水果来保障后勤供应，不然到哪儿采购，又怎么运输？不过怎么回那间大厅倒是问题……”

他还惦记唐伯虎的字画。

“无妨，只要弄清整个古堡的结构，到时候所有宝贝尽在掌握，我们可以先挑些小件带回去，然后趁贩运面粉的机会把红木家具等大件运走。”我安慰他说。

两个人回到上层准备在囚室附近寻找出口，却发现左侧拐角有个隐蔽的小门，角度与囚室几乎平行，关在里面的人很难察觉，八成是监视囚犯的看守室。阿诚随手拉开门，一只流光溢彩的水晶球猝然不及地扑入眼帘。

正对门香案上端放着一只细腻洁白的白玉盘，水晶球就在盘子中央。球体约拳头大小，晶莹剔透，线条浑圆优美，球身绽放出桔黄和橙红混和的荧光，美丽得好似仙境里的七彩霞光，淡淡的，朦胧的，略带几丝神秘莫测。

阿诚好奇地凑到水晶球前道：“我还头一回看到这么大、这么漂亮的水晶球，外国传说中水晶球是女巫的法宝，能预测祸福、避凶趋利，看到过去与未来……啊！”

他突然惊叫一声倒退两步，脸上布满难以置信的神情。

“什么情况？”我问。

“里，里面有我……”

我晒笑道：“怎么会？我来看看像不像。”说着也靠上前一看，霎时全身汗毛倒竖，七魂丢掉了六魂！

我也看到了我！

令人恐惧的是水晶球里的“我”绝非镜像，而是我酒后与蓝真真躺在床上的一幕，她头发散乱，脸色绯红地沉沉入睡，我则托着下腮深情款款地看着她。

酒后乱性，是我的愧疚和污点，更是蓝真真的羞辱和哀痛，我们早已默契保守这个秘密，永远不让第三个人知道，谁知竟堂而皇之出现在水晶球上。

石室里一片寂静，良久阿诚干笑道："这东西……有点古怪，你看如何处置？"

我不假思索道："不看，不动，敬而远之。"

"自古以来凡泄露天机的玩艺儿都不得长存，我看应该顺应天道，把它毁了！"阿诚咬牙切齿说，看来水晶球着实揭了他的老底，才这般恼羞成怒。

"天道？"我耸耸肩，"天道就是它已放在这儿几百年，因此最好让它继续呆下去。"

阿诚呆呆看着水晶球，皱皱眉说："咦，球面怎么变成黑压压一片，是不是预示大祸来临……"

我听了下意识回头，正好看到一大片黑压压的东西扑过来！

第七章　绣花铁镣

若非水晶球在千钧一发之际提前预警，我们肯定要全军覆没。

在这救命的一秒钟里，我出刀并护住要害，阿诚虽来不及转身，也错开半步甩出一把飞刀。

“嘭”，我挡在胸前的手臂被一股雄沛的力量狠狠一撞，后劲如潮水般汹涌冲击到心脏，差点让我闭过气去。阿诚反应很快，甩出飞刀后随即操起白玉盘旁边的小香炉砸过去，同时扭身回转，双手握刀直冲过去。千手怪物或许已被我藏刀所伤，竟然不敢与阿诚交锋，轻烟般逸出小门，又在地上留下两条血手臂。

这鬼东西虽战斗力不强，又不耐打击，但来去飘忽不定，又有数不清的手臂，像牛皮糖一样始终粘在身后，让人非常讨厌。这也给我们提了个醒，那就是任何时候都不能放松警惕，稍稍一个闪失便会带来灭顶之灾。

阿诚出神地看着水晶球，喃喃道：“我说得不错吧，它真能看到未来，正如四川蚕洞里的水幕墙，没准水晶球是它的升级版。”

“颜色变了！”我轻呼道。

水晶球颜色由黑转红，整个球面布满了触目惊心的火焰，在迷离斑斓的红色中，有个人只穿了背心，反缚双手，被两根绳索吊着上下升降，在熊熊烈火中炙烤，他的头发、眉毛都已烧脱，全身抽搐痉挛不止，显得极度痛苦。

“郭项龙！”我失声道，“是郭项龙！”

阿诚扑上前细细查看，道：“老天，真是他！”

郭项龙从石阶进入石殿后便寂然无踪，也没有丝毫痕迹证明他的行踪，倘若水晶球显示得没错，他很可能误中机关，或落到潜伏在堡内的敌人之手，正遭受惨无人道的刑罚。

然而水晶球似乎不愿意泄露更多，画面陡然中止，转为插播广告——球面展现出千变万化的线状体，忽儿正方体，忽儿圆形，忽儿柱状体，看得人头昏眼花。我们除了知道郭项龙遭遇不测，没能获得丝毫有价值的信息，比如他的大致方位，火焰是人为操控还是自然而成，郭项龙因何被烈火炙烤，为什么不索性将他扔进火里烧死？

“必须先救小郭，”阿诚决然说，“唐伯虎字画、红木家具，那些身外之物可以暂时不管，我们四个人一起进来的，还必须四个人出去！”

我说：“再等会儿，也许水晶球会再给点儿提示。”

安静下来后才有闲暇打量室内陈列：香案上有白玉盘、被阿诚扔掉的小香炉、玉拂尘，以及一株两尺来高的红珊瑚，珊瑚明显经过人工雕琢，远远看去像亭亭玉立的少女。香案对面是张梳妆台，上面嵌着一面铜镜，台面上散落了些发油盒、眉笔、发簪之类的东西，抽屉里有张未完工的剪纸，乍一看好像是山水画，有山水、船、人、房屋等等。阿诚将剪纸夹起来收好，说等蓝真真没事时研究研究。梳妆台内侧有双绣花鞋，用红线绣着双蝶恋花。

阿诚笑道：“蝶恋花，这是少女思春的表现，难道负责管理储藏区和看守囚犯的是位小姑娘？”

我说：“女孩子有耐性，心又细，适合记账、点数，管理各类储藏物品的进进出出，至于囚犯，可能是惩罚性质的劳役，是古堡对犯有过错者的惩罚，不具有危险性。”

说话间阿诚蹲下身捡起绣花鞋，嘴里念念有词：“这叫平针绣法，多见于山西、内蒙一带，是将选好的图案草稿勾画于鞋垫上，然后用平针直接绣制，针脚排列整齐均匀、不露底布……咦，鞋子好像重了一点，难道不是千层布缝衲？”他边说边将左手伸进去摸索，不料绣花鞋“格达”一响，鞋帮两侧骤然收紧，竟将他的手紧紧箍住。阿诚脸色大变，右手用力拉扯，“嘶”，撕破鞋面绸布，露出一副锃亮精巧的铁镣！

我原本带着笑看热闹，见势头不对压住他左手，握着铁镣往外拉，才使了点劲阿诚便发出杀猪般的嚎叫，仔细一看铁镣卡口处的倒刺已经深深陷入肉中。

“你不是擅长解锁吗？”我问。

他颓然道："这种铁镣叫鸳鸯连环锁，锁眼一大一小，须得左右手同时铐上后重叠才形成真正的锁眼，可我两只手都被铐，怎么开锁？"

我眼珠一转："把另一只铐在我右手上，再让你解锁不就行了？"

"唉，鸳鸯连环锁的精妙之处就在于锁眼能依据手的大小而变化，同一个人的双手被铐，由于手模完全一样，大小锁眼自然吻合，倘若不同人的手，形状、结构、大小难免有差异，大小锁眼就不能吻合，"阿诚叹道，"因此只有一个死办法，等找到钢锉后慢慢锉，把一圈倒刺磨掉就行了。"

我瞠目结舌，不由折服于古人的奇思妙想，当下将另一只绣花鞋揣到怀里，等日后向行家请教。阿诚在石室里踱了几圈，又站在水晶球前看了会儿，若有所思道："奇怪，一个年纪轻轻尚未出阁的女孩子，居然绣了双暗藏铁镣的绣花鞋，她准备送给谁？其中又包含着什么阴谋？"

我细细审视鞋子四边花纹，突然发现鞋跟边沿有一道蓝线绣的小字：赠予晓倩。脑中灵光一闪，先前被毁的宣纸残片上也有晓倩，可见这个女孩在古堡，不，在古堡覆灭事件中占据相当重要的地位……会不会与水晶球有某种联系？

阿诚同意我的观点，补充道："晓倩是这间石室的主人，由于她在古堡内部地位的特殊性，或者具备某种特殊技能，对立面为了达到打击她的目的，精心制作这双绣花鞋相赠，然而不知晓倩心怀警觉还是别的什么原因，始终没穿，一直搁在这里。"

"可能是突然而至的怪病使得古堡内部暂时抛弃成见和内耗，作为重要人物，晓倩理所当然冲锋在第一线，根本没有时间穿绣花鞋臭美，"我叹道，"历史经验表明，越封闭守旧的小圈子，内部争权夺利越激烈，因此短短一部欧洲古代史，实质上就是古堡世家的斗争史，当他们觉醒过来后便冲出古堡，通过浩瀚的蓝色海洋征服世界。"

阿诚苦着脸一个劲地琢磨绣花鞋，显然对欧洲史不感兴趣，颓然道："还好，不影响行动，走，出去找出口。"

我们两个人又站到水晶球前，出神地盯着它看了良久，阿诚探询道："把它带走？"

我说："如此珍贵稀罕的东西，晓倩敢将它堂而皇之放在香案上，想必有其奇特之处，我还是刚才的观点，敬而远之。”

阿诚天生有股不服输的犟脾气，听我一说反倒打定主意：“晓飞，你就这点不好，遇事畏首畏尾，没有成大事的气魄，奇特怕什么？闪开，让我来冒冒险！”

他不待我阻止，径自挽起袖子大步上前抄着水晶球的底双手一捧，几乎在同时，球面“呼”地腾起鲜红色火焰喷到他胸前，阿诚慌忙拍打，反使火苗越烧越大，瞬间遍布整个胸腹。我一咬牙冲上去紧紧抱着他，伴随钻心的疼痛在地上来来回回打了几十个滚，方才把火扑灭，爬起来一看，两人胸前均烧了个大洞，阿诚右胸有巴掌大的烧伤。他惊惶未定，一声不吭躲到梳妆台边敷药。

水晶球喷发火焰后迅速由红转蓝，球面一片宁静祥和的氛围，接着慢慢浮现出一个修长婀娜的身影，她背对着我们，长发及腰，紫色长裙拖曳至脚踝，双手放在胸前好像捧着什么，过了会儿她的手臂开始往上升，越升越高，当双手超过头顶时我们终于看清捧着的东西：水晶球！

如果没猜错，她就是能控制水晶球的——晓倩！

从三星堆、金沙挖掘的资料可以看出，古蜀王国的国家权力并不统一，统治阶层分为神权和王权两部分，神权阶层主持祭祀仪式，负责占卜吉凶，充当人与神灵的联系者与媒介，控制民众精神；王权阶层则负责狩猎、战斗和劳作，奴役民众的身体。神权和王权相互利用、相互牵制，共同蒙蔽和控制广大民众，彼此之间刻意保持微妙的平衡。

然而对权力的渴望注定会使他们爆发冲突，乃至于走向公开决裂，我们在蚕洞壁画中就发现蚕丛为首的王权力量对神权的蔑视。随着领土扩张和频频对外征战，王权力量逐渐占据了上风，此消彼长的结果是神权力量慢慢走下神坛，淡出统治阶层，但作为必不可少的精神主导者，他们依然保留一定的身份和特权，事实上这些巫师也多少有几手能压得住台面，足以让民众产生崇拜、恐惧、敬畏的心理。

晓倩会不会是硕果仅存的神权余脉呢？她具有驾驭水晶球的灵力，又在古堡处于超然而重要的地位，与欧洲神秘莫测的女巫婆十分相似，也吻合代表神权的巫师身份。至于她为何出现在吴琪家族，一定有着非常曲折复杂的故事。

有阿诚的教训，我不敢碰水晶球，扶起他匆匆离开。我扶起铁栅栏倚在墙边作为脚手架，攀到上面在屋顶寻找翻板间隙，不看不知道，这才发现石头之间衔接得相当紧凑，真如人们形容金字塔那样，缝隙之间连刀片都插不进，两人一寸一寸搜索了两个来回，一无所获。

阿诚坐在甬道休息，见我失望的模样安慰道："别着急，成功往往在不经意之间。"

"但我们不能总依靠运气。"我说。

"扑通"，囚室东南角突然裂开道豁口，里面落下一个人，重重摔倒在地。我赶紧跑过去扶起他，拿手电筒一照，失声道：

"小郭!"

他四下扫了一眼，见阿诚手上戴着绣花鞋，胸口裸露了一大块，奇形怪状的模样，诧异道："你们这是干什么？真真呢?"

"她……"

才说了一个字，"扑通"，囚室西南角又落下个黑影，我们以为是蓝真真，"呼啦"全围上去，手电光圈一闪，落在黑影身上——

藏獒!

一只体形巨大，眼中闪烁着残忍疯狂的纯种藏獒!

第八章　狂暴藏獒

刹那间人和狗都愣了一下。

紧接着藏獒咆哮如雷，狂暴地扑了上来，郭项龙由于冲在最前面，后路被我们挡住退无可退，只得硬着头皮双臂一转一摔，以极其巧妙的动作脱下外套架住它的双爪，再顺势向前一淌。但藏獒的力量何其强劲，俗话说“一獒抵三牛”，只身搏斗四五条狼都不在话下，这点巧劲对付它真是如蜉蚍撼树。它在空中平平一闪，反将郭项龙压在身下。

阿诚率先出手，挥动左手铁镣挡住藏獒凶猛一抓，我从侧面一刀扎过去，不料它腰间肌肉坚硬似铁，使劲一蹭竟然将刀尖滑失方向。郭项龙赶紧跃起身，跳至半空又被藏獒左爪一拍，再度压到地上，藏獒同时身体一扭一撞，将我顶到墙边，张开血盆大口扑来，白森森的利齿像两排闪动寒光的匕首。

危急关头阿诚用力甩出一把藏刀，藏刀斜斜刺入它后腰，藏獒吃疼之下立即改变攻击对象，狂嗥着冲向阿诚。我斜刺里冲它踹了一脚，被藏獒臀部横撞到西墙角。阿诚和郭项龙奋力想竖起铁栅栏，岂知它腾空将郭项龙撞到五米多远，我欲跑过去补位已错过最佳良机，藏獒连扑带冲将阿诚压在墙上张嘴就咬，我奋不顾身从背后一撞，迫使它的嘴改变方向堪堪从他面颊擦过，阿诚拼足劲挣破衣服滚到两步之外。它调转身体准备扑向我，猛然间郭项龙怒喝一声，双手握刀由上而下狠狠捅过去，“哧”，藏刀深深刺入藏獒腹背部一直没至刀柄。

“嗷——”

藏獒发出一声撕心裂肺的嚎叫，腰际狂甩将郭项龙撞出六七米远，阿诚如鬼魅般也冲上去拦腰一刺，整个刀锋全部扎进它体内，藏獒如发疯的野牛在阿诚胸口一顶，“嘭”，阿诚先是飞起两米高，然后横里飞出四五米，重重落下后躺在地上一动不动。我也效仿他们挥刀猛刺，然而不知是它皮肤太平滑还是实战经验不足，刀尖又一次失了准头，反被它一口咬住裤腿拖倒在地，双爪按着我的双肩，舔着舌头咬向咽喉。

此时郭项龙刚刚在几米外爬起来，速度再快也来不及救援，我自觉无回天之力，暗叹一声闭目等死。

蓦地阿诚拿了保温瓶的原油洒在衣服上点燃，挥舞火把横冲直撞，藏獒饶是凶猛骁勇，对火却畏惧几分，下意识往旁边一跳。郭项龙不失时机喝了声“快起”，我会意，赶紧俯身抓着铁栅栏向上一抬，正好将藏獒关在囚室里。它身负刀伤，又屡次不能得手，天性中的凶悍杀气全被激发出来，又叫又跳又抓，一遍遍冲击着铁栅栏。我们知道再将它放出来就小命难保，卯足劲死死顶住。阿诚趁机将梳妆台搬过来，又跑到里面石室拖来两个大铁架紧紧撑住铁栅栏。

郭项龙协助阿诚磨掉铁镣上的倒刺，将手解脱出来，这时才有闲暇谈论分散后的际遇，出乎我们意料，郭项龙并未遭遇太多磨难，也没有被烈火炙烤，相反险些淹死。他进入石厅后从左侧第一间进去，走了一间又一间空屋子，什么家具都没有，走到第十六间时他感觉不对劲，想循原路返回，然而跟我们一样，绕来绕去很快迷了路。郭项龙毕竟是特种兵出身，遇事沉得住气，撕了块衣角剪成若干片，每到一间就在门框边放一片，没多久差不多摸清屋子的分布格局。他估计阿诚在外面等得着急，准备赶过去会合，途中遭到千手怪物偷袭，那个浑身长满手臂但战斗力不强的怪物具有一击不中，打了就跑的特点，没几个回合就消失在黑暗中。这一搅和又让郭项龙失掉方向感，还得从头再来。第二次探路时他摸到一个规律，即屋子的朝向不像正常建筑面南背北，而是西南朝向，稍稍偏一点西，正因为角度与平时视觉习惯不同，才容易走错方向。校正方向后很快来到出口位置，正待推门出去，眼角一瞥无意中发现门框上方挂着一柄小铜镜，心里一动。他虽没有盗墓经验，但跟在阿诚后面耳濡目染也学了不少门道，知道镜子在古墓里往往起到至关重要的作用，换而言之，它不会随便在哪儿挂着，一旦出现必定有什么玄机。

郭项龙攀住门框靠近铜镜，却见里面映出的室内景象与自己看到的完全不同，正对面居然有道楼梯旋转向下，楼梯两侧还装饰着镂空铜质秋千架。怎么会有这种怪事？郭项龙是工程兵出身，对阿诚津津乐道的五行、八卦、九宫不屑一顾，但此时此景似乎只有奇门八卦才能解释。他沿着铜镜映照的方向，单脚小心翼翼朝坚固厚实的石墙伸过去——

脚如同踩中幻影，毫无阻滞穿过石墙！

“扑通”，郭项龙惊奇之下忘了前面是台阶，一脚踏了个空，身体骨碌碌直滚下去，滚到台阶拐角他伸臂揽住楼梯栏杆，仓皇中又不知触动什么机关，台阶从中裂开，他两眼一黑，落进三米多高的地道。地道约两尺多宽，四壁光滑如镜，都是上等大理石打磨而成，走了十多米来到尽头，没有窗户，也没有门，一堵厚实的石墙挡住去路。再往回走，没多久又碰到石墙，墙角垒着三只大铁箱，打开一看都是已经灰化的粮食。

原来是用于暂时躲避危险的暗道，也是一段死巷，没有其他出口。

郭项龙不甘心，顺着石壁到处敲敲打打，终于在地道上沿找到一只铜灯架，他不假思索用力一扳，毫无动静，再一扳，石壁里隐隐传来轰轰声。他心中一喜，以为机关发动了，正打算寻找地道出口，猛然间不知从哪儿钻出来一股洪水，劈头盖脸咆哮而至，瞬间将他吞没其中。郭项龙连呛几口水后稳住心神，依靠水面与地道顶部狭小的空隙来回游走，手脚并用在墙壁上乱踢乱打，终于碰开一个洞爬出去，跌跌撞撞进入一间石厅，一眼看到唐伯虎字画，正待上前一步仔细研究，却误中陷马坑滚下来。

“地道？洪水？”阿诚吃惊道，“想不到小小古堡竟有这么多机关……你学过工程学，通过一连串事件有否掌握古堡的布局规律？”

郭项龙沉吟片刻：“古堡建筑风格鬼神莫测，布局处处剑走偏锋，每每出人意料，刁钻古怪到极点，实在难以弄清其脉路，目前为止我只发现一个共同点，那就是出口通常设置在屋子顶部。”

“那就是说我们这儿的出口就在囚室顶部，偏偏那狗东西精神得很，怎么办？”我说。

“烧死它！”阿诚咬牙切齿说，“倒半桶原油进去，我请大家吃狗肉烧烤。”

我展颜道：“虽然佐料不齐，不过狗肉真的很香。”

藏獒仿佛听出我们欲对它不利，举动更加狂野，将铁栅栏撞得“砰砰”直响。

“嘿嘿，反对无效！”阿诚狞笑道，我和郭项龙到储油室抬了一箱原油，从铁栅栏空隙间慢慢倒入，藏獒预感不妙，连连后缩避免被原油沾到，但囚室地面原本就比甬道低，原油绵延不绝向里流，很快把它逼到墙角。

“你也有今天！”

阿诚恶狠狠说，“咔嚓”燃起打火机，微笑道：“土狗、宠物狗、猎犬、警犬咱都吃过，就是不知道藏獒的味道，今天让老子尝尝鲜。”

“你吃前腿……”

我正准备规划一下狗肉大餐的分配，突地囚室西北角“扑通”，坠下一人！

蓝真真！她头发散乱在脸上，伏在地上一动不动，看样子昏迷过去了。

藏獒如获至宝扑到她身上，虎视眈眈盯着我们，凶悍的眼神好像在示威：你们有同伙落我手上了，还敢放火吗？

形势将我们逼到悬崖。一方面蓝真真苏醒后要拼命挣扎，势必会触怒藏獒，惹发它的凶性，作出对她不利的举动；另一方面时间拖得越久藏獒越容易失控，到时很可能两败俱伤。然而怎么从它手里救人是个严峻问题，刚才那场搏斗完全是一边倒的格局，我们根本没有办法也没有能力与藏獒正面对抗，何况它身中两刀，已对人类产生强烈的憎恨，再度交手肯定要疯狂报复。

正在左右为难之际，藏獒突然伸出舌头在嘴边舔了一圈，然后张开大嘴慢慢靠近蓝真真咽喉。

糟糕，它一定饿了！

郭项龙甩出一柄飞刀扎在它臀部，藏獒吃疼之下大吼着扑向铁栅栏，冷不防蓝真真陡地跳起身冲向右侧，叫道：“救救我！”原来她落地后发现处境危险假装昏迷，直至机会来临才猝然行动。

不等她开口，我和阿诚已搬开铁架和梳妆台，移动铁栅栏放蓝真真跑出来。郭项龙卸了根铁条拦住藏獒，它身中三刀，体内暴戾已激发至顶峰，咆哮着击飞铁条，一爪抓在他左肋，将他从左臂到大腿抓了四道深深的血痕，再身体横扫，郭项龙被撞飞在甬道顶部再重重落下。阿诚在旁边觑个空当猱身而上，又一柄匕首扎入藏獒胸口。

这一下显然是致命打击，藏獒低低咽呜两声，身体摇晃了两下，正好看到我扶着蓝真真往左边石室跑，纵身一跳一口衔住蓝真真后背衣服，她吓得花容失色几乎瘫软在地，我抽刀大力猛刺，终于如愿以偿刺入它右侧腰际。藏獒脑袋一甩，将我顶出五六米远，被阿诚一把扶住。藏獒身中四刀，体能、精神遭受重大打击，如被撩拨起的斗牛，瞪着血红的眼睛猛冲过来。阿诚手执铁棒横里打在它背上，它无动于衷，好像认准我似的径直向前冲。郭项龙见势不妙拖过梳妆台往前面一挡，就听“砰”一声巨响，梳妆台被撞得粉碎，藏獒穿越碎木块和木屑狠狠顶在我和郭项龙胸前，两人如脱线的风筝腾空而起，齐齐撞到囚室北面石墙上。

“嘭!”

石墙上悄然开启半扇石门，我们俩去势不减滑入门内，黑暗中身体一空，向下坠了两三米摔在坚硬的石地上，往下滚了十多级台阶，最后被一堵石墙挡住。

郭项龙在第一时间打开手电，却见两人身处四面石墙的死角，往上照是狭窄陡峭的石阶，足有二三十级，再往上——

是一群灰黄色的眼睛，在灯光下闪烁着冷酷阴寒的光芒!

第九章　美女幽灵

狼！

封闭数百年的古堡里怎么会有狼？

没等我反应过来，郭项龙从怀里掏出一把红红绿绿的东西往石阶上一摔，“啪啪啪啪”，发出一连串震耳欲聋的爆炸声和炫目的闪光，灰黄色眼睛迅速黯淡下去，转瞬便消失不见。

“什么新式武器？”我好奇地问，暗想刚才对付藏獒时就拿出来何至于那么狼狈。

“你小时候准玩儿过，摔炮呗，一摔就响……这种洋泾浜的东西只能吓唬吓唬狼，碰到不信邪的藏獒就扛不住了。”

我哑然失笑，没想到向来冷峻寡言的郭项龙也有幽默的一面，但接下来我要说的话题却很严肃：“小郭，到格吉勒之前你在哪儿出差？”

他一愣，似乎没想到我会问这个问题，略一思索说：“刚遇到你时我不就说过了吗，张家口一家钢铁厂。”

“哪一家？”

“冀西。”

“去干什么？”

“外调……你问这些干嘛，好像警察盘问似的。”他有点不满。

“张家口共有两家钢铁厂，一家是冀西，一家是众华，凑巧的是我都熟悉，”我盯着他的眼睛，“知道为什么？”

他嘴角因为紧张绷成坚硬的线条，一言不发。

“因为他们都是我的客户，这次来格吉勒时我特意绕到张家口上门拜访，根本没听说有江苏的人在那边搞外调！”

“这个……”

他张嘴欲辩解，我抬手阻止住：“我不想听你解释，不想听什么前脚后脚，或者你很低调，不想让太多人知道等等，之所以直到现在才说这件事，就是不愿把事情闹大，在四个人之间播下不信任的种子……”

“我可以……”

我再次打断他：“早在两年前我就很奇怪，一个经过严格训练、政治素质过硬的特种兵，又身为国有企业保卫科长，有什么理由、什么必要为了几个钱跟在我们这些无业游民后面出生入死，干违法乱纪的勾当？”

“我喜欢冒险和刺激，讨厌平淡无聊的生活。”他声音沙哑地说。

“这个理由很牵强，特别是你在行踪问题上撒谎后，请老实交待，这些日子你在外面干什么？除了退役特种兵、保卫科长，你还有什么身份？你跟我们在一起的真正意图是什么？”我步步紧逼。

他深深叹了口气，手指关节捏得格格直响，良久才缓慢平稳地说：“晓飞，你扪心自问，无论上回在四川，还是这回进古堡，我郭项龙可曾有贪生怕死、畏首畏尾的状态？两年来你们可曾因为我而遇到过什么不测？至于我为何撒谎……这么说吧，每个人都有不想为人所知的一面，或许很阴暗，或许很龌龊，但对其他人来说毫无意义，明白我的意思吗？我希望这件事以后不要再提，就当没这回事好啦。”

我念如电转，眨眼间闪过几个问题，想了想还是忍住没说出来，起身说：“走，上面看看。”

从石阶进入一间空旷深远的大厅，屋顶呈圆穹形，上面吊了盏八角宫灯，四面墙壁安装了一圈胳臂粗的牛油蜡烛，不知何故只燃了一半。大厅正中有块铜方，高半尺，两尺见方，铜方四边修饰有波浪式条纹，下方雕着山川湖泊图案，看上去又大气又精致。

郭项龙围着铜方转了一圈，道：“它有什么作用？”

“古希腊议事大厅就设有这种议事台，每次开会主持人站在台上讲话，民众围在四周，圆穹形屋顶能保证声音均匀传到每个角落，既方便聆听又拉近彼此间的距离，”我顿了顿说，“这种建筑风格证明我一向坚持的三星堆文明泊来学说，古蜀国青铜工艺、风俗习俗等等与西方文明确有千丝万缕的联系，青铜面具、铜方、壁画都证明这一点，但纵使古蜀国文明与欧洲文明有相似之处，也不能证明它源于欧洲，事实上古蜀国很可能是世界文明的中心，正是它促进了古巴比伦文明、阿卡德文明和华夏文明的兴盛……”

郭项龙似懂非懂，脸上一片茫然。

“三星堆文明是古蜀国发展的巅峰，然而一场神秘大火烧毁了象征着国家根基的宗庙，人们的信心和信仰坍塌了，认为是神的责罚，这片土地已被神诅咒成为不祥之地。经过激烈的争吵和辩论，庞大的古蜀国分成两支，一支是金沙文明，另一支则是弓鱼国，西周年间周王室重臣井伯之女井姬下嫁鱼伯，为弓鱼国带来很长时期的和平安详的生活，直到春秋末年矢国大兵压境，弓鱼国被灭。与其他所有文明不同的是，古蜀文明呈高开低走之势，以青铜技术为例，年代越久远技术越精湛，简直到了出神入化、匪夷所思的程度，然而到了弓鱼国时期，铸造的青铜器粗糙得不象话……”

“谁?!”他突然怒叱一声，身体如离弦之箭射向大厅西南侧两根大石柱之间，倏尔间我也依稀看见个白色影子在石柱边一闪而过，赶紧抽出藏刀跑过去。赶到那边，只见他满脸诧异站在石柱面前，眼睛四下逡巡。

“跑了?”我问。

他摇摇头：“不可能的，我明明看到她躲在后面，凭我的反应和速度，她绝对来不及逃到视线之外。”

“是个女的?”

“长发，白色长裙，粉红色鞋子，移动速度快得惊人，身体比柳絮还轻。”到底是习武之人，随便一瞥便能记住许多细节。

“或许……”我向上瞟了一眼，石柱上下一览无余，屋顶光滑如镜，别说人，连只老鼠都藏不下。

“或许我们都看错了。”郭项龙冷冷说，蓦地身体快速向前一扑转到石柱侧面，还是没有人，顿时眉头紧锁，眼角肌肉不住跳动。

“到里面看看吧。”我被他的紧张所感染，不敢在这儿耽搁。

他身体僵着一动不动，兀自保持高度戒备的姿势：“别动，感觉她还在大厅!”

我绝对信任超一流高手的判断，不敢乱动，倚在石柱前，拿着手电到处乱扫。大厅里静得反常，仿佛在寂静中酝酿某种突如其来的危机，甚至能听到自己血管里血流的声音，不知不觉间冷汗已浸湿衣服，后背凉嗖嗖的。

“她走了。”

郭项龙陡地喟叹一声，脸上说不出的失落与怅惘。

我松了口气：“那好，赶紧离开这鬼地方。”

“好……吧，咦，等等!”他猛地刹住脚，诧异地指着东南墙壁，在一块不显眼的灰白色花岗岩上，刻着一幅两尺长、一尺宽的浮雕画。由于整个大厅墙壁都是空白，这幅画既破坏整体墙面的统一，又与大厅格局不协调，显得突兀而怪异。

浮雕左侧人头攒动，全部戴着头盔，或扛枪，或举刀，或紧握盾牌，人群后方有个高台，两名巫师一手指天，一手在半空挥舞，显然在祈求上天保佑自己的军队获胜。浮雕中间屹立着一匹高头大马，马上端坐着全身盔甲的将领，右手持剑，左手握盾，虽没有刻画表情，仍可感受到他紧张、慎重的心情。与左侧兴师重众、刀剑如林的大场面相比，右侧出人意料地简单，只画着寥寥几个武士，赤手空拳，头戴圆形头盔，表情似笑非笑，一副放松自在的姿态，仿佛在河边散步一般。

画面线条简洁，繁而不乱，具有古蜀文明古朴大气的特征，无疑是鱼伯后人的杰作。

郭项龙蹲在前面足足看了四五分钟，道：“是反映弓鱼国被矢国征服的战争场面吗？不太像，史料记载矢国的兵器叫‘鍗’，三面两刃，顶端扎有一圈白缨，如果是矢国军队，说什么也应该体现这一特点，对不对?”

我悚然一惊：春秋战国史历来繁乱难记，见诸列传的有一百七十多个诸侯国，文科生能说出春秋五霸、战国七雄就不错了，对我们考古系学生而言，也只需记住二三十个在历史上有点影响的诸侯，像矢国这种冷避的、在历史上藉藉无名的小国，恐怕连某些历史系讲师、助教都不熟悉。郭项龙张嘴就说出矢国情况，起码证明他精心研究过弓鱼国覆灭前后的那段历史。

问题是，作为一名保镖，他要了解这些情况干什么？

“从场面上看，左侧如临大敌，右侧却似闲庭信步，双方兵力对比悬殊，不是一次势均力敌的较量，可根据记载，弓鱼国经过四次大规模会战才被矢国打败，作为胜利者，矢国也元气大伤，数年后被辛国所灭，其王族子弟流落到陕西陇县一带建立了虞国，”我一口气说下去，“因此我判断浮雕并非记载弓鱼国灭亡，而是纪念一桩古蜀国历史上的重大事件。”

他眼睛一眨不眨地看着我：“继续说。”

“这件事不仅导致古蜀国的衰亡，更重要的是他们一直没弄清楚自己为什么输得如此之惨，连还手的余地都没有，从此古蜀国文明神秘中断了一千多年，当他们再度出现在华夏历史时已是面目全非，全无当年的灵气和神韵。”

“小小一幅浮雕让你看出这么多名堂，真是难得。”

我摇摇头：“这是我临时产生的一点想法，至于右侧几个人，总觉得在哪儿见过……”

“喔?”他困惑地啧啧嘴，“我也有类似感觉，不过……”

两人都陷入沉思，大约过了四五秒钟，又不约而同叫起来：“石雕!”

圆形头盔、似笑非笑的表情，十分酷似石像阵里的那些石雕!

这样看来石像阵与古堡其实是敌我关系，也许石像阵的存在并非阻止外人上山，而是禁止古堡里的人下山，因此数千年来只从里面逃出两个瞎子——唯有瞎子才能无视石像阵的地势设置与误导。然而传说中古堡每隔一段时间就有人下山挑选童男童女繁衍后代，又是怎么回事？难道双方达成某种默契，由古堡最高首领掌握破阵机密？

我和郭项龙推想了十多种解释，又一一轻而易举推翻，有关古蜀国的秘密就是如此，每当我们有所突破时，却要面对更多谜团。

郭项龙手指慢慢抚摸浮雕右侧，出神地说：“这种圆形头盔曾经以青铜面具的形式出现在三星堆，刚出土时引起世界关注，人们都想不通历史怎会有如此惊人的巧合，它与现代特种兵装备的战略头盔极为相似，中间轴线上有望远镜，头顶是天线，两边招风耳相当于窃听器……但它在墓坑里仅以祭品的身份出现，证明三星堆人对它的实际功效并不了解，到了鱼伯古墓，连青铜面具的铸造法都失传了，墓里大多是陶器和玉器，为数不多的青铜器一看便知是三星堆时期遗留下来的，由此可见，圆形头盔、青铜器铸造并非古蜀国人的专利，其核心技术掌握在另一群人手中，他们……”

说到最关键处他突然刹住口，我侧过头催促道：“你的见解很有意思，继续说呀。”

他的姿势丝毫不动，眼睛依然看着浮雕，嘴唇微微翕动，我当即看出他要表达的意思：背后有人！

第十章　百年凶案

我的眼角正好瞥见身后三四米处飘飘荡荡有个白色影子，仿佛悬在半空，裙摆长及脚踝，下面是双洁白如玉的脚，脚趾珠圆玉润，线条柔和而优美，我从未见过这样完美的脚，不由心神一荡，神智竟有几分恍惚。

蓦地耳边传来郭项龙一声清叱，身体向后平移，右手挥出两柄飞刀，左手骈掌为刀自上而下猛劈。白色影子居然有闲暇冲我笑了笑，然后急速后退，很快消隐于黑漆漆之中。

“你认识她?”他没头没脑地问。

我脑中犹在回味她那粲然一笑，道：“刚认识的，她叫晓倩……”

听了我的叙述，郭项龙瞠目结舌，语气低沉地说：“子不语怪力乱神，现在看来这个观念要改变了，晓倩分明就是幽灵，她跟藏獒、千手怪物一样正千方百计阻挠我们接触古堡更深层次的秘密。”

“你认为古堡隐藏了什么?”

“肯定与古蜀国那段匪夷所思的历史有关，吴琪应该查到很多有价值的东西，但最后关头却选择保守秘密。”

郭项龙呆呆出神，若有所思说：“可见这个秘密何等的令人震撼，何等的古怪离奇，他们无法接受或者说担心引起天下大乱，才决定让秘密湮没于尘世。”

“是的，我觉得我们离真相越来越近。”

从大厅左侧小门进去，里面是长长的圆拱形石廊，虽然右边开了一排窗户，但被前面高高的石墙隔阻，墙头似瀑布般洒下又厚又密的藤蔓，从窗沿爬进来一直延伸到两侧大理石墙裙和石廊顶部，使得里面光线十分暗淡，充满了阴森森的凉意。石廊尽头是长方形小厅，正前方一字排开三扇石门，门上分别画着虎、豹、狼。推开虎门，里面是间卧室，一张红木大床，两把披着虎皮的太师椅，椅子对面墙角有个兵器架，上面插满了长刀、枪、斧、戟等各式武器，墙上挂着硬弓、箭筒、皮鞭。再进入豹门，陈列差不多，不过是虎皮换成豹皮。

郭项龙道：“大概是古堡武士的房间，睡觉都离不开兵器，还不忘把猎物皮毛挂出来炫耀，接下来的狼室应该挂满狼皮吧，哼，品位也太差劲了。”

“虎、豹、狼可能与武士的实力有关，也代表相应的级别和待遇……”我说着随手推开狼门，冷不防一团黑黝黝的东西闪电般冲出来，将我扑倒在地，刹那间我才看清偷袭者的面目：黄褐色的眼睛，血盆大口，两排尖厉的牙齿。

一头真正的狼！

原来狼室不是武士的卧室，而是狼窝！

没等我有所反应，郭项龙腾空一脚重重踹在狼头上，狼嚎叫着在地上打了几个滚，如子弹般弹起身射向他，郭项龙错步侧闪避到一边，挥刀在它脊背上拉了条长长的血痕。狼到底天性狡猾多诈，当即判断出郭项龙不是善茬，干脆撇下他再度扑向我。我没想到它竟然懂得避实击虚，连滚带爬躲到郭项龙身后，狼犹豫一下，绷直身体与我们对峙。

“快点火把！”郭项龙迅疾无比地将我拖到西墙边，匆匆命令道。

我一怔，虽没搞清他的意图，却知道非常重要，赶紧扯了几把藤蔓用打火机点燃，正准备扎第二个，只见狼室里鱼贯而出十多只狼，有的堵住退路，有的排在头狼身后，不怀好意地盯着我们跃跃欲试。

因为狼绝少单独行动，一只狼的出现往往意味着附近有一群狼。

郭项龙右手大力甩出一柄飞刀，正中最右边一只狼的心窝，它闷哼一声踉跄倒下，引起狼群轻微骚动，不少狼急躁地用爪子在地面刨来刨去，一副急于进攻的样子，头狼连连长嚎，似乎警告它们不得妄动。

我双手交替撕扯下一大片藤蔓，引燃熊熊篝火拦在前面，松了口气道：“狼怕火，短时间内它们不敢发动攻击。”

“确实只有很短的时间，”郭项龙道，“这儿的干藤枯枝最多维持二十分钟，到时就轮到它们了。”

“二十分钟……”我想了会儿道，“你不是有摔炮吗？连摔两个威吓一下，再挥舞火把强行突破，应该有几分胜算。”

“我想过，但冲过去不代表危险解除，它们会跟在后面追，把我们逼到刚才的石阶尽头，到时还免不了一死……又没有其他出路……”

郭项龙说着陡地又甩出飞刀杀死一只狼，狼群哀嚎声此起彼伏，凄厉苍桑的声音让人听了很不舒服。

“可惜火车上严禁携带猎枪，不然一枪一个打死这些狗东西！”他愤愤说。

墙壁上藤蔓越发稀疏，狼群似乎注意到这一点，愈发骚动得厉害，终于有两只狼按捺不住，分别从两侧猛扑上来。郭项龙眼疾手快一把揪住其中一只狼的头皮凌空甩到石墙上，它哀鸣数声瘫倒在地；另一只绕过他向我发动进攻，我挥动火把守住阵地，他甩出一柄匕首正中它心窝。

狼群中又有四五只想利用墙边阴影偷袭，被头狼阻止，它发现只要篝火存在，要取得胜利就必须付出惨重的代价，打定主意继续等待——狼是动物中最有耐心和最懂得策略的群体，因此猎人宁可面对老虎，也不愿遭遇狼群。

“还有匕首吗？”郭项龙问。

我以为他想依靠发飞刀消耗狼群实力，一下子掏出三柄藏刀递过去，他只拿了两柄，道：“留一柄自杀吧，我不想被狼咬死。”

以郭项龙的骁勇和自信居然想到死，我心一凉，不知如何回答，岔开话题说：“阿诚看到我们把石墙撞开一道门，也应该效仿才对，怎么直到现在还没来？”

“不要有太高的期待，单那只藏獒就够他们受的，还有石墙上的门，我怀疑开关是随机产生，同一个方位撞第二次恐怕行不通，倘若别的位置，又有可能撞开其他通道的门，总之古堡设置千变万化，非我们这些凡夫俗子所能领悟。”

篝火火焰渐渐黯淡下去，头狼身体跃起，发出一声长长的嚎叫——总攻终于开始了，我和郭项龙对视一眼，同时将藏刀抵在颈项。

陡地狼群后面人影一闪，美丽的白衣幽灵又出现了，她宛如一缕轻烟，从狼室里袅袅飘出来悬在半米多高处。顷刻间狼群立刻归于平静，龇牙咧嘴张牙舞爪的它们服服帖帖，连尾巴都耷拉下来，接着仿佛听到号令一般，在头狼的率领下退回狼室，与此同时白衣幽灵逐渐淡隐，像水汽蒸发似的消失不见。

真是意想不到的结局。

我与郭项龙面面相觑，从对方眼里看到了无与伦比的震惊。

显然，是白衣幽灵吓退狼群救了我们，难道与我们的想象不同，她希望有人揭开古堡的秘密，将真相大白于天下？若果真如此，晓倩必定关系到古堡内部势力均衡，是古堡走向覆灭的关键因素。

两人犹犹豫豫推开狼门，对面两个角落各有一个铜门，左边铜门半敞着，凑在门口一看，数十头狼好像被集体催眠似的安安静静躺在地上睡觉，比幼儿园的孩子午睡还老实。郭项龙做了个禁声的手势，两人蹑手蹑脚来到右侧，门一推便开，里面是道花廊，弯弯曲曲足有二十多米，走到尽头竟是个大四合院！

院子中间是座瘦骨嶙峋的假山，假山上分布着彩陶亭子、行人、小桥、树木，正中镶了块汉白玉，上书：涟水山庄。院子三面平房，一面倚山，两米多高的门楼下一条宽阔的石阶通向山径深处。

看到这儿我们算明白了，狼群是古堡有意设置的一道防线，负责扼守生活区要害，当然古堡里的人必定有专用通道，避免直接接触狼群。

平房东首是一间花厅，地上铺着精美华丽的地毯，屋子中间有具古琴，琴桌上散放着琴谱、松香、丝绢等，对面墙角是个铜质鹤嘴沙漏，凹槽里注满了澄黄细密的沙子。

深居古堡，自然有闲情逸致操琴弄墨，不然怎么打发漫长无聊的岁月？

郭项龙饶有兴趣地研究着沙漏，我转到琴桌前捧起琴谱随手翻了两页，不经意间看到一行娟秀的小字：

宁静即将打破，宿命无可逃避，乌云飘到古堡上空。

七八页后还是这个笔迹，有一行字巧妙地藏在乐谱中间：人心涣散，大势已去，违拗天意，勉力为之。

再往后翻，倒数第二页赫然出现几个触目惊心的血字：有人要杀我……

笔迹虽然与前面的一样，但歪歪扭扭，完全没了从容淡定的风度，可见写字时形势十分危急、紧张，使古琴主人失去往昔的镇定。

郭项龙见我呆呆站在这儿，凑过来将琴谱从头到尾翻了一遍，断言道：“内讧，一定是内讧。”

我看着看着脑中灵光一闪：“白衣幽灵把我们引到这里，此事会不会与她有关?”

“对，”他一拍琴谱，“晓倩就是涟水山庄的主人，她……”

不知是琴谱过于久远还是他手劲太大，竟将琴谱拍得粉碎，书屑中一张金黄色纸片飘然落地。

“紫金笺!”我叫道。

郭项龙捡起信笺，上面龙飞凤舞写着：巫师不日抵堡，速速离开。

“巫师!”郭项龙浓眉耸动，“凶手是巫师!”

我摆摆手：“等等，这件事有点乱……巫师是古蜀国的神权阶层，经历蚕丛、柏濩、鱼凫三代世袭家族的斗争后，势力日趋衰弱，到了弓鱼国的鱼伯时期基本形成王权阶层独大的局面，巫师成为神庙里的摆设和点缀，只有久旱不雨或久雨成涝时才请出来装模作样比划几下，吴琪进入㓨山古堡已是明朝末年，距春秋战国足有数千年，即便巫师代代相传下来，能有什么本领让古堡如临大敌?须知晓倩也具备相当灵力，怎会听到巫师来临就有无力抗衡之感?”

“也许巫师是某个职业刺客的外号。”

“但联想到蚕丛时期就开始的神权与王权争斗，巫师对古堡来说应该有特殊含义，”我脑中乱成一团麻，“巫师到古堡干什么，仅仅想杀掉晓倩吗?我们原以为晓倩是巫师，现在看来不对，那么她在古堡中扮演什么角色，为何明知不敌还坚持留下?她的死与古堡覆灭又有什么联系……”

郭项龙倒干脆，拉起我说：“与其站在这儿费脑筋，不如到处看看，没准能有新线索。”

花厅左侧是标准的女孩子绣房，屋子里充斥着数百年前的脂粉香，雕花小木椅、绣架、团扇、摆满各式丝线的锦盒，使人不禁浮想联翩。

“晓飞，那边有一排珠帘。”郭项龙道。

我瞟了一眼随口道："大概是马桶之类的不雅物吧。"

他摇摇头："我怎么有种心惊肉跳的感觉呢？"

"我胆子小，别吓我。"

虽这么说，还是陪他来到珠帘前，他拿藏刀轻轻挑起水晶帘子，刚掠到一半，两人被眼前的景象惊得头皮发炸，霎时七魂飞掉了六魂，僵在那儿动弹不得：

珠帘后墙边一字排开六个小坛子，每个坛口都搁着一颗人头，面目不腐不朽，栩栩如生，眼睛半睁半闭，表情似笑非笑，好像在朝我们打招呼。

第十一章　六度法阵

还是郭项龙应变快，刹那间飞刀滑至指尖准备射出，我懵懵然顺手操起旁边小皮凳就要砸过去。

“住手！”

身边传来一声断喝，阿诚带着蓝真真出现在门口，他一个箭步冲到我们中间，看着坛子人头，脸上露出又惊又喜的神情，似乎遇到久违多年的朋友。

“这不是人彘吗？”蓝真真问。

西汉初年吕后妒忌戚夫人专宠，等高祖死后砍掉她四肢，挖掉眼睛，用铜汁堵住耳朵，割断声带，并腌制起来扔到厕所里，让她求生不得求死不能，饱受折磨和侮辱。

阿诚头摇得像拨浪鼓：“不对，不对，他们叫恶魂煞瓶，是施展六度法阵必不可少的法器。”

“六度法阵？”我和蓝真真诧异地对视一眼，我们自认为熟读历代史书，掌握各朝代人文风俗、奇闻秩事，也涉及许多古墓方面的知识，就是没听说过六度法阵。

阿诚到底经常与死人打交道，毫不经意凑到坛子面前逐个细细打量，然后吸吸鼻子，问道：“大家闻到香味吗？”

“女孩子的绣房，本来就有脂粉香。”我说。

阿诚道：“错也，这种香味叫兰馨若，禅宗专用名词，意思是人体死后发出的味道。”

“什么？我们闻到的香味都是，都是……”

蓝真真难以置信地指着坛子，阿诚点点头，她顿时脸色煞白，张嘴欲呕，忙不迭转身冲出去。

我责怪道：“你不该跟真真开玩笑，进入古堡后大家精神都高度紧张，神经绷到极点，稍有风吹草动就可能成为压垮骆驼的最后一根稻草。”

阿诚叫屈道：“我已经累得要死，哪有心情开玩笑……你和小郭撞进石墙暗门后，我们俩跟藏獒折腾了二十多分钟，总算把它关进旁边石室，然后两人轮流撞墙，起码撞了上千下，全身青一块紫一块，好歹碰到机关才滚进来，这会儿我的话句句属实，没有半点夸张……六度法阵是西域禅宗密传的高级招魂术，只有历代宗主才能掌握，由于它威力惊人，又恶毒残酷，禅宗规定必须同时满足三个条件才能施术，否则法阵无法启动，施术者也将遭至极为悲惨的下场。”

“哪三个条件？”郭项龙也被吸引住了。

“一是禅宗势力受到严重破坏，大批禅宗弟子面临厄运；二是敌方乃十恶不赦之徒，唯有死才足以平民愤；三是用于施术的恶魂煞瓶必须出于自愿。”

我说：“前两点都好办，只是个解释权的问题，第三点就有些故意刁难了，试想谁愿意把自己健康的身体变成人彘，成天搁在坛子里生活？”

阿诚指着坛子人头说：“你看他们，一个个神情镇静，目光安详坚定，哪有半点被强迫的意思？事实上六度法阵能否发挥应有的威力，关键在于恶魂煞瓶，他们被削成人彘放入坛子后，每天必须念八个时辰‘恶魂煞咒’，将敌人名字在心中诅咒一千遍，七七四十九天后形成‘恶灵印’，在此期间若有恶魂煞瓶因营养、体力或疾病而死亡，‘恶灵印’便修炼失败，一切得从头再来。”

郭项龙咋舌：“如果失败两回，就意味着要有十八个人自愿做人彘，太，太……”

我沉思道：“恶魂煞瓶藏在绣房，说明晓倩打算动用六度法阵来对付巫师，也许她本人就是施术者……可她怎么说服古堡里的人心甘情愿做人彘？这可不是闹着玩儿的事，比引颈自刎还残酷百倍，何况能否成功还有很大的不确定性，另外，堡主在这件事上是什么态度？巫师、晓倩、堡主三个人之间存在怎样的关系……”

“还站在里面干啥？快出来！”蓝真真在门口叫道。

我和郭项龙应了一声往外走，阿诚却磨磨蹭蹭不肯挪身，目光仍停留在坛子人头上。

“怎么了？”我问。

他压低声音道：“坛中有玉。”

“玉？”

他声音更低：“恶魂煞瓶入坛时都要在腰间系一块和田美玉，服下秘药，再加上坛子里的圣水，尸体千年不腐，始终保持生前的模样，俗话说人养玉，玉养人，和田美玉经过数百年血水浸润，成为举世难觅的血胎玉，拿到香港动辄几十万、上百万，很值钱。”

我推了他一把，恼怒道：“先别说这种鬼鬼神神的东西还藏着什么名堂，六度法阵发动后现在仍否有效，万一真真知道我们做如此恶心的事，不知道要怎么翻脸……”

他嬉皮笑脸道：“瞧你，做什么事都瞻前顾后，得了，你在门口望风，我来干，事成之后四六分成，怎么样？”

“这不是钱的问题。”我隐隐觉得不妥，但又说不出具体原因。

“晓飞，你呀就是太固执，思想不开窍，要是活络一点当初何至于让真真飞走？”做思想工作是阿诚的强项，“首先，恶魂煞瓶的功能就是法器，蕴含的‘恶灵印’只有经过施术者发动才有用，否则就是一滩血水；其次，我们不下手，或许以后被其他懂行的人取走，或许永不见天日，简直是暴殄天物；最后一点也是最重要的一点，大家到古堡来干什么？除了弄清古蜀国的历史，顺便发点小财也是目标之一，不然放下好端端的生意不做，造成的损失谁来弥补？”

“晓飞，阿诚！”蓝真真又在外面催促。

阿诚道：“快做决定，不然来不及了。”

我略一思索，觉得阿诚的话也有道理，此行毕竟不是公费考察，出来一趟花费开支不说，确实耽误了不少生意，堤内损失堤外补，也该有所补偿，当下松了口：“别贪心，取两三块就够了。”

“没问题。”

阿诚从兜里取出一柄尖头小锤对准小坛子中间一敲，“当”，坛子发出清脆的响声。

“小郭进去看看，两个家伙在搞什么鬼。”

蓝真真命令道，郭项龙大步进来，我赶紧将食指竖在唇上，“嘘”，暗示他别乱讲，郭项龙扫了阿诚一眼，微微皱了皱眉，并没有说什么。

阿诚运足劲用力一敲，坛子发出沉闷的爆裂声，坛底破开一个圆洞，“滋”，一股黑水喷了出来，阿诚早有防备，侧身闪开。待坛子里的黑水流尽，再由下往上敲到坛子中间，里面露出个血淋淋、粘乎乎的身段，其恶心程度让人要把肚肠都吐出来，屋子里香味愈加浓烈，仿佛置身于鲜花丛中。

我跑到门侧告诉蓝真真：“发现新线索，阿诚正在取证，马上就好。”

她哼了一声，转到假山那边去了。

阿诚似见惯这种场面，不慌不忙戴上口罩和手套，拿着手电在坛子里扫了两回，大概玉系在里端，又继续敲击。“格”，坛口裂开一道缝，人头似乎在轻微转动。

“阿诚，它好像在动。”

我叫道，郭项龙也有所察觉，靠上前观看。阿诚根本不信，不耐烦地挥挥手，把坛子转过来敲，顷刻之间一块温润细腻的美玉出现在眼前，阿诚麻利地割开系绳将玉握在手中细细把玩。

“格”，坛口突然四下崩开，坛身也裂成十多块碎片，人头眼珠一转，暴射几缕神光，接着嘴唇大张，舌头如喷射的火焰卷向阿诚。郭项龙早在一边全神戒备，闪电般拎起阿诚衣领甩到几步开外，饶是如此他的手臂还是被舌尖碰了一下，生硬硬刮掉一块肉，阿诚凄惨地大叫一声，几欲昏倒。

恶魂煞瓶如皮球般蹦到珠帘外，也不见有什么动作，舌头再度射向郭项龙。他操起皮凳一挡，不料舌头看似柔软，却直直穿过凳身打在他肩部，瞬间挖了个血洞，鲜血似涌泉而出，郭项龙闷哼一声，脸色唰地青白。

它舌头上布满倒刺和吸盘，具有强大的穿透力和吸附力，而且能长能短，伸缩自如，根本没有什么东西能抵挡。

“快跑!”

阿诚说出了我们共同的心声，我和郭项龙各扔了只绣架权当掩护，被舌头在半空一卷一扔，险些砸中阿诚，三个人夺门而出，阿诚第一个冲到院子中央大喊：

“真真快撤，有危险！”

蓝真真正站在假山前欣赏陶制器具，见我们惊惶不安的模样茫然道：“什么？”

倏尔间恶魂煞瓶射出舌头，郭项龙奔跑中将她一扯，“噗”，舌头将假山击了个深深的小洞，蓝真真大骇，拉着郭项龙的衣角狂奔。四个人穿过花廊从原路返回，跑出铜门后郭项龙先返身关好门，再到对面石室大吼数声，将酣睡中的狼群全部惊醒，当即有狼尾随而至。

“这不是找麻烦么？”我边跑边埋怨。

他还没来得及回答，恶魂煞瓶已撞破铜门冲到身后，旋即被狼群重重包围，我们拐弯时看到的最后一个画面是：十多头狼齐齐扑向恶魂煞瓶，与此同时它的舌头凌空洞穿一只狼的胸腹。

四个人一口气跑到开始遇见白衣幽灵的大厅，除了郭项龙一个个上气不接下气，阿诚表示这里地势空旷，又有几个大圆柱作障碍，即使恶魂煞瓶追上来也能周旋一二。这时蓝真真才有时间责问：

“你们……你们在里面到底干了些什么，惹出这个怪物？”

阿诚一屁股坐到地上，捧着脑袋道：“没道理的，恶魂煞瓶入坛后最长活不过六十天，几百年不死简直成精了，真是活见鬼！”

郭项龙道：“问题是否出在那坛黑水？我看得很清楚，水流得差不多时人头就开始动，后来你一解下玉它眼中顿时有了神采……玉也有问题？”

“恶魂煞瓶可以理解为另一种形式的僵尸，一旦镇压的符咒被解就能复活，”我说，“说不定正是晓倩安排的伏兵，准备在关键时刻使用，不过后来形势急转而下，这一招没用上。”

蓝真真听出端倪，恼道：“我就猜是贪小便宜惹的祸，大凡禅宗祭器都有些诡异，非常理所能解释，想打它们的主意是自寻晦气，下回若再有类似情况，索性舍身饲虎得了，别连累其他人。”

我和阿诚被训得灰头土脸，原打算问蓝真真在石殿时为何叫了声

“你”就消失不见，此时哪好意思开口？只有郭项龙若无其事四下张望。尴尬的气氛中枯坐了将近半个小时，左侧小门的石廊里一点动静都没有，阿诚讷讷说要不回去看看，没准恶魂煞瓶蹦到别处去了，涟水山庄是通向古堡核心的要害，想了解更多东西就必须冒险。蓝真真绷着脸哼了哼，算是同意。

途中大家警惕地观察周围动静，担心恶魂煞瓶从哪个角落冒出来，就这样一步步穿过花廊，还未到狼室就嗅到一股怪味，既有脂粉香，又有浓烈的血腥气，走进狼室一看：地上横七竖八躺满了狼尸，有的脑浆迸裂，有的断首残肢，有的开膛剖肚，尸体之间流淌着鲜血、肚肠和一些白花花的东西。

蓝真真控制不住，跑到外面大吐特吐，我们也被眼前惨烈的场面镇住了，半晌说不出话来。

第十二章　狼人传说

毫无疑问，这场强强对话以群狼全军覆没而告终，问题是恶魂煞瓶到哪儿去了呢？

蓝真真几乎失去前进的勇气，我和阿诚是罪魁祸首，不敢言退，只有郭项龙镇定自若，踏着狼尸大步向前。

院子里静悄悄的，蓝真真躲到假山背后，我和阿诚战兢兢跟在郭项龙身后逐个房间搜索：花厅没人，绣房里还是刚才打斗的痕迹，郭项龙拎了张椅子挡在胸前，蹑手蹑脚来到珠帘前猛地一揭——

墙边空空如也，非但复活的恶魂煞瓶不见踪影，另外五个恶魂煞瓶连同坛子都不见了，地上只残留着几块坛子碎片。

怎么回事？会不会是复活的恶魂煞瓶把同伴转移到隐蔽地点，再设法救活他们？抑或是密谋启动六度法阵，再度毁灭古堡里的生命？

我和阿诚汗涔涔面如土色，均知这回祸闯大了，一个恶魂煞瓶就把我们追杀得狼狈不堪，六个的话后果可想而知，倘若加上要命的六度法阵，十有八九得葬身于古堡之中。

郭项龙神色如恒从我们中间走过去，说了三个字："继续搜。"

涟水山庄虽是四合院结构，除去花廊和门楼石径只有五间屋子。绣房左边是书房，面积约四五十平米，相当于绣房和花厅面积之和，书房靠窗位置有张书桌，上面摆放着宣纸、笔、墨、砚等，其他三面都是高及屋顶的檀木书架，书架上空荡荡的一张纸片也没有。

偌大的书房居然看不到一本书，一个字。

三个人在里面转了一圈，又来到书房左侧一间，门敞开着，地面铺了两排打坐用的蒲团，其他并无一物。我们懒得进去，径直到最西侧一间——晓倩的卧室。

卧室里荡漾着香味，不是那种让我们头皮发麻的兰馨若，而是女孩子特有的、温软秀丽的清香。房间布置简洁而雅致，床、梳妆台、藤椅、衣柜、古铜色檀香柜，床前铺了块小小的羊毛地毯，我无意间瞥见毯边有只五六厘米长的水晶钉，造型别致，色泽润泽，心里有些喜欢，随手捡起来放在兜里。柜子和箱子里的东西已被清理一空，家具里未留下任何有价值的线索。

阿诚骂骂咧咧道："他娘的快把我搞糊涂了，巫师是古堡共同的敌人，晓倩为古堡而战，应该享有隆重的葬礼和纪念规格，现在看古堡倒好像要把她的痕迹抹除似的，岂有此理?"

郭项龙沉声道："这种不寻常揭示了古堡内部并非风平浪静，巫师不过是两股势力斗至白热化时的产物。"

我绕到床尾想翻开床褥，无意中瞥见床对面墙角钉着个黑黝黝的铁制面具，失声叫出来："面具……小木屋……"

那夜我走出石像阵闯入小木屋时，映入眼帘的除了壁炉面前的三个人，就是挂在墙上的铁制面具，三道向下的半弧线代表双眼和嘴，看起来愁容满面，或许它过于简单奇特吧，给我留下很深的印象。后来再进去时小木屋人去楼空，铁制面具自然不见了。

眼前铁制面具的形状、布局、画面与那夜看到的完全一致，唯一区别是体积小了几倍，若不是我站在床尾位置很可能就错过了。

这是古堡与小木屋神秘人存在联系的有力证据，那几个人无论是古堡守护者，还是很久之前就与古堡有瓜葛，对我们来说都不是好消息。堡内危机四伏的机关设置，以及随时可能出现的千手怪物、一击致命的恶魂煞瓶，已经够我们头疼，如果再多几个高手捣乱，肯定要一败涂地。

阿诚想用藏刀将面具撬下来，可它似乎是被某种粘剂粘在墙上，费了半天工夫都撬不动半分，郭项龙说别耽搁时间，趁没碰到恶魂煞瓶赶紧从石径进去。阿诚悻悻啐了一口。

蓝真真见我们出来露出如释重负的神情，此时平平安安是最好的消息。

门楼两侧依然雕刻着飞龙游凤，经历数百年风吹雨打，彩漆一点儿没有剥落，看上去像刚完工不久。石阶十分宽阔，足够四个人并排而行，右侧居然有条盲道，可见古堡设计者的人性化。走过十多级石阶后山路一转，前面出现一座巨大的石雕。

石雕是一幅苍茫辽远的山水画，由整块山石雕刻而成，长约十米，高四五米，将山道堵得严严实实，然后配合石雕画面在中间挖了个船形石门，人通过石门就好像踏入船舱沿江游览一般，达到动静结合、人雕合一的效果。

蓝真真是鉴赏青铜器、石雕和玉器的行家，她摸摸石头，又用指尖在刻缝中来回划了两圈，说这叫虞匀石，产于陕西、甘肃一带，石质坚硬耐磨，春秋战国时期秦国等诸侯国常用它修建宫殿和神庙，雕纹即当时流行的“滚刀雕法”下的纹路，因此可断定是鱼伯后人主持的杰作。

“可惜太重，不然运出去能卖一大笔钱，”阿诚遗憾地说，“我敢打赌不少于一百五十万。”

蓝真真和郭项龙都流露出不屑一顾的神色，我也假装鄙视他，心里却算着卖多少吨面粉才能赚到这么多钱。

在商言商，贩了几年面粉，我的气质、修养、道德规范与蓝真真愈行愈远，这一点使我非常沮丧。

从石雕中的石门钻过去，终于看到期盼已久的生活区：一条笔直宽敞的大路，两侧院落整齐有序，一律是两米多高的门楼，灰白色院门，院子里两层小楼，屋顶蜿蜒盘旋着一条金光闪闪的飞龙。院子两侧墙脚有排水管和下水道，最后汇集到后侧水沟。路尽头还有个商店，可惜招牌上的内容被刻意铲掉，里面货架和橱柜空空的，看不出经营范围。

蓝真真歪着头说：“这里长年与世隔绝，又是家族式团体，按说应该采取类似社会主义制度的生活管理模式，统一劳作，集中分配，不存在市场和自由流通，不存在私有财产，在古堡里钱是没有意义的，所以商店用什么来交易呢?”

我不假思索说：“很简单，劳动产生剩余价值，剩余价值产生等价交换，古堡商店还处于原始的物物交换阶段。”

郭项龙向来不喜欢参与理论探讨，跟阿诚使个眼色，两人随便挑了个院子推门进去，我和蓝真真怕出意外，赶紧跟上去。

院门与前面所有石室一样没有锁——这意味着古堡人不能有属于自

己的秘密，一切都处在大家有意无意的监视中。院子东首是一排两间的厨房，一间砌着灶台，橱柜里有碗、筷、碟、盆、勺等，阿诚说都是明末民窑烧制的，不值钱；另一间相当于餐厅，有八仙桌、方凳等物。西首杂物间里摆满了铁锹、镰刀、铡刀等各式农具，说明院子主人被安排的工作是下田劳动。

我和蓝真真对这些真实反映明末农业生产技术的农具大感兴趣，兴致勃勃讨论起它们的式样、工艺等各个细节，阿诚越听越不耐烦，拖着我们直奔堂屋，“嘎吱”推开大门，一眼看到一具伏在八仙桌边的尸体，从骨骸看年龄颇大；东首卧室床上并排躺着两具，十指交错扣在一起，足见是对恩爱夫妻。登上楼梯，快到二楼时阶梯上蜷伏了一具瘦小的尸体，八成是这户人家的孩子玩耍时突然体力不支摔倒在地，尽管他大声哭喊呼救，然而致命的怪病已侵蚀到每个人骨骼内部，竟无力相救，眼睁睁听着他哭声越来越弱，直至生命最后一息。

看着这具小小的尸骸，我们均露出恻然之色。

二楼有两个房间，里面家具平淡无奇，唯有东侧房间角落里一件蒙着白布的东西引起大家好奇，揭开一看：三根一米多高的青铜支架，上面端放着一根又细又长的圆筒，一头粗，一头细……

这，这不是天文望远镜吗？

我怕闹出笑话，没敢吱声，阿诚心直口快嚷出来：“望远镜，古堡里居然有望远镜！”

蓝真真蹙眉道：“1608 年荷兰人汉斯发明了第一部望远镜，第二年伽利略发明了 40 倍双镜望远镜，而明朝灭亡于 1644 年，这期间完全有可能通过海上贸易流传到中国。”

“开什么玩笑？”阿诚敲着镜管道，“这是纯青铜制品，典型的古蜀国青铜技术，明朝时期已普及合金工艺，不可能再做这种东西。”

蓝真真反驳道：“这可不是鉴定家的思维，断定一件文物的年代，不能用排除法，而是要将所有可能都包括在内……”说到这儿戛然住口，因为她看到支架内侧的图案：一支长箭穿着一条鱼——这是目前公认的古蜀国官方标志，鱼代表古蜀王鱼凫，在他的指导下古蜀人民学会了捕鱼。

我敲着支架出神地说："两千多年前的望远镜，一个震惊考古界，不，全世界的发现，可它为何出现在一个普通的农户家中？他想用它监视什么？"

郭项龙将支架调了个方向，凑在镜前冲窗外看了会儿，仿佛松了口气道："放大倍数不高，充其量监视这条街的动静吧，不过，"他补充道，"这架望远镜的制作比较专业，视场角挺大，入瞳出瞳直径和光轴平行度都很规范。"

阿诚哈哈大笑，也凑过去看热闹："拿望远镜监视大街？除非他闲得无聊，抑或古堡里每个人都闲得无聊，因此把堡内遗留下来的东西翻出来解闷……咦……"他脸色一变，语气急促地说，"血，全是血！"

我们都靠上前顺着他的角度看去，镜头中斜对面院子二楼房间简直是血的世界，墙壁上、窗台上、家具上到处沾着鲜红的血，呈喷射状，说明不是人为涂抹，而是鲜血喷出体内时溅出来的。我们相顾骇然，这么一屋子血得死多少人啊？难道望远镜主人就日复一日看着对门邻居行凶，从未想过阻止这一切？

"屋子里好像有具尸骸，"郭项龙调整一下观察角度征询道，"要不要过去看看？"

蓝真真率先反对："太瘆人，依我看算了。"

阿诚道："探险和盗墓原理都一样，那就是不能留有疑问，否则将带来不可测的风险，晓飞，你以为呢？"

我略一思索："从前面迹象看，古堡覆灭的原因非常复杂，是由多个必然和偶然因素合力促成，因此不能放过任何一条线索。"

少数服从多数，蓝真真只得同意，一行人来到斜对面院子里，刚进门就嗅到股浓浓的血腥气，她又犯了恶心，张嘴欲呕。阿诚笑道，真真好像怀孕了，一路上老是呕吐。我拿胳膊顶顶他，示意真真还是没结婚的大姑娘，不适宜开这种玩笑。阿诚满不在乎耸耸肩。

院子结构与刚才的一模一样，但院内两侧平房、堂屋和厢房均无家具，可谓家徒四壁。二楼西侧"血室"是与众不同的铜门，门把上捆着条粗铁链，重重叠叠十多道，上面系了只大铁锁。这还不算，铜门中间用朱砂写着一个触目惊心的"禁"字。

“原来古堡知道这是个危险人物，特意将他关押在此，而对面农户用望远镜监视则是执行古堡的任务。”蓝真真释然道。

阿诚拿根铁丝在锁眼里掏了一阵，锁应声而开，郭项龙抽出铁链推开铜门，倚在墙角的尸骸一下子映入眼帘：眼眶凹陷，两颗獠牙十分明显地突在前面，手指比正常人长出数倍，并有尖利细长的指甲。

莫非这是传说中的狼人？

第十三章　离奇失踪

“即便一个心地纯洁的人，一个不忘在夜间祈祷的人，也难免在乌头草盛开的月圆之夜变身为狼。”

狼人和吸血鬼是西方神秘文化中象征恐惧的两大代表，从外表看，狼人与正常人并无不同，但一到月圆之夜就会变身为狼。狼人眼睛呈锥形瞳孔，颜色为蓝色，狼人状态下身体爆长为平时的两倍，沉迷于人肉及其他动物的生鲜血肉，尤其喜欢找人类下手，因此是比吸血鬼更可怕的怪物。

狼人分为两种：一种是天生的狼人，凶猛强悍，还有变身成人的能力，攻击速度极快，冷酷暴戾；另一种是后天的，大都被巫师诅咒并操纵，他们知道自己会变身，也知道变身的痛苦，但变身后就完全丧失理智。

眼前这具尸骸基本符合狼人特征，他手脚都系着手臂粗的铁链，活动范围不超过两平方米。阿诚猜测古堡确定他的狼人身份后，将他关押在这里，每逢月圆之夜狼性发作变身时扔些活鸡活兔供他发泄，免得他嚎叫不止扰乱堡中居民的心神。

吴琪携家族搬入古堡前，肯定对每个人的履历和状况做过调查，不可能有天生狼人，也就是说这个狼人是遭到某种诅咒后形成，而下手之人是否就是晓倩最担心的敌人呢？

窗外夜色渐浓，古堡的夜晚比白天更可怖，阴森破旧中透射出令人惊栗的气息。皎洁浑圆的月亮斜挂在天边，满天繁星格外清晰，如钻石般镶嵌在漆黑的天空。

蓝真真打了个寒噤，拢紧衣服说：“下去吧，找个干净地方早点休息。”

我说：“还到那位农户家，稍稍收拾一下……”

蓦地大街尽头传来一声嘶哑悠长的狼嚎，在寂静的夜里显得特别恐怖，紧接着离我们十多米的屋顶上有个黑影一闪，转瞬没入屋脊下。

“狼人!”

“今天是月圆之夜!”

我和阿诚几乎同时叫出来，蓝真真紧张得连连说：“别吓我，别吓我。”

郭项龙手一挥，断然道：“血腥之地不宜久留，快撤到街上。”

一行人火速下楼，经过院子时郭项龙拉住蓝真真往西边一指，她会意，闪身进入西侧储藏室，悄无声息关上门。出了院门，我们急急向对面跑，刚到院子门口，二楼窗户“格”地一响，郭项龙立即拦住我们，三个人一步步后退，直退到大街中央。

阿诚低声道：“晓飞，你精通欧洲历史，知不知道欧洲人怎么对付狼人?”

“有三种办法。”

“哦，干嘛不早说?”

“第一种办法是叫出他的真实名字；第二种办法，在他额头上敲三下或划十字符号。”

“全是不现实的鬼话，说了等于没说，”他悻悻道，“还有一种呢?”

“银制器皿，打到狼人身上会产生强烈的痛灼感，比火焰的威力还大。”

“银制……”

阿诚正琢磨到哪儿找，郭项龙喝道：“禁声!”

街道两边建筑黑影幢幢，每个屋子都可能成为狼人的藏身之处，他行动快如闪电，手臂又超过常人一倍，而且变身后脚底生毛，踏在地上没有丝毫声响，危险程度不亚于恶魂煞瓶。

一大片乌云慢慢靠近月亮，随着月亮被一点点地吞噬，天地间逐渐黯淡下来。郭项龙沉声问：“狼人能不能夜视?”

“比普通人好些。”我说。

他毫不犹豫道：“亮火把!”

火把固然使我们更容易成为攻击目标，但相比黑暗中的威胁，至少还能保持一点防御力。

一分钟，两分钟，三分钟……

狼人似乎特别有耐心，躲在暗处迟迟没有行动，而对峙越久，我们的体力、精神消耗越大。我开始动摇起来，怀疑刚才看到的黑影是不是错觉，窗户那一声响会不会是木头老化，有无可能大家见了狼人尸骸后产生先入为主的心理，稍有风吹草动就惶恐不安？

“呼”，平地里突起一阵狂风，三只火把同时熄灭。

“趴下！”

郭项龙断喝道，黑暗中藏刀划出一道弧线。我下意识身体后翻，“唰”，一股刺鼻的混浊味夹着风声从胸前掠过。好险！我惊出一身冷汗，两个侧翻滚到街边。几米外隐约传来郭项龙的吐气声和步伐移动声，但狼人未发出一丝动静，好像憋足一口气要将对方击倒。

不能让郭项龙孤军奋战！

我暗暗想道，狼人非比常人，既有野兽的凶狠残暴，又兼人类的狡黠阴险，在古老的欧洲传说中还没有人类单打独斗取胜的记载。我慢慢起身握紧藏刀，向街中心一步步逼近，谁知才走了两步声音陡然消失，搏斗似乎停止了！我的心扑扑扑简直跳到嗓子口，手心滑溜溜尽是冷汗，茫然四顾，不知如何是好。

“哒！”右前方传来轻微的响动，我不假思索猛扑过去，却与一个人撞了个满怀，此时月亮终于跃出乌云，我们同时看清对方：

“晓飞！”

“阿诚！”

郭项龙哪去了？

我们背靠背转了一圈，街面上静悄悄的仿佛什么都没有发生，安静得让人不安。

从狼人出击到我和阿诚反扑，全过程绝对不超过一分钟，这么短的时间就算郭项龙和狼人同时铆足劲跑也不会逸出视野范围，何况他们俩正进行殊死搏斗，一刻都不能放松。

可事实就这么奇怪，特种兵和狼人居然在我们眼皮底下蒸发了。

“郭项龙，你他娘的死到哪去了？”阿诚突地亮开嗓门大吼道，空旷的街道上回荡着他的声音，还没有一点儿动静。

我皱眉道："小郭并非不知轻重的人，突然失踪肯定事出有因……只是凭他的身手，支持四五分钟应该不成问题，不至于甫一接触就失手被擒，毫无反抗地被掳掠而去……真真！"

我猛地想起躲在储藏室里的蓝真真，脑子里腾地一片空白：刚才阿诚那一嗓子足以传到街边每一间院子，她若安然无恙怎会听不到，又怎会不出来会合？

阿诚脸色大变，显然也意识到这个可怕的问题，两人不再说话，拔脚狂奔，直接冲入院子一脚踹开储藏室石门——

里面空空如也！

阿诚旋即跑到旁边一间又是一脚，然后再踹开东侧厨房门，堂屋大门，还是没有。

我们最担心的事终于发生了！

阿诚傻了眼，失魂落魄道："怎么回事？明明看着她进去的，又没有人从院里出来，为啥人就没了呢？晓飞，你分析分析看什么原因。"

我气不打一处来，怒冲冲道："要不是你怂恿她过来，也不会走到这一步！"

"晓飞，事已至此，把旧账翻出来有什么用？当务之急是赶紧找到真真。"

"可古堡的危险是现在才知道的么？早在小木屋我就反对，你却拿真真当挡箭牌，哼，其实你的心思大家都清楚，何必做得太明显。"

阿诚脸一沉，逼到我面前，两人鼻尖相距不到十厘米，他一字一顿地问："你的话什么意思？"

我寸步不让，回敬道："你当然知道我什么意思，关键在于你敢不敢承认。"

他的脸白一阵青一阵交替变幻了好一会儿，咬紧牙关道："承认就承认，没什么大不了，我承认我喜欢真真，她对我也有那么一点点意思，一个未婚，一个未嫁，就是直接上床也不犯法……我知道你们谈过恋爱，可你把人家孤零零扔在苏州不理不睬，又没有一句承诺，就算守寡还有个名份呢，你有什么资格干涉她？干涉我们？"

“你终于说出来了，我还以为这个闷葫芦永远打不破的。不错，我无权也无资格干涉你们，但带着真真探险、盗墓是表达爱意的方式吗？你是真想她幸福快乐，还是把她往坟墓里推？”我激动地指着四周道，“从进古堡起大家一刻都没有安宁，始终在鬼门关门口徘徊，稍有不慎就命丧九泉，这种状况，如果我换作你，第一件事就是带着她回苏州，从此金盆洗手，过点安分守己的日子。”

他连连冷笑：“金盆洗手，我这双手洗得白吗？再说古堡之行是蓝真真首先倡议，我不过全力支持而已，要反对你找她说去。”

“她已危在旦夕，你还好意思说这种话?!”

我压抑的怒火在瞬间爆发，右手一记勾拳将他击倒在地，如狂暴的狮子扑上去，拳头如雨点直落而下。他拼命挣脱后反把我压到身下还以颜色，我双手架住他胳膊用力向后推，两人翻来覆去扭成一团，直打到彼此都精疲力竭才颓然收手，瘫在地上不停地喘息。

不知过了多久，阿诚突然说：“我是真心喜欢她。”

我说：“我知道。”

“作为朋友，我不该挖你的墙角；可作为男人，我……其实她很寂寞，需要慰藉和陪伴。”

“我没有怪你，要怪只能怪自己，应该努力的时候选择了放弃，应该放弃的时候却又……”我长叹一声，“对不起，刚才我太冲动了。”

他咧开大嘴笑道：“没关系，反正你也没捞到便宜，打打闹闹才算是铁哥儿们，如果成天客客气气一团和气，反倒没了意思。”

我摸着疼痛处苦笑不止，良久才说：“从哪儿着手？”

“搜，从第一个院子开始挨家挨户搜，我就不信他们能在我眼皮底下飞掉。”

“我信。”

“晓飞，你……”

阿诚摸摸我的额头，怀疑我是不是发烧说胡话。

我一把打开他的手，道：“此情此景，与两年前四川之行是否相似？同样诡异莫测，同样用常理难以解释，让人不得不想起‘超科学’，古堡与四川本来就是一脉相承，相当于枝干与大树的关系，因此无论出现什么现象都不奇怪。”

阿诚道：“这个道理还要你说？我只是不愿接受而已……我同意你的想法，什么古蜀文明断层，什么蚕丛鱼凫，都他娘的见鬼去吧，只要把人找齐，我们立马撤出古堡，以后再也不打这方面的主意。”

我哂笑着摇摇头，两年前从四川铩羽而归后他也这样发过誓，可惜屁股一转就好了伤疤忘了痛，没办法，他就是这种粗放型性格，做事全凭感觉，要是让他当上领导干部，不知要拍板上马多少祸国殃民的工程。

按照事先定好的次序，我们从石雕入口处向里搜，谁知刚踏入第一个院子就遇到意想不到的情况：

院子里没有屋子，只有个大大的坟墓，墓前碑石上写着“先室吴栩君夫人之灵”。

栩君是吴琪的字，这是他正室夫人的墓。

第十四章　巫神斗法

吴琪的岳父是桐州副镇抚祁泰福，因资料有限，未能考证出夫人的名字，也不知道吴琪除正室外还娶了几房小老婆，但在封建社会里正室就是正室，具有主宰整个家族内务的权力，有权代夫对小老婆出具休书，至于棒责叱骂更是家常便饭，在明末清初，还时常发生正室打死小老婆的事端，官府习以为常，并不深究。

大概职业习惯使然，见到古墓阿诚顿时精神一振，两眼发出贼光，在墓前转了两圈，喃喃道："青石封墓，夯土盖顶，上虎下龙，暗穴朝西，具有典型的明代古墓特征，挖掘难度倒不算大。"

我冷然道："什么难度，我们正在寻人，又不是找古尸。"

阿诚认真地说："你没看出来么？这条街是生活区，把墓设在生活区原本就很少见，东端又是上首，等于形成死人压活人之势，在风水学上是大凶大恶的'绝境'，唯有怀着深仇大恨才故意为之，然而古堡里的人都是吴琪从桐州带过来的，非亲即故，没理由将自己人往死里整……"

他一说我联想到狼人，那种极度危险的怪物竟然关押在生活区中心位置，虽说有铁镣铁铐、铜门大锁，总觉得是不负责任的做法，万一不小心让狼人挣脱出来，周围居民岂非全部遭殃？由此看来吴琪倒有点可疑了。

"如果墓里有更为歹毒的布置，就能验证吴琪确实想置古堡人于死地，否则墓地布局仅仅是巧合，不足为据。"

阿诚边说边开始动手，他探墓果然有些鬼鬼神神的门道，围着古墓来回踱了几步，掐指算了算，然后沿正东方向一步衬一步地挪到一块石板前，喝道："开！"石板应声而起，露出黑黝黝的洞穴。

"的确是盗墓高手！"我赞道，抬脚就要往里钻。

“等等，好像不对劲，”他猛地拦住我，捻了捻洞口泥土满脸狐疑，“熟墓。”

“什么熟墓?”

“就是被盗过的古墓，这个墓已经有人进去过。”

我全身汗毛都竖起来，惊惧道：“有没有搞错？难道还有人抢在我们之前下过手?”

“不可以吗？古堡又不是你家的，”他将我推到一边，“闪开，让我先进。”他戴好口罩、手套，束好衣服，将藏刀衔在嘴里，纵身跳入洞穴。过了会儿听到深处传来嗡嗡声：“没事，下来吧。”

沿着斜坡滑到底部，阿诚双手负在背后，指着洞口散落的夯土道：“你看，这边的土已干燥风化，分明是上回盗墓者所留，他娘的，就算有宝贝也要被洗劫一空了。”

两人猫着腰走过一段甬道，前面是个虚掩的石门，这愈发证明了阿诚“熟墓”之说。门内是墓室，空间很大，足有三十多平米，墓室正中有一具楠木棺材，四周围了一圈藤篮，篮子里堆放着各式绸缎锦绣，可能死者生前喜欢华丽的服装；南北两面墙边一溜排着几口樟木箱，里面都是些裙衩、罩衫、织锦等日常衣物，阿诚每翻一口箱子就啐一口，啐到最后悻悻说这就是熟墓的特点，让人不高兴，很不高兴。

“好像没有什么歹毒的布置。”我提醒说。

他转过身眯眼看着棺材：“我有种强烈的预感，文章就在棺材里。”

“别惹事了，万一里面是僵尸……”

“棺材也被人打开过，”他手指划过棺板边沿，“你看这道缝隙，明显是强行破开的痕迹，还有这边，是铁钎的撬痕。哼，好利落的手法，此人堪称盗墓界高手。”

他用藏刀剖开盖板栉条，两人合力一抽，“哗啦”，盖板被抽到末端，里面露出一个彩妆美女，红衣绿裤，胸前缀满晶莹剔透的珠宝……不对，是尖刀!

我惊讶得眼珠子都快瞪出来了，堂堂堡主正室夫人，怎么会死于乱刀之下，而且下葬时仍将刀留在身上，这，这不是有悖常理吗?

还是阿诚眼尖，伏在棺边细细审视片刻道：“不是真人，是彩绘木偶。”他拿刀尖一敲，“咚”，发出木质回声。

“原来是具假棺，吴琪把木偶葬在这里干什么？正室夫人的尸体又到哪儿去了？”我疑问道。

“所以我说棺材里有名堂，”阿诚胸有成竹说。随即他发现木偶身下露出一角黄纸片，小心翼翼抽出来一看，上面写满稀奇古怪的符咒，阿诚经常与古墓、僵尸打交道，多少懂一些，皱眉道：“好像是死咒……咦，背面有字。”

翻过来一看，中间端端正正写着三个大字：任晓倩。下面用小楷写着生辰八字和五行生肖。

阿诚点点头，介绍道：“这叫锣刀咒，高级巫术，以繁奥高深和残忍歹毒著称，通常是将欲加害者的名字、生辰等情况写到黄裱纸背面，正面用死咒镇住压到木偶身下，然后在木偶心口插十三把尖刀，代表千刀万剐，并在人口密集的区域借助人气连续三天焚香诅咒，被害者先是头疼欲裂，继而全身如被针刺，疼痛难忍，最后七窍流血而死。”

我若有所悟：“吴琪不惜破坏正室夫人墓室风水，将锣刀咒放入其内，说明对晓倩憎恶到极点……巫师是他请来的，而晓倩明知不敌还苦苦支持，最终难逃一死。”

“锣刀咒最歹毒之处还不在于此，而是咒语一旦生效，方圆数里内所有生畜都受到波及，轻者上吐下泄，头昏眼花，重者灵智全失，全身瘫软，与废人无异。吴琪为除掉晓倩下这种重手，足见已丧心病狂。”

“刚才发现的盗墓痕迹是否是巫师留下的，吴琪白天当众将正室夫人下葬，夜里却由巫师潜入作法，诅咒晓倩？”我问。

阿诚仍心存疑惑：“太牵强，以吴琪在古堡的权威别说一具木偶，就是把一头大象运入墓室都无人敢过问，只须瞒过晓倩就行了……这是什么？”他两指从木偶腹部衣服下夹出一面铜镜，椭圆形，双面打磨，红榉木边框，上面雕着古怪玄奥的花纹。

这个我却认识，趁机卖弄道：“此镜名叫爻卦卷云镜，出自佛家典故，《西游记》中也有提及，据说它能反射一切法术到施术者身上，故云以其人之道还治其人之身……”

“我明白了！”

他冷不防大叫一声，声音震得墓室嗡嗡直响，我吓了一跳，不满地瞪他一眼："轻点声好不好，这里又没有其他听众。"

他恍若未闻，兴奋地说："我明白了，吴琪和巫师虽搞了这出鬼把戏，却被晓倩察觉，遂悄悄潜入墓室，在木偶身上放了这面爻卦卷云镜，将锣刀咒射回给巫师，可外表却很难看得出……真是一场有趣的斗法！"

说到这里又转回起点：晓倩在古堡处于什么地位，吴琪身为堡主竟难以撼动她，不得不借助外力予以打击？吴琪与晓倩因何决裂，展开这场你死我活的暗斗？他们的矛盾与古堡覆灭有无因果关系，是否牵涉到古蜀文明的秘密？

由于牵挂郭项龙和蓝真真的安危，我们无心耽搁下去，匆匆回到地面，出了院子继续一间间搜查。连续搜了十一个院落情况大抵相同：居民包括农户、手工制造者、厨师、园丁和武士，尸骸或躺在床上，或倒在地上，骨骼均疏松干脆，轻轻一捏就化为粉末，家具仿佛一个师傅打造的，颜色、款式完全一样，木质也很普通，家中并无值钱物品。阿诚期待的青铜器、瓷器、玉器，一件都没看到。

"怪事，之前我们从石室进来，多少还有青铜面具、字画等古玩，为什么到了生活区连影子都没了呢?"阿诚很纳闷。

我猜测道："或许居住在生活区的都是地位较低的家丁、奴仆等人，吴琪、晓倩等领导层应该有专门的山庄庭院，生活相对独立，想查明真相最直接的办法是找到吴琪的住所。"

"当然要找，不过我就是想不明白，为什么眨眼间工夫两个大活人就不见了呢？真窝囊。"

我心一动："阿诚，会不会压根就没有狼人?"

他细细咀嚼我的话："什么意思？你怀疑郭项龙?"

"他让蓝真真躲进储藏间，然后她失踪了；他和狼人打斗，然后一齐失踪了；可由始至终我们都没见过狼人的模样，难道不是很蹊跷吗?"

"那声嚎叫和黑影……"

"不过是一只狼，但在特定环境下使我们产生联想，郭项龙趁机演出这幕戏。"

阿诚沉吟半晌："看来你对小郭成见很深，为什么？"

我便将自己的怀疑和郭项龙撒谎的事说了一遍，他听了久久不说话，似在考虑什么。

"我说的是否有道理？"我追问道。

"有，但是……他为什么这么做？我们这几个人一不杀人，二不放火，不过是探探险，挖挖古墓，偶尔顺手牵羊拿几件东西，即便是违法也犯不着派人卧底，随便找个借口把我们抓起来判刑就是了。事实上两年前回来后大家丝发无损，你怎么解释？"

我一时语塞，这也是郭项龙反诘我的问题，确实，我们并未因为他的参与受到丝毫影响，但过程与后果是两码事，只要隐患存在，总有一天会爆发。

两人边说边走入街道尽头最后一间院子，它对面就是商店，老实说此时我们已不抱希望能发现什么，而在考虑下一步怎么办。"轧"，阿诚拉开储藏室门，目光所及不由一愣：地上一字排开五只小坛子，每个坛口都竖立着人头。

这不是晓倩绣房里的恶魂煞瓶吗？为什么出现在这里？

阿诚砰地关上门，脸色煞白："还有一只会动的哪去了，会不会在附近？"

再开一扇门，里面没有；对面厨房门上有只大铜锁，阿诚耳朵贴在门上听了听没动静，"格哒"打开铜锁推门一看，恶魂煞瓶正稳当当立在屋子正中，似乎还笑了笑。

"妈呀！"

我们头皮发炸，七魂丢了六魂，当下冲入堂屋，转身关上房门。"噗"，舌头洞穿木门，差点碰到我心口，我身体发软，"扑通"往地上一坐。阿诚一把抄起我直奔二楼，一路上把八仙桌、木椅、香炉等拖过来挡在楼梯口。恶魂煞瓶的舌头比象鼻还厉害，所到之处都被它卷扔到一边，幸亏它爬楼梯慢了点，需要一级一级往上蹦，为我们争取到宝贵的逃亡时间。

冲入东侧房间，来不及开插销，我一拳打开临街窗户，抬腿跨到窗沿准备跳——我已计算过，窗台距地面不过三米多高，只要落地平稳应无大碍。转头再看阿诚，却见他伏在桌子前将什么东西往怀里揣，怒道："都什么时候还不忘发财，这种木头门挡不住它。"

"画稿，难得一见的写实画稿，"他兀自不停地收拢纸张，"这是最珍贵的第一手研究资料。"

"快，它快上来了。"

我急得额头上迸出汗珠，话音未落就听到"噗"的一声，恶魂煞瓶冲破木门闯进来，舌头飞卷向阿诚。他就势一闪，抄起砚石、洗墨碟掷过去，它舌头中途折回快速挡住，阿诚顺势前冲，我用力拉了他一把，两人双双纵身跳下。立足未稳之际，"噗"，恶魂煞瓶的舌头堪堪从身侧插过重重打在地面。我们赶紧起身跑向院门，此时月亮隐入云层，蓦地一股杀气扑面而至，未等我有所动作，头、手、腰、腿已被强悍而坚韧的力量牢牢钳住，不能动弹半分。

第十五章　百年秘辛

刹那间我脑中闪过一个念头：千手怪物！黑暗中的煞神又来了！

阿诚比我慢半步，因而得以幸免，他虽不知我遭遇到什么，多年的默契却使他敏锐地感觉到不对劲，暴叱一声拔刀前冲。千手怪物不耐打击的缺点又暴露出来，连挨数下后骤然松手，转瞬消失在漆黑中。

“快逃！”

“往哪儿逃？”

“西边有石阶，可以延缓恶魂煞瓶的速度，往西！”

月亮慢慢浮出云层，就着暗淡的月光我们沿着石阶一路疾行，跑了大约数里路，拿电筒一照，前面仍是蜿蜒曲折的石径，便泄了气，一屁股坐下，不停地搓揉小腿肚。阿诚掏出怀中画稿，由于时间过于久远，仓皇之下又来不及采取保护措施，已有大半散了架，他痛心不已，嘴里直吸凉气，在我的协助下将剩余的四张画稿分别固定在保鲜膜里，用手熨平，这才细细打量。

第一幅画场面颇大，画中拥挤的人流从山腰直到古堡，一位身材曼妙、身着紫色裙子的少女站在门口指挥他们进入堡内，远处山下旌旗林立，灰尘漫天，隐隐现出一个“清”字。

无疑这是反映格吉勒关于吴琪义救百姓的传说，只是画中并无他的形象，古堡只有那位妙龄少女出面，其用意值得玩味。我推测格吉勒真正的救命恩人应该是晓倩，她未经吴琪许可或者说吴琪根本是反对的，擅作主张将老百姓引入堡内，这是两人决裂的导火索。阿诚同意我的观点，补充说吴琪为了延续香火、繁衍后代，不可避免需要从山下挑选俊男美女，这些人与当地百姓有着千丝万缕的联系，晓倩就代表了他们的意愿。

第二幅画的场景在石厅，就是悬挂有唐伯虎字画的议事大厅，吴琪独自坐在正中，十多个峨冠博带的长者坐在两侧太师椅上，紫裙少女则俏然立于大厅中间位置，手执团扇负在背后。由于水墨色重意不重形的特点，人物面目模糊，体现不出每个人的相貌特征，但所有人均表情严肃，从整幅画画意看这次会议的主题是谴责晓倩。

第三幅画有点看不懂：皓月当空，古堡里燃起很多篝火，人们都围在火边睡觉，另一侧走廊里、巷道间行走着长长的队伍，每个人肩上背着大包裹，队伍后面还有几个人抬着箱子，不知运到哪儿。

最后一幅画……好像是百尸抬石图的再现，紫裙少女独自站在古堡大门口神色肃穆地看着山下，山腰间数百人抬着一块石头，垂着头、双手贴在腿边、身体僵直地前行。

石头形状、大小与百尸抬石图上的几乎一模一样！

阿诚一拳捶在我肩头，兴奋地说："我的判断没错吧，没错吧，百尸抬石确与古堡有关，这块石头两次导致了古堡的覆灭，第一次是在宋朝，使鱼伯后人集体死亡，第二次是在清朝初年，使吴琪等人全部中毒而死！"

我疼得身体直晃悠，怒道："就算你赢了也用不着这么嚣张，再说一块石头能说明什么问题？重要的是谁是石头的主人，他为何两次出手对古堡人赶尽杀绝？"

"你看清楚第四幅画，是晓倩把石头偷运入古堡的，或许她知道它的危害，但为了某种目的还是一意孤行去做……"

这时身后石阶隐隐传来响声，我们如受惊的兔子蹦起身，没命地狂奔，转眼间拐了两道弯进入一条花廊。花廊顶部镂空，脚下铺着鹅卵石，其时已是黎明时分，天色泛白，勉强可辨清四周景色。穿过花廊，前面赫然出现一座高大巍峨的宫殿！

宫殿格局不同于我们平时见过的那些，它由磨得棱角分明的青石组成，四面都开了门窗，有台阶上下；檐头分三层，每一层都刻有浮雕，因光线较暗看不清楚，屋脊两端各有一条形状生动的石鱼。令人诧异的是，宫殿正前方居然有个足球场大的池塘，池水微低于池口，水面飘浮着十多片翠绿欲滴的荷叶。

这哪是陕西深山古堡，分明是江南水乡小镇！

刚进来时我们就知道古堡地底有地热，因此堡内十分干燥，地表也不长植物，而今突然冒出个池塘，里面还长了荷花，实在令人费解。

阿诚将手伸入池中试了试，虽是寒冬，池水却有些温热，很难想象荷花怎么存活的。他挽起裤脚想下去探一下深度，我担心池中会有古怪，将他强行拦下来。

进入大殿，首先映入眼帘的是一棵通天神树——三星堆文明青铜铸造技术的代表作，不过尺寸小了许多，只有两米多高，分三层九枝，树干上嵌铸着果实、野兽、龙等，每根铜枝上绽开的花朵里都有只小鸟。神树前倚着一只高大的青铜人头像：纵目凸眼，一双深陷成凹槽的粗眉几乎占据整张脸，鼻子上突起个附加的卷云状物。不消说，这是我们早已烂熟于心的古蜀国开国首领——蚕丛。

通天神树和青铜人头像的底部都牢牢铸浇在青石里，无法撼动半分，使阿诚不得不打消运出去赚钱的念头。

这两件青铜器无论工艺水平还是铸造技术都具有典型的三星堆文明特征，代表古蜀国青铜冶炼的最高水平，而且完全具备它们蕴藏的谜团。例如青铜人头像背后竖着一根弯弯的铜管，经鉴定采用了焊接技术——众所周知焊接技术的基础是电和乙炔，数千年前的古蜀国人怎样在烧柴、烧炭的低温用火时代焊接的呢？再例如通天神树上小鸟的爪子是用一种高强度粘结剂粘上的，比焊接还牢固，其成分至今都分析不出。还有古蜀国青铜器上常见的方形小框，上面留有金属切割印痕，这更是天方夜谭的事，因为几千年前根本不可能有这么高强度的金属切割工具。

单是青铜器，就足以反映古蜀文明之神秘，之耐人寻味。

通天神树背面是一排汉白玉竖栏，里面区域高出半米左右，将军红大理石地面，正中位置是张精铜宝座，有些类似皇帝坐的龙椅，方方正正，椅子两侧扶手各有个龙头。宝座两侧各排列四名武士，均身穿盔甲，手执大刀长矛，都是青铜铸造，身高与常人无异，横眉怒目，栩栩如生。

阿诚道："当年蚕丛、鱼凫可没这个范儿，大概是鱼伯后人纪念弓鱼国的辉煌而兴建，虽然也用了青铜，可工艺水准比通天神树起码差三个级别，你看宝座底盘的线条、花纹、弧度，简直惨不忍睹。”

“确实一代不如一代，即便放到世界范围内，这种技术层面的断层都前所未见，”我颔首道，“鱼伯后人将不同时期的青铜器放在一处，也许正是表达内心的疑惑，他们也在琢磨，为何前人能做到的事后人做不到？隐居古堡，实质是自我放逐和反省的过程。”

阿诚拍拍最边沿的青铜武士，不满地摇摇头，道：“瞧瞧，铜身上还有毛刺，可见粗制滥造到什么程度，这已不是水平，而是态度了。”

他边说边挨个儿拍过去，每拍一个就摇一次头，显然对古堡居然存在这种低档次的青铜器感到恼怒，大大降低了他对此行收益的评估。我正好站在他右前位置，无意中瞥见右起第七个青铜武士的眼睛似乎眨了一下，心中顿起警兆，此时阿诚已拍完第六个，身体前倾，右手已经朝第七个拍过去，我大喝道：

“退后！”

多年的友情和默契使阿诚对我毫不怀疑，不等大脑反应过来，手已停滞在半空，身体收势向后缩，几乎是同时青铜武士身体一抖，盔甲如雪花般片片俱裂，碎片中一道寒光乍起，匕首直奔袭阿诚心口——若非我那声呐喊，他势必被扎个正着，就是这关键的半秒钟挽救了他，刀尖刺破衣服，只挑破一点皮。阿诚吓得魂飞魄散，身体后仰垂直倒地，骨碌碌滚到两步之外，我赶紧补位挥刀援救。这才看清偷袭者正是在小木屋遇到的三个人之一——始终微笑的中年人。

他还是含着笑，出手却凌厉狠毒，一抖手划出四朵刀花，罩住我面门要害。我虽没学过武功，也识得厉害，错步左冲，闪到宝座另一侧。中年人正待追击，阿诚举了根木棒从侧面冲上前，带着风声狠狠抡过去。中年人用匕首一格一挑，阿诚力道用空差点摔倒，我见状一把扳断青铜武士握的长枪，横腰便打。中年人做了个类似瑜伽的动作，身体霎时折成三叠躲过枪尖，然后猛地舒展开来，一脚踹在我胸口。

这一脚踹得又狠又重，我仿佛被用力推了一把，踉踉跄跄直退到竖栏边。阿诚也感觉不是这家伙的对手，虚晃一招扭头就跑。中年人速度奇快，身子一晃便拦在通天神树边，我从铜枝上扯下两只装饰品劈头就扔，中年人脸上露出痛惜的样子，连迈两步守住神树。我们不敢恋战，脚底生风跑出宫殿，刚下了石阶，远远看到恶魂煞瓶一蹦一跳地从花廊过来，暗暗叫苦：前有狼后有虎，我们如何是好？

“玩儿水战！”

阿诚叫道，率先冲向池塘，我虽担心水里暗藏机关，但未知的风险总比明摆着的危险好些，既然无法对付恶魂煞瓶，又不是中年人的对手，与其被前后夹击还不如跳到水面碰碰运气。

中年人似乎看破我们的意图，加速冲出殿门，一身白衣因速度过快几乎连成一条白线。生死攸关之际我们也是激发出最大潜能，疾步冲到池塘前两三米，不约而同腾空跃入水中。

“嗞”，中年人只落后半步，抓住我的裤脚撕下一根布条。“扑通”，我深深潜入水中，明显感到池塘里的水越到下面越热，憋足气向前游了六七米才浮出水面，再看岸上，恶魂煞瓶正沿着池边来回蹦跳，心有不甘地看着我，中年人却不见踪影。“唰”，阿诚在两米远处浮出来，一把抹去脸上水珠正要说话，“唰”，中年人突然从我们中间冒出来，我和阿诚呐喊一声，齐齐扑上去。

原以为中年人陆地功夫好，在水里应该稍逊些，谁知他功夫丝毫不减，扑腾的浪花中左挡右支，化解掉我们第一轮猛攻，然后展开反击，不一会儿就一刀刺在阿诚肋间，我也被他擒住手腕缴了藏刀，幸好阿诚奋不顾身上前抢攻，才使我趁机脱困。

看来水里也玩儿不过他，我和阿诚交换一下眼色，同时转身向相反方向逃跑。刚游了两三米，听到身后哗哗水声。

中年人舍弃阿诚冲着我疾追而至！

第十六章　铜姹莲叶

打不过，跑不了，岸边还有恶魂煞瓶候着，真让我有种上天无路入地无门的感觉，此时甚至生出自暴自弃的念头：死就死，把一切都了结了，免得活在世上受罪。

中年人在一点点缩短距离，手指堪堪触及我脚掌……

“潜水！”

远处传来阿诚一声断喝，我顿时回过神，二话不说扎入水中——很久以前我们盐城郊区有个习俗，从水路送葬时每隔一段路必须往河里扔铜板，久而久之郊区护城河底的铜板为数可观，一直成为孩子们觊觎的目标。到我和阿诚打主意时打捞难度已非常之大，稍微平坦一点的河床、岩石上都被搜刮一空，逼迫我们不得不尽可能憋更长时间的气，以便在洼地里、水草间寻觅，所以两人泳技没什么长进，倒练出一身憋气功夫。

反正走投无路，不如跟对手在水里泡着，看谁耗得过谁。

潜到四五米深，水温热得有些发烫，刚想改为平移，身后暗流涌动，中年人尾随而来。我咬咬牙又向下两米，水温已高到无法忍受的程度，眼角瞥见右上方黑影一闪快速浮上去，便横移三四米远慢慢上升。升至半途中年人凌空而降，一把揪住我后背衣服，我自然不甘就范，拼命挣扎。他身手虽高，水性也不错，但水下憋气的能耐不及我，磨了片刻便有些乏力，松开手想到水面透气。我哪里肯罢休，双脚紧紧盘住他腰际，双臂与他纠缠到一处。中年人意识到不妙，左手坚守要害，右手卡住我的脖子往水下按。

这家伙手劲奇大，如钢钳般卡得我喉口发甜，眼前一团漆黑，情急之下双腿不管目标地拼命狂踢，中年人被踢得脸上肌肉不住颤抖，就是不松手。两人翻腾着搅了几个回合，突然碰到一根坚硬冰凉的东西，我用力握着它想作为武器，未料它仿佛扎了根似的纹丝不动，偷眼看时原来是根圆形铜管，一直延伸到池塘深处，弄不清它的具体长度。我顺势单脚勾住铜管，脖子在上面一蹭一转，挣脱中年人的控制，他不能久战，在铜管上连踹十多脚，借助弹力浮出水面。我担心出水后被制，强忍不适又潜了半圈才升上去。

水面上中年人又与阿诚战成一团，阿诚刚才歇了会儿，劲头正足，而中年人刚才与我在水下一番苦斗后耗神不小，略显疲惫之态，拼斗时守多攻少。我瞅准空当从侧面扑过去，想一鼓作气将他活擒下来。未料刚靠上前，那厮陡然像换了个人，眼中暴射精光连连抢攻——原来他使的诱兵之计，好将我们俩一网打尽。

阿诚骂道："笨蛋，比猪还笨！我豁出命来打就是要让你活下去，你倒好，硬贴上来送死。"

我强忍感动尤自嘴硬："老子就是不想活，你管得着吗？"

"他娘的气死……"

阿诚正骂得起劲，被一拳打在脸颊，他反应奇快，低头死死咬住中年人手背，中年人吃痛之下未免有些手忙脚乱，虽奋力将阿诚推开，却被我觑个破绽一把抱住腰际向下拖，他猝不及防"咕噜噜"喝了几口水，阿诚趁机突破防线搂住中年人脖子。中年人双拳连击，刹那间我们不知挨了多少拳，已不单单用"剧痛"能形容，感觉胸口以下部位在烈火中炙烤一般撕心裂肺。可贴身肉搏是对付中年人的最佳战术，一旦放手后果不堪设想，因此我们非但不松劲，反而越搂越紧，三个人在水里抱成一团。

"疯子，两个全是疯子！"中年人终于按捺不住，破口大骂道。

阿诚回敬道："你才有病，好端端拿着刀杀人。"

"谁叫你们擅闯古堡。"

"我们进来关你屁事！"

"我的责任就是保护它。"

"哪儿任命的？你拿证明出来！组织部还是人事局，政府公务员还是事业编制，隶属哪个单位，月工资多少？"

阿诚开始胡搅蛮缠，中年人被问得脸色铁青，脸上失去惯有的微笑。这时水温逐渐升高，起初还以为在水下泡久了体内热量没释放出来，谁知温度越来越高，不一会儿三个人都大汗淋漓，呼呼呼直喘粗气，不过形势所迫，谁也不敢放松，咬紧牙关硬挺着。又过了几分钟水已相当之烫，水面保守温度估计也有六七十度，水下还高出将近十度。

我试探道："喂，你是打算跟我们同归于尽，还是一块儿到岸边歇会儿？"

中年人咬牙切齿道："上岸？你们这帮惹祸精激活了恶魂煞瓶，眼下这情景谁弄得住它？"

阿诚一听有门，连忙道："那也比水煮活人强，我们有三个人呢。"

"呸！谁跟你们一伙。"

话虽如此，语气中已有暂时休战的意思，大家"一、二、三"同时撤手，没命地向岸边游去，恶魂煞瓶见了忙不迭蹦过来，舌头在空中"咝咝"作响。此时水温已升至无法忍受的程度，无法舒展身体继续游行，再想上岸也是凶多吉少，更没了动力，正好身边有片荷叶，双臂搁上去以换取片刻清凉，谁知一碰坚硬逾铁，原来并非真的荷叶，而是青铜打制，表面漆了层绿色，荷叶下有根铜管，比刚才水下那根细些，但也有拳头那么粗。

我当即双臂一撑跃出水面，蹲在铜荷叶上呼呼呼直喘气，全身上下已烫成通红的虾子，特别是个别敏感部位，稍一动就疼得钻心。中年人和阿诚看得明白跟着效仿，忙不迭就近爬上铜荷叶，再看池塘简直像一锅开水，突突突冒着热气，稍远处好像烧开似的，水面沸腾得两尺高。三个人相顾骇然，若再在水里耽搁几分钟，恐怕真成涮人肉了。

阿诚大难不死，态度嚣张起来，叫道："喂，保安同志，请问尊姓大名？"

中年人低头研究铜荷叶，不理不睬。

"那俩同伙哪去了，是不是见有危险溜之大吉？"阿诚喋喋不休刺激他，"你这位同志保安工作做得可不怎么样，先是擅离职守把人放入古堡，然后听任我们在里面大闹天空，更可笑的是你身为保安，对古堡设置一无所知，害得我们差点成为落汤饺子……"

中年人情绪已调整过来，恢复了招牌式的微笑，淡淡道："古堡可不是想来就来想走就走的地方。”

我嘲讽道：“这回你也一样走不脱。”

“我的职责就是保护古堡，虽死无憾。”

“可惜你的死不能换得古堡安全，”阿诚昂然道，“因为我们会战斗到最后一刻，决不后退。”

中年人瞪着他，一字一顿道：“如果有机会，我第一件事就是杀了你！”

阿诚满不在乎：“是吗？你有本事跳过来。”

两人相距不过四米左右，像两只蛤蟆似的蹲在铜荷叶上，虎视眈眈盯着对方，大有一触即发之势。我暗暗埋怨阿诚意气用事，这会儿应该设法从中年人嘴里套出点有价值的线索，哪能撕破脸对骂？便清咳一声打算做和事佬。这时池塘深处突然传来隆隆的机括声和齿轮转动声，我们都提心吊胆看着水面，防止水下冒出个什么来。蓦地“格”一声，中年人所在的铜荷叶急速上升，转瞬升了六七米，猝变之下他重心失衡，身体后仰摔出荷叶，就在坠落一瞬间，他脚踝倒勾住荷叶边沿，双手紧紧抓住铜管，再一个“鹞子翻身”跃回原位。

“漂亮！”我和阿诚大声赞道，也同时做好准备。俄顷，我座下铜荷叶率先启动，以火箭般速度升空，而且斜斜冲向中年人，他挂着笑意，手中却亮出藏刀。“唰”，两人在刻不容缓间擦身而过，他挥刀横扫，我右脚踢在他肘部，化解掉必杀一击。我的铜荷叶又升了两米停在最高点，中年人则从下方划了道弧线直奔阿诚，阿诚眼睁睁看着明晃晃的刀尖呼啸而至，却没有一点办法，正想硬着头皮跳下水，铜荷叶突然横移，堪堪避开刀锋。

三个人在空中呈完美的等腰三角形，彼此之间的距离完全相等。

中年人喃喃道：“想起来了，铜姹莲花，铜姹莲花！”

“什么？”我茫然问。

他警觉地瞅瞅我，别过脸去。

“保安同志，”阿诚一脸诚恳地说，“瞧这架势，我们俩大概都不可能活着出去了，临死前可否说出古堡真相，让我们死个明白？”

中年人默然看着天边，恍若未闻。

我补充道："就是阁下倘若无人相助，恐怕也无力回天，不如大家化敌为友，黄泉路上也多个朋友。"

阿诚又道："我们不是盗贼，到古堡并非想发财，而是对古蜀文明历史有着浓厚兴趣，打算研究古堡两次覆灭的前因后果，在学术方面作一点探索。"

中年人脸色微变，捋了捋头发徐徐道："二位如果是盗贼，经过几番生死搏杀倒真能交个朋友，然而你们想揭穿古堡秘密公布于世，乃是我们守护者的大忌，非但做不成朋友，即便变成鬼魂也得缠着二位。"

我和阿诚相顾愕然，没想到弄巧成拙，使这家伙态度如此决绝。

阿诚机巧地改变话题，指着岸边道："你既是守护者，为何制不住恶魂煞瓶？"

"此物具天地戾气与恶煞于一身，修炼数百年后更兼妖性，六个之间心念相通，倘若全部复活，非但古堡要毁于一旦，恐怕危及整个格吉勒的生灵，因此我殚精竭虑将它擒住，连同其他五个藏到长干街，谁知又被你们放出来，哼!"

我眼珠一转，笑道："虽然将它活擒，但两位同伴也受了伤，所以只剩你孤身行动，对不对?"

中年人冷冷道："你很聪明，可惜聪明人都不得好死。"

阿诚朗笑道："我们这趟进来就没打算活着出去。"

"很好，那你们坐这儿等死吧。"

中年人不再说话，盘膝坐在铜荷叶上闭目养神，池水咕嘟嘟翻滚着热气腾腾，氤氲的水汽弥漫了整个上空，我们好似闷在桑拿房一般，被蒸得汗流浃背，浑身酥软。

"他娘的到底怎么回事，好端端的自动加热，究竟要烧到什么时候。"阿诚自言自语道，我没接话，隐隐猜到其中缘由。刚才与中年人在水下搏斗时有根粗铜管，我用它作掩护挡了他十多脚，可能因此触发机关，引来古堡地下充沛的地热进行加热。

若无人切断机关，这套系统会不会无休止地加热下去呢？要是那样等不到池水烘干，我们早就脱水而死了。

大约过了一个多小时，铜荷叶又开始移动，曝晒加熏蒸使三个人都提不起精神，即使两片叶子相交也懒着动手，面无表情目送对方擦肩而过。这本是和谐共处的大好局面，岂料突然发生了意外：

南面一片铜荷叶移到池边附近时，恶魂煞瓶猛地吐出舌头一卷一搭，身体腾空跃到铜荷叶上，加入到我们的阵营中！

这一来局势急转直下，连中年人都露出惊惧的神情——以目前的情况，我们无异于固定靶，只要移动到它舌头射击范围内，来一个打一个，来两个打一双，根本就是刀俎之肉！

第十七章 人骨教堂

铜荷叶继续移动，中年人首先面临考验，由高而低俯冲下去，很快靠到恶魂煞瓶三米之内，“嗖”，舌头急射，中年人一个急翻，两腿盘住铜荷叶下沿铜管，身体悬空距水面不过两三厘米，舌头射了个空，尤在铜荷叶上扫了一圈才收回去。我和阿诚看得心惊肉跳，暗忖凭我们的身手万万做不到，难道只有选择高台跳水？

中年人躲过一劫明显松了口气，抄着手意态闲暇，准备看我们的好戏。铜荷叶移动路线十分怪异，我和阿诚一个上升，一个下降，慢慢移了两米左右陡然刹住，中年人的铜荷叶冷不丁“呼”地横移，再次与恶魂煞瓶正面相对。他显然措手不及，摇晃数下差点摔下去，好容易平衡住身体却又冲到它面前，两者相距不超过一米！

唉！

我和阿诚同时叹了口气，虽然他是我们的敌人，但眼睁睁看着一条生命死于恶魂煞瓶舌头之下，毕竟有些不忍，因为他的下场就是我们的下场。

“嗖”，恶魂煞瓶再度出击，舌头瞬间洞穿他右胸，回卷了一大块血淋淋的东西，中年人晃了两晃，软绵绵倒在荷叶上。它将血肉卷入嘴里发出咀嚼声，好像很享受的样子，然后眼中神芒毕露，蹦跳更加有力。

阿诚面色惨然道：“一块儿跳下去吧，我宁可淹死烫死也不想死得这么恶心。”

我怔了半晌：“好，我数一二三一起跳，毕竟留个全尸。”

“晓飞，临死前说句掏心窝的话，我不该打真真的主意，朋友妻不可欺，怎么着也不能因为女人伤了兄弟感情。”

“不，这件事过错在我，其实我……”

我哽咽着想把那次酒后失礼的事说出来，又担心时间来不及，故而稍稍停顿一下，这时铜荷叶第三次移动，恶魂煞瓶移到池塘中间，又与载着中年人尸体的铜荷叶交错而过，与此同时我和阿诚的铜荷叶骤然加速，带着风声向它冲过去。

“一、二……”

我和阿诚同时立起身子准备跳，就在千钧一发之际情况突变——

原以为已没命的中年人猛地跃起，一脚踹在恶魂煞瓶下身，它尖叫一声，划了道弧线坠入池中，在滚烫的池水里扑腾数下就不见了踪影。

他胸口的洞赫然在目，只是与上回少年一样无一滴血渍，看上去妖异而诡秘。

“所谓苦肉计不过如此吧?”中年人平静地说。

阿诚张大嘴半天合不拢，期期艾艾道：“你……你不是正常人。”

“我说过自己正常吗?”

阿诚想不出合适的词来表达，急得连连抓头，我接上去道：“你是否是巫师的后代，或者你就是巫师?”

也许我问得太突兀，他非常震惊地晃动一下，仰头看着天空，久久才答道：“你们知道得太多了，很抱歉，我必须杀掉你们。”

阿诚笑道：“你一直没打算放过我们，现在不过多了条借口而已……巫师、晓倩、吴琪是古堡覆灭前的三个主角，不管他们之间的斗争多么凶险恶毒，终究是一段历史，阁下何必如此紧张?”

“既然是历史，让它永远湮没于尘世好了，你们又何必多管闲事?”

“民众有权知道真相。”

中年人双手负在背后，幽幽道：“当年吴琪入堡就是为了探究真相，但他查清真相后选择自闭于堡……有时真相对民众是一种负担，一种折磨，难得糊涂才能幸福地活下去。”

我道：“你住在山里太久，不了解外面的世界，如今被揭开的历史真相已经太多太多，大家早就有了足够的心理承受力，再多一桩又有何妨?抛开那些陈旧的腐朽思想吧，少了你地球照样转。”

“就冲你这种想法，死了也活该!”中年人冷然道。

铜荷叶开始第四次移动，他双手掣刀，面蕴杀气，一步步逼过来，我和阿诚也打起精神全力以赴，准备与他展开决战。

池水不知何时停止了沸腾，山风吹过，笼罩在上空的水汽散掉大半，露出宫殿后面层层叠叠的石墙。原来十多片铜荷叶错落分布在不同高度，落差将近十米，此时均下降到移动前的位置，仅高出水面几厘米，然后向岸边慢慢靠拢，轻轻贴到池边。

我们又惊又喜跳上岸就跑，中年人从另一侧登岸后穷追不舍，胸口犹带着血洞，能从前心看到后心，简直恐怖之极。他已下定决心取我们的性命，绝对要死缠烂打到底，因此身体虽疲惫到极点，还强撑着跌跌撞撞奔跑，中年人经历连番大战也至强弩之末，跟我们一样全凭一股意志，就看谁坚持到最后。

他上岸地点靠近石阶，正好堵住退往长干街的路，我们只得沿着宫殿右侧石径往里跑。过了宫殿后面的照影壁，两边石墙高达七八米，有种沉重的压迫感，地面全铺着大颗鹅卵石，踩在上面又滑溜又硌脚很不舒服。越往里跑路面越窄，起初能四五个人并行，一百多米后两人并肩都觉得挤，头顶光线也渐渐暗淡下来，好像置于某个建筑物阴影之下。

“老天保佑，别让我们遇到死路。”阿诚气喘吁吁道。

我倒无所谓：“要是老天想让我们死，刚才在池塘里死好几回了。”

“那也未必，说不定先狠狠折磨我们，让人感觉生不如死，然后乖乖地从容自杀。”

“乌鸦嘴！”我骂道。

石径拐了个弯，路面又宽敞起来，几分钟后眼前出现一个古铜色建筑，东西长约六十多米，呈凸字形结构，顶部突出十多个尖顶，上面布满浮雕和装饰，正门分檐部、飞拱和饰面三层，飞拱采取一式的圆弧形线条，饰面上则是各种重叠的三角形和椭圆。大门两侧是十多米高的倚柱和扁壁柱，立面上有几对大涡卷，显得高贵而洋气。

“教堂！”我和阿诚齐声惊呼。

如果没记错，它几乎是世界十大教堂之一的圣阿波利拉教堂的翻版，然而那个教堂兴建于十五世纪末期，十六世纪中期才正式完工，理论上讲固然有图纸流入中国，吴琪得到后在古堡修建的可能，可事实上建造教堂的难度远远高于中国式宫殿，人力、物力、财力耗费惊人，因此欧洲教堂动辄几年、几十年，甚至几百年才能修成，难怪有历史学家调侃说为什么拿破仑统治时期很少新建教堂，原因是他把钱挪用过去打仗了。就算吴琪耗尽家财，又得到鱼伯后人遗留的财富，凭区区几百人想把这么大的教堂建起来不啻于天方夜谭——单教堂外墙的大理石采集、砌整、打磨工作就需要一个庞大的采石场流水线，没有五六百名劳役根本满足不了工程需要。

然而若说是鱼伯后人的杰作更加荒诞，且不说一个小诸侯国亡国之君的后代有无这等气魄与胆略，也不论当时的工程、数学、建筑能否达到这个水平，就是如此大规模的石材运输也会惊动附近大小诸侯，派兵横扫㔟山古堡——㔟山一带全是坚硬的花岗石和青石，大理石需到外省调运。这个教堂所用大理石纹理清晰、底色均匀、白中隐含淡黄色花纹，应该是四川宝兴蜀白玉或云南大理的苍山白。可以想象在交通不便的古代是一项多么浩大的工程。

阿诚上上下下打量一番，笑道："他娘的，照这境况后面再冒个金字塔出来我也不会惊讶了……古蜀文明，真是高深莫测。"

我咂咂嘴："金字塔又不是古埃及人的专利，大西洋底、玛雅古国都曾发现过，说明人类文明发展不是百花齐放，而是殊途同归，具有共同的起源……"

中年人从后面追过来，我们毫不犹豫从教堂正中大门冲进去，想依靠里面复杂的地形来周旋。他似乎对教堂有些畏惧，距大门十多米就停住，怏怏转了两圈，脚底下越退越远，最后退到石径台阶坐下，一副稳坐钓鱼台的架势。

"咦，他干嘛不继续追？"我奇道。

"年岁不饶人呐，他的体力哪能跟我们小伙子比？别看他强作镇定，肚子里不知怎么个大喘气呢。"

"我觉得他有点怕这个地方，所以不敢进。"

阿诚哈哈大笑："那就好办了，我们可以在里面舒舒服服睡一觉。"

我也忍不住笑起来：这家伙就是天塌下来当铺盖的脾气，遇事从不往坏处想，勇往直前，敢闯敢冲，也许蓝真真就喜欢他这种乐观开朗的性格吧。

转身打量教堂内部，两人又齐齐发出惊呼："人骨！"

眼前仿佛是人骨堆砌的世界，天花板、四壁、门楣、祭台、拱门、吊饰全是由人骨组合拼凑而成，最令人叹为观止的是正中央的祭塔，完全是人体各部分骨骼的组合：三十六根大腿骨为塔身主架，撑着一块块排成圆形的盆骨，下颚骨串成挂帘，塔顶则是一颗呲牙咧嘴的头颅，外形独特，邪恶诡异中带着摄人心魄的华丽。天花板上一串串头骨装饰全都是脸骨朝下，空洞的眼窝，白森森的牙齿，让人不寒而栗。

阿诚吃吃道："他娘的，这么多骨头要死多少人才凑得齐？"

我说："关键是这座教堂为什么而建，用人骨装饰有何目的。"

"其实撇开人骨不谈，教堂本身还建造得很有特点，不比当今欧洲那些教堂逊色。"

我也注意到这一点。教堂内部由四排石柱支撑，横翼与中厅交叉处有一排八角形采光亭，呈中间高四周低的格局，花窗和扶壁的位置很高，加上晶莹夺目的大理石，使整个教堂显得明亮通达。

阿诚推推我："晓飞，在想什么？"

我怅惘地摇摇头："我是不是大脑有毛病？怎么看来看去总觉得它具有鲜明的文艺复兴晚期特征？"

他哑然失笑："我们都没有毛病，有毛病的是古堡，堡内的一切都扑朔迷离，充满了玄奥和古怪。"

走过祭塔，教堂正南面是个两米多高的祭台，台面全是一块块头盖骨组成，略带点起伏，一缕阳光刚好从花窗斜照在上面，折射出惨白的银光。祭台中间是六根腿骨撑起的骨架，骨架上端放着一颗小小的头颅——只有普通头颅的一半，说明死者年龄很小，估计不超过六岁。

正当我们迟疑着是否登上祭台时，阿诚突然大叫道："血，他在流血！"

我抬头一看，刚才还干枯的小头颅眼窝里正流出两行血，血沿着骨架缓缓淌到地面，将头盖骨染得一片鲜红。

第十八章　骷髅骨魔

我和阿诚大骇，急退几步差点撞到身后祭塔。在世界各地的传说中，佛像、神像、骷髅眼睛流血都是不祥之兆，预示将有大祸临头。诚然我们自从进了古堡没一件事顺心，好几次与死神擦身而过，但事在人为与命中注定是两码事，我自认是坚定的无神论者，但也相信冥冥之中自有天意，有些事，根本不是凭人力所能挽回。

阿诚骂咧咧道："他娘的，我承认前几次遇险大都是我惹的祸，这回绝对与我无关，从进教堂起我没碰一样东西，也没说一句得罪神灵的话。"

"你倒反省得快，不过那家伙宁可守在外面而不敢进来，可见教堂本身有古怪，危险程度之高连他都不愿冒险……"说到这里我打了个寒噤，"亡灵、冤魂的力量最不可捉摸，黑暗、诡异，给人以无形的压力与恐惧。"

阿诚拍了我一掌，怒道："你干什么？自己吓自己？长他人威风灭自家志气？厉害怎么了，砍头不过碗大的疤，我们是死过几回的人，事到如此还怕死不成？"他掏出藏刀，"别管它，我们四下走走，看有没有其他出口。"

才走出两步，"砰"，天花板忽然落下一串骨骸，险些砸到我脑袋，两人一惊之下各自跃开，仰头看时又有几串骨骸往下落。这些尸骨至少有几百年历史，吊在半空经受四面花窗和透气孔的"穿堂风"吹蚀，加上地面非常坚硬，落下来就摔得四分五裂，溅出的骨渣飞得到处都是，接着地面出现一群群芝麻大的小白点，密密麻麻织成一片。

"这是什么？"我问。

阿诚凑上前看了看，疑惑不解道："我在古墓见过尸鳖，是一种叫蹇足的昆虫寄生于尸体之中，经过多年吸取尸气而成，剧毒无比，人一旦被咬中轻则残疾重则丧命，是盗墓者的天敌，可这些小白虫形状、大小、颜色都不像……是不是古堡里特有的微生物？”

说话间落下的骨骸越来越多，如雨点般将我们困在祭塔旁，阿诚对这种阵势表示不安，建议用双臂护住脑袋，宁可被砸几下也要冲上祭台，那边是唯一没有落骨骸的区域。两人正待夺路而逃，地面的小白虫又起了变化，它们抱成团地捉对厮杀，胜者如同蚕吃桑叶似的将失败者吞下去后，身体瞬间扩展到原来的三四倍，像充气般膨胀到黄豆大小，可以清晰看到它的眼睛、牙齿和嘴，尤其两排牙齿，简直是锋利的铡刀，明晃晃闪动着悸人的寒光。

见此情形我们不免有些踌躇，小白虫却继续疯狂地自相残杀，黄豆大小的阵营迅速蚕食块头较小的阵营后，又开始同室操戈，教堂里响起令人发瘆的“吱吱”声和“滋滋”声，都是它们相互撕咬搏杀时发出的声音。我和阿诚听得两腿发软，哪里还挪得动半步，眼睁睁看着它们一轮轮厮杀后身体愈发胀大，转瞬已有拳头大小，攻击力和移动速度也明显提高，数目方面也大大减少，由原来数千只变成几百只。

“形势比较严峻，”阿诚说，“尽管我不想做乌鸦嘴，还是不得不指出一个非常可怕的问题，这种情况很像传说中的……”

“五毒教。”我接口道。

他苦笑道：“你也想到了？”

活跃于云南、贵州一带的五毒教，尊崇蜈蚣、蝎子、蜘蛛、毒蛇、蛤蟆等民间五毒，教中弟子常将五毒放置于封闭的盆钵内，任由它们自相残杀，胜利者即为毒中之王，用它来制毒更是毒上加毒。

照目前情况看，小白虫很可能遵循这个规律，经过反复厮杀产生最后的胜利者，最可怕的是强者恒强，小白虫会变成令人生畏的大白虫，继而向我们发动攻击。

事态朝我们担心的方向发展，混乱中不知进行了多少轮搏杀，小白虫的数量越来越少，可块头却越来越大，转眼间从拳头大小演变到足球大小，厮杀场面也愈发血腥，到处充斥着狂暴、疯狂的扭打声，血沫、断肢满天飞舞，一股腐臭味弥漫了整个教堂。

“冲！”

阿诚觑到一处空当，拖着我直奔过去，岂知小白虫像有灵性似的停止厮杀，潮水般涌过来挡住去路，为首几个从地上弹起扑向我们怀中。我挥刀便砍，岂知它在空中一滞，双爪盘住刀尖，沿着刀背游下来，我当机立断甩刀后退，刀尖将一只小白虫钉在地上，引来四周虫子扑上去大嚼一通。另一侧阿诚被三只小白虫死死缠住，其中一只突破防线奔袭他的心口，我急中生智燃起打火机向前一伸，“滋”，小白虫顿时萎缩掉一半落到地上，转瞬惨遭同伴分食。

两人不得不退了回来，听任它们在内耗中做大做强，不过十多分钟只剩下二三十只小白虫——不，大白虫，块头堪比普通山羊，眼中闪烁着疯狂的凶光，它们像受到某种魔力驱使似的缠斗不休，失败者轰然倒地任凭胜者撕咬大嚼。

我突然发现一个奇异的现象，大白虫好像特别忌惮祭塔，尽管将它团团围住，却没有一只敢突破以它为中心的一米范围内，偶尔有几只不小心撞进来也触电般退得老远，因此我和阿诚才免遭攻击。

阿诚琢磨道：“倘若最后的胜利者身体比牛还大，会不会还慑于祭塔禁制不侵犯我们？万一祭塔制不住它，恐怕只有拼死逃出教堂，让门外那家伙与它较量。”

“他鬼得很，恐怕不会轻易上当，我怀疑他早猜到这个结果，所以才不敢进来。”

“要是有枪就好了，‘砰’一下把它打得脑浆迸裂！”

短短几句话工夫，大白虫残斗得只剩下三只，身体圆滚滚好像喂养的大白猪，可牙齿和爪子却堪比老虎，尖锐而锋利，每一下挥舞都能断裂一大片骨骸，以坚硬牢固著称的头盖骨也被啄出一个个洞，看得我们咋舌不已。

“这样下去不行，它每次吞噬同伙后杀伤力呈几何级别上升，等到最后一个时说不定比上古恐龙还厉害，我们必须先逃！”阿诚说。

我说：“从这儿到大门将近二十米，以我们的速度恐怕跑不到一半就被撕成碎片了，何况门外那个煞星也不好惹，他铁了心要灭口。”

“总比死在虫爪下强，”阿诚目光闪动，“我们分两条线同时往外冲，如果跑不过它们就赶紧撤回，否则一直冲出去，运气好的话那家伙或许会助我们一臂之力。”

“哼，恐怕望风而逃居多吧。”我觉得他的计划太冒险，心里不太踏实。

“晓飞，别再犹豫，越拖下去形势对我们越不利。”

三只大白虫已战至白热化，忽儿两只联手对付一只，忽儿三只搅成一团，忽儿伏在地上蓄势待发，嘴里发出奇怪的“嘁嘁”声，都不甘心轻易就范。

阿诚等到它们扭打在一起之时，在我肩上用力一推，喝道：“跑!”我不由自主向大门口飞奔，刚跑出两三步，听到背后风声袭顶，回头一看一只大白虫凌空飞扑过来，张开的大嘴足以塞下几个人，两排利齿尤如高举的铡刀。我吓得心胆俱裂，急急向前一倒，“嗖”，它堪堪从我头顶掠过去。不等它落地，我一个倒翻站起身撤回祭塔，它疾冲两步又刹住，站在原地冲我挥舞双爪，显得非常愤怒。

另一侧阿诚的麻烦更大，他在离大门只有几步之遥的地方被截住，想往回撤后路却被另一只大白虫封死，无奈之下他一手挥动藏刀，一手燃起打火机，嘴里发出“嗬嗬”的恐吓声，大白虫似乎被弄懵了，暂时不敢发动进攻。与我对峙的一只见状也跑过去，加入到对他的包围。

阿诚脸色煞白，强作镇定干笑道：“晓飞，这回我完蛋了，待会儿我会主动进攻把它们都吸引过来，你赶紧跑，如果有好运活下去，一定要娶真真，好好陪她……”

“废话！我们谁也不准死，都要平平安安走出古堡!”我嘶吼道。

他惨然道：“你看我这个处境能活得了吗？它们已经不耐烦了，我必须抢在前面发动……做好准备，我要动手了!”

“阿诚!”我大叫道，乍地脑中灵光一闪，“原油，你身上有原油!”

他愣了愣，嘴角不易察觉地轻轻扬起，右手慢慢伸向腰际间的拉链包——我们被僵尸追得无路可走时，阿诚利用原油将它烧死，并取出保温杯灌了一杯，说以后或许用得着，想不到一语成谶，现在真派上用场了。

就在他打算掏出原油引燃衣服之际，正面大白虫猝然发起攻击，阿诚急急退了一步，却被后面一只候个正着，单爪抓住他右臂直拖过去。

幸好阿诚反应奇快，挥刀割断半面袖子，后面的大白虫力道用空，向后踉跄退了两步。右侧大白虫也蠢蠢欲动想参与战斗，可攻击路线正好被正面大白虫所阻，这样三只大白虫相互干扰形成千载难逢的空当！

我来不及考虑太多，反手从祭塔抽了两根大腿骨冲上去，狠狠砸在正面大白虫后背，它右爪"呼"地回转横扫在我胸前，我惨叫一声，身体如腾云驾雾在空中飞出四五米，脸部着地撞在头盖骨上，嗅到一股浓烈的腥味。阿诚迅捷无比地脱下外套，拧开保温瓶盖将原油浇在上面，"咔嚓——呼"，燃起熊熊火团！

他捡了根骨头挑起火团，左右晃了两下，三只大白虫显然有点晕，居然乖乖让出一条路，阿诚顺利冲出包围。

"晓飞……"

阿诚跑到离我两步远处戛然止步，惊恐地看着我身后，嘴唇颤抖着说不出话来，我莫名其妙坐起身回头一看，顿时目瞪口呆！

祭塔上的下颚骨串、锁骨吊坠、盆骨纷纷坠落，起支撑作用的大腿骨也一根根倒下，塔内接连喷出一股漆黑如墨的浓雾！

刚才还凶悍好战的大白虫突然变得温顺起来，双爪紧贴地面，战战兢兢趴到地上连头也不敢抬。我赶紧闪身到阿诚身边，全神戒备。

"轰！"

祭塔终于解体，里面露出一具两米多高的骷髅，头颅正是原来祭塔的塔顶，它威风凛凛站在那儿，周身散发出一种令人不安的邪恶。三只大白虫更是惊惧，伏在地上浑身发抖，好像即将面临生死劫难。

经过难捱的十多秒钟，骷髅全身上下"格格格"响动，声音嘶哑粗糙，好像多年废弃不用的旧机器运转时的摩擦声，听得人心里直打颤，接着令人难以置信的一幕出现了——

从手臂开始，腰、胸、腿、头，骷髅竟然一点点动了起来，渐渐地，动的幅度越来越大，蓦地它头颅一抬，慢吞吞来到大白虫面前，轮番将指骨直接插入它们眼中，干枯苍白的头颅逐渐有了血色，深凹的眼窝变得血红，而三只大白虫则纹丝不动，直到身体如干瘪的皮球缩成一张皱巴巴的皮囊，软塌塌倒地。

骷髅陡地转头，阴森森打量着我们。

第十九章 时空漩涡

糟糕！这回是我闯的大祸！

我想起刚才为了给阿诚制造机会，从祭塔中间抽了两根大腿骨，可能就是这两根大腿骨导致祭塔精密巧妙的结构遭到破坏，既而全盘解体，将骷髅骨魔释放出来。

它堵在大门前面，我们避无可避，只得像没头苍蝇似的往教堂深处逃窜，它始终盯在后面，好像算准了我们无路可逃，沉着有力地一步步行走。我们跳上祭台直奔东侧墙边，想绕个大圈到大门，谁知它看穿我们的意图，横里拦截，逼得我们不得不继续往后退。

令我百思不得其解的是，它的行动速度看似很慢，步伐迈得也很小，像一位步履蹒跚的老人独自行走在大街上，可我们无论从哪个角度突围，无论速度有多快，它总能及时拦在前面，如此几回合后，两人已被逼到教堂最里端，再往后便是厚厚的大理石墙壁！

阿诚手中的火团已缩成拳头大的小火球，根本起不到威慑作用，何况我们也不知道骷髅是否畏惧火，不过多件武器壮胆而已。两人看看背后牢固坚硬，连缝都插不进的石墙，不约而同笑起来。

我说："还是逃不过一死。"

他说："我们注定要死在一块儿，到天堂继续做朋友。"

我说："我们干了这么多坏事，八成要下地狱。"

他说："放屁，我们进古堡不是搞破坏，而是要把秘密公布于众。"

我说："守在教堂外的那个人可不这样认为……"

两人拼命说话已缓解紧张到极点的情绪，这时骷髅已离我们不足两米，也不见它有什么动作，蓦地十指便刺到眼前，阿诚眼明手快把我一拉，"扑哧"，指骨深深扎入石墙，留下十个圆孔。它身体丝毫不动，再度闪电般刺过来，阿诚"哧溜"矮下半截，骷髅的十指又在墙上留下一排圆孔。我从地上操起一根腿骨向下猛劈，它一抬手，将腿骨从中分成两半，指尖在我胸口蹭了一下，疼得钻心。

骷髅出手的风度还胜过特种兵郭项龙，一招一式冷静果断，绝不拖泥带水，好像电影中武林绝顶高手，一切细微变化尽在掌握。在它连环进攻下我和阿诚连滚带爬，被打得狼狈不堪，最令人绝望的是由始至终我们都处于被动挨打的劣势，根本无力，也找不出对付它的办法——我们甚至怀疑它完全可以一招结束战斗，只不过抱着猫戏老鼠的心态逗我们玩儿。

两人从西侧一直逃到东墙角落，阿诚气喘吁吁道："不，不打了，我们投降吧。"

我也上气不接下气："投……投降？你敢保证它会优待俘虏？"

"被打死也比累死强。"

"那我宁愿累死。"

正说着它十指箕张直直刺过来，我本打算横移到右侧，不料脚底下一滑，居然摔倒在它脚下，当下心灰意冷，暗叹道天亡我也！

骷髅十指扎入石墙，突地似乎被什么粘住，一时没能拔出来，与此同时旁边墙面上"轧轧"作响，露出一扇铜门！

我和阿诚简直就像溺水之人捞到救命稻草，箭一般冲了过去，铜门一撞便开，两人闪入后随即关门、插上铜栓，"哧"，骷髅手臂硬生生洞穿铜门，幸好阿诚闪得快否则正中心口，我们只得放弃死守的念头转身逃跑。

铜门里是条狭长的甬道，只能容一个人弯着腰前行，甬道曲折向下，成扭麻花似的S形，人在里面必须不断地拐弯、转向，无法提高行走速度，两人在里面绕得发晕，后面又传来"嗒嗒嗒"的声音，显然骷髅已冲破铜门追了上来。正在焦急之际，前面又出现一个铜门，于是进去后又反锁好继续前进。大概绕了十七八个弯道——或许更多，途中关了四道铜门，不知骷髅是否失去了追击的兴趣，还是铜门起到隔阻作用，后来再也没听到"嗒嗒"声，而甬道也由弯到直，再行了一阵路面陡地一宽，前面赫然矗立着一座陡峭的石壁，石壁上离地四五米处有一排石窑洞，正中是古朴典雅的木头门，门楣两侧挂着一付对联：古井冷斜问几树，大江横曲槛一楼。

我笑道："这定是吴琪的住处了，其他哪个会在自家大门上写如此冷清萧瑟的对联？"

阿诚凑到石壁敲敲打打，又猛踢一脚，道："他娘的，又出难题考我们，这么高的地方，就算猴子也爬不上去！"

"原来应该有软梯或索绳，可能时间太长被风蚀日晒掉了。"我推测道。

"如果郭项龙在就好了，他肯定训练过攀岩。"

"攀岩需要有藤蔓或山石皱褶，这种滑不溜秋的石壁谁爬得上？恐怕让千手怪物来都悬乎。"

阿诚叹道："刚进古堡时认为千手怪物很可怕，经过僵尸、骷髅魔、大白虫和恶魂煞瓶的考验后，我倒觉得它温和得像邻家女孩。"

"邻家女孩"四个字又让我想起了蓝真真，想到两年前她那悲苦愤懑的眼神，冷若冰霜的表情和失魂落魄的背影，心中一阵惭然，踌躇良久道："先设法上去看看，然后回去找真真，我不想继续了。"

阿诚一呆，随即点点头："好，同意你的意见，不过怎么上呢？总不能光在这儿站着。"

我四下扫了扫，没找到意想中的木料、石头、藤蔓等工具，一时不知怎么回答。两人正在大眼瞪小眼之际，窑洞大门"吱嘎"开了条缝，里面抛出一条干藤编织的软梯，不多不少正好垂落到身前，我们俩大惊之下急急跳开，警觉地看着窑门。

"谁？"阿诚喝道。

窑洞突然闪出一条人影，伫立在门口含笑看着我们。

"郭项龙！"

"小郭！"

我和阿诚惊呼道，接着一个俏生生的身影出现在他身边，竟是令我们牵肠挂肚的蓝真真！我们不露痕迹对视一眼，瞬间脑中转过无数个念头，千言万语只集中于一个问题：是否如我所猜，郭项龙导演了一出大战人狼的闹剧，却暗中劫走蓝真真。

然而她却说了句令我们大惑不解的话："你们两个怎么回事，为什么好端端地从大街上失踪了？”

这个问题应该我们问她才对，却由她嘴里先问出来，而且问得理直气壮，我们一时竟想不出话来回答。

“上来再说。”

郭项龙简洁地说，我和阿诚暗暗撞了撞肩膀，各自将藏刀笼在袖中爬上去。郭项龙神色如常，等我们进了窑洞便收起软梯，蓝真真陪着走进堂屋，里面还是清一色的明式家具，八仙桌、太师椅、香炉、盆景等，唯一不同的是香案上多了几件瓷器，蓝真真说工艺尚可，可惜出自民窑，实际价值不会太高。

正待到厢房查看，郭项龙却问起生活区的事，两人为何离奇失踪。我反问道你们当时看到什么？蓝真真抢着说她在石室里听到郭项龙的喝叱声和狼人嚎叫声，却始终没有我们俩的声音，放心不下，壮着胆子走出院子。月光下郭项龙与狼人激斗正酣，虽明显处于下风，但步伐、身形不乱，偶尔还能反击一两下，然而我和阿诚却不见踪影，郭项龙边打边东张西望，显然也在找我们。又斗了十多个回合，狼人蓦地对着月亮狂嚎数声，身体陡然高了许多，爪子更加尖利，霎时攻击力提高数倍。这一来郭项龙顿时吃紧，接连被打倒在地，眼见将要丧命于狼爪之下。情急之下蓝真真想起银制器皿能克制狼人的传说，立即解下发簪上的银发夹，一个箭步上前掷到狼人身上，“噗”，银发夹与它甫一接触爆出数点耀眼的火花，将它身上炸出几个血洞。狼人连连哀嚎，凶性顿减，踉跄后退几步，试图稍做喘息卷土重来，蓝真真见状假装伸手在脑后一掠，然后再度扬手，狼人尖嗷一声调头就跑，转瞬消失在大街尽头。事后她与郭项龙沿着街道逐个院子查找，也进入到吴琪正室夫人的墓里搜过，但一无所获……

阿诚怪叫道：“我明白了，怪不得古墓有被破坏的痕迹，我们一直怀疑是晓倩潜进去破解巫师的巫术，其实是你们留下的，可是，可是……对了，你们进去时棺盖是否敞开着，有没有发现爻卦卷云镜？”

“没有，我们进去后发现没人就离开了，没有开棺……”蓝真真道。

她与郭项龙寻遍整个生活区终无所获，只得沿着石径来到宫殿，也没发现我们活动的痕迹，殿外一池清水平静如镜，十几朵铜荷叶紧挨着池边，郭项龙还跳上去兜了一圈，再找根石头用绳子坠下去试水深，放了二十米都触不到底，猜到里面必有名堂，不敢冒失，遂收手离开。

听到这里我和阿诚不约而同叹了口气，同样是人，命运为何差距如此之大？我们俩在池塘里忽儿要被烫死，忽儿遭到中年人追杀，忽儿面临恶魂煞瓶威胁，折腾得蜕了几层皮。他们倒好，在池塘里胜似闲庭信步，啥事儿都没有发生。

郭项龙先到宫殿左侧小路转了转，走了十多米是个小花园，说是花园，实质一朵花也没有，里面凉亭上方的匾上却题着：百芳园。凉亭四周散落着不少盆景和假山，勉强营造出一点休闲的氛围。再从右侧石径向里走，不一会儿看到巍峨耸立的教堂，进去后发现所有修饰全是人骨组成，意识到此乃大凶大恶之地，遂相互提醒不能随便碰里面的东西，否则可能带来不测。谁知怕什么惹什么，没过会儿蓝真真突然摔了一跤，而且偏偏摔在祭台中间的骨架下，手指在地面头盖骨锯口上一蹭，流了两滴血。鲜血迅速渗到骨堆里，过了会儿骨架上孩童头颅的眼窝里开始流血！蓝真真研究过欧洲古代史，知道骷髅流血意味着什么，赶紧催促郭项龙退出去，两人正待原路退回，却无意间瞥见教堂尽头石墙上半敞着一扇铜门，便飞奔而进，郭项龙回头关门时，教堂天花板上开始坠落一串串骨骸……

我全身泛起一层鸡皮疙瘩，缓缓道："这件事太邪乎了，我们一直奇怪，入教堂后明明什么都没碰，为何孩童头颅眼窝会流血，接着坠落骨骸，里面爬出若干小白虫，原来是真真闯下的祸，却由我们来承受后果……然而为什么由始至终都没发现你们，包括铜门也是在骷髅魔的追杀中无意打开的，到底怎么回事？"

"我知道。"向来多嘴多舌的阿诚这回出人意料地言简意赅。

我们全部转向他："知道什么？"

"时空漩涡。"

第二十章　石窑笔记

阿诚见我们懵懵然的样子，解释道："物理学上有个'佛丽莫顿加理论'，即时空并行论，认为我们生活的世界只是宇宙间一个特定时空，除此之外还有无数个时空与我们平行运转，时空之间彼此封闭、互不相容，但这种封闭不是绝对的，在某个特定环境、特定条件下会产生瞬间时空混乱，就是特殊的物理现象——时空漩涡，被卷入的人会被传输到其他时空，也许是几百年、上千年之前，也许是几个世纪之后，也许还是同一个时间，但看不到其他时空的人，即同一地点、同一时间，发生完全不同的事。用这种理论解释我们的遭遇，一切都顺理成章……我和晓飞阴差阳错卷入时空漩涡，依然传输到这条街上，接下来我们经历了一系列遭遇，而小郭、真真平安无事，原因就在于发生在不同的时空，不过由于人骨教堂具有怪异灵力，两个时空产生局部重合，而切入点便是那扇铜门，之后四五道铜门其实就是一个个时空拐点，走出门后才脱离时空漩涡回到现实当中。"

大家完全听傻了，窑洞里鸦雀无声。

过了好一会儿我才反应过来，围着他踱了一圈，上上下下打量个不停，他被我看得发毛，强笑道："看什么看，我身上又没有长花。"

"我在想，伟大的思想家、哲学家、生物学家、盗墓专家，什么时候又成了物理学家，是不是跑到美国盗回爱因斯坦的基因，来了个中外合璧天下无敌？"

阿诚摇摇头，表情说不出的沉重和压抑："一年前，我和几个道上的朋友到福建西南樵山盗墓，那是一次谋划已久、精心准备的行动，然而结果却大出意料……"

当天进入古墓的共四个人，阿诚、老董、胡三和小仇，都是久经考验的盗墓老手，他们看中了一座明墓，据考证可能是明朝末期福王朱常洵的第六个儿子朱承帧——朱常洵横征暴敛，财宝无数，却吝啬得出奇，即使李自成大军兵临城下也舍不得拿出钱来犒劳军士，结果城破后被起义军混合鹿肉烹煮，名曰“福禄肉”。朱承帧比他老子识相，借口到江南采办，早早卷了细软逃到福建樵山，隐姓埋名享起了清福，舒舒服服活到八十多岁才无疾而终。他的墓虽没有按王侯子弟规格修建，陪葬物却很实在，从之前打的盗洞来看，丰富程度远远胜过普通一品大员。

分歧是从一道踏马坎开始的，原计划从踏马坎直接向下进入主墓室，然而打通墓道时胡三发现右侧有个岔道，向里探了十多米，意外发现六根昇龙滚象柱，他们大感意外。昇龙滚象柱专门用于东汉皇家墓室，而且仅限诸侯王级别，是正统皇室血亲和身份的象征，来不得半点含糊。后来东汉末年军阀割据，天下大乱，建造昇龙滚象柱的工艺竟失传了，此后历代朝廷都组织工匠仿制，均未成功。因此可以断定，凡出现昇龙滚象柱的地方必定是东汉皇墓。当下四个人分成两派，阿诚和老董认为不能草率，先把明墓盗了再说，老胡和小仇却不想错失良机，古墓古墓，年代越久越值钱，不能捡了芝麻丢了西瓜。

双方争执不下，时间飞快地流逝，无奈之下只得兵分两路，约定无论发生什么情况，两小时后必须在踏马坎会合——盗墓行业有同进同出的铁规，不仅为了人员安全，也暗含防止同伙告密、暗杀等意外。然后阿诚和老董继续向下进入主墓室，首先映入眼帘的是一个精致小巧的盗洞，阿诚一见顿时泄了气，原来此墓早有行家光顾过，看来又是空欢喜一场。两人在墓室里细细搜了一遍，又到前后几个侧墓室转了转，什么有价值的东西都没有。看时间还早，老董建议到东汉墓瞧瞧，没准能跟在老胡后面发点小财，阿诚表示同意。于是折回到踏马坎向右行，奇怪的是先前看到的六根昇龙滚象柱不见了，只剩下一条笔直的甬道，沿着甬道走了三十多米突然听到呼救声，赶过去一看全惊呆了：

通道尽头是一堵土墙，老胡和小仇均上半身悬在半空，双臂徒劳地挥舞，腰部以下嵌在墙中——不，与土墙融为一体，形成进退两难的境地。

阿诚随手敲了敲土墙，两人哀号连连，显得非常痛苦。

老董喂他们喝了几口酒镇静下来，询问此事的前因后果。老胡说情况发生得很突然，完全没有心理准备，四个人分手后，他们从踏马坎一直向前，经过两个半月拱门后看到一尊镀金神像，心中十分欢喜，认为讨了个好彩头，还在神像前拜了两拜，才转入神像后的小门。不料刚走几步地面蓦地震动起来，神像也摇摇欲坠，两人当机立断往回跑，跑到一半隐约看到前面有一层烟雾，没多想径直穿过去，谁知身体刚接触到烟雾便被凝结，等回过神就成了这副模样——只暴露在墙外的肢体有意识，其余好像凭空消失了，不，仿佛成了土墙的一部分，这种感觉要让他们发狂。

阿诚和老董除了表示同情和安慰也束手无策，商量了半天决定由老董陪着，他出去买了些食物和水给他们补充营养，四个人默默相对无言。捱到第二天晚上，两人下山又是重金，又是央求，好容易找了位赤脚医生进入古墓，几经折腾并无起色，直到第四天亲眼看着老胡和小仇先后咽了气。

这件事给阿诚很大的打击，一度对坟墓产生心理障碍，连公墓都不敢靠近。为了解决这个问题，他成天泡在各个科研院所，请教各类专家学者，终于在一个偶然的机会听到“佛丽莫顿加理论”，茅塞顿开，悟出东汉墓与明墓重叠是时空漩涡的结果，老胡和小仇正是在时空通道关闭时卡在中间的。

我听了不禁有些后怕：“好险，倘若我们也被卡住，岂非人生最大的悲剧……如此说来骷髅魔之所以没有追上我们，很可能被关在另一个时空。”

阿诚颔首称是。

蓝真真惊叹之余继续道：“……出了门我们看到高高在上的窑洞，幸亏小郭身手好，没费多大劲就爬上去，放下软梯让我上去……经鉴定，这是堡主吴琪的住所，呶，这是他的笔记。”

“喔?”我和阿诚顿时两眼发光。

“可惜不知何故，笔记中很多关键之处被人为涂掉，而且越到后面涂抹越多，尤其最后几页完全看不出记载何事。”

她惋惜地说，将已用保护膜封好的笔记本递过来，翻开锈得发黄的封面，扉页端端正正写着四个大字：石窑笔记。我和阿诚顾不上疲劳坐下来细细看起来，一看就是三个小时，等揉着肿疼的眼睛站起来时外面已昏暗下来，又是一天过去了。

“余自幼寒窗数十载，未读一字圣贤书，与先父穷尽精神，竭思积虑于古蜀之秘……”

吴琪开篇就讲述他与父亲吴浩放弃一切琐务，孜孜不倦探求古蜀文明的经过。吴浩年轻时喜欢收集金石，担任桐州安抚副使、宣抚司佥事、宣慰使司副使等职期间，由于手握兵权，又负责安抚督管山区一带不安分的部落，位高权重，经常有人巴结，暗自里送些厚礼。吴浩倒也爽快，凡是金银财宝统统拒绝，但古玩玉器一概笑纳，时间长了大家都知道他的脾气，自然挑对路的玩艺儿。一次，有位土司为了在部落争端中取得更多利益，送了块号称是“镇寨之宝”的美玉给他，此玉中蕴水，水中有一红色物体，宛然是条小鱼，轻轻摇晃后水在玉中流，鱼在水中游，真的是美不胜收，令人叹为观止。若单单如此，不过是玉之极品，还称不上神奇，然而吴浩的眼光别树一帜，竟看出一般人难以察觉的地方——玉器顶端有一排正方形图案，六个正方形形状一模一样，即使用当时倍数最高的放大镜也看不出区别，正方形中间的凹痕，也非普通凿器所能完成，吴浩寻访了上百名著名玉匠，都做不到这一点，也就是说，无论是标准化制作工艺，还是雕刻技艺，明朝末期都达不到这种水平。

吴浩当即找到那位土司，反复盘问下土司说了实话，美器并非所谓“镇寨之宝”，而是山寨一位惯偷从四川带回来孝敬他的。两人又找到惯偷，那人根本没当回事，说在广汉单姓大户人家地窖里发现的，除了美器还顺手偷了柄匕首。取出来一看，吴浩又呆呆出神。

在别人看来不过是柄普通的青铜匕首，最多比其他匕首锋利些而已，可在吴浩这种内行看来，简直惊为天物。这柄匕首看上去寒光闪闪，实质是表面镀了层锡，唐代诗人高适有首《燕歌行》：相看白刃雪纷纷，死节从来岂顾勋。“白刃”一词即源于此。青铜器镀锡是三星堆人的高超本领，探遍中原地区没有哪个朝代的工匠能做到，因此“白刃”成为难觅的宝器。这柄“白刃”还有更让人叹为观止之处，那就是刀刃两侧各有一条张牙舞爪的龙，说明在一次镀锡后又进行了二次镀锡，而且让这层锡快速腐蚀出图案花纹，这种技术——别说明朝末期，就是如今二十世纪九十年代，都摸不着其中的门道。

以三星堆文明为代表的古蜀文明，最神奇、最难解释的便是青铜器技术，很多工艺环节和技术即使放到现在，都未必能做得很完美。

吴浩非常震惊，凭具有多年收藏和鉴赏经验的金石家的本能，他意识到自己触及到一个前人从未涉足过的领域，这个领域充满了神奇和玄奥，当然也有他所想不到的危机。

回来后他和儿子吴琪打点行李，准备赴四川广平调查，刚要出门，突然来了个奇怪的客人，指明想与吴浩密谈。吴浩是武将出身，射箭搏击举重都有两下子，根本不怕遭暗算，二话不说引客人来到密室。客人儒生打扮，一脸谦和儒雅的样子，进了屋子就问："将军可曾获得一块美玉？"

吴浩坦率地说："是，阁下有何指教？"

客人也很直接："匹夫无罪，怀璧其罪，美玉不属于将军，留在家中徒然遭祸，还是早日物归原主为好。"

吴浩被气乐了，收藏金石这么多年，还头一回听到这等歪理，当下怒笑道："祸福自有天数，阁下大可不必费心。"

客人轻轻叹了口气："可惜在下受人之托看管此物，因此不得不纠缠将军。"

"怎么，你敢在将军府用强？"

"岂敢，不过在下很有耐心，将军一日不归还此物，在下一日不离桐州。"

吴浩盯着客人，心中渐渐腾起杀机。须知吴浩本是武进士出身，长期征战于蛮夷粗野之地，刀下不知倒下多少条人命，早已养成飞扬跋扈、一言不合拔刀相见的性格，怎经得住如今反复挑衅？他打定主意，反而微微一笑："既然阁下不愿离开，不妨到处走走，欣赏桐州的山水风景……在下公务缠事，无暇作陪，请便。"

客人也不动气，深深稽了个首转身出门，他刚刚回头，吴浩飞快地取出弹弓，"嗖"，一颗龙眼大的铁丸射向客人后脑勺，"啪"，不偏不倚嵌入客人后脑正中，发出沉闷的血肉鞭挞声。

第二十一章　偷窥天机

吴浩从不怀疑自己的弹技，射出弹子那一刻起就打算说下一句话："来人，把尸体拖出去喂狗!"

但这句话终究没说出来，硬是从嗓子眼憋回去，因为客人居然没倒，相反意态轻松地转回头笑道："将军府上蚊蝇太多，简直令人不胜烦扰。"说着右手在脑后一抹，然后双指一弹，"噗"，那颗铁弹险堪堪从吴浩头上掠过，正好射中墙上的壁虎。

吴浩见状索性翻脸，顺手操过书桌边的宝刀劈头砍下，客人不躲不闪，听任宝刀砍掉整个左臂，静静道；"一臂换一玉，将军以为如何?"

吴浩正待再砍，突然看到客人断臂处虽创口殷红惨然，却无一滴血，不禁呆在原地。客人续道："将军认为不够么？这里还有。"

客人用仅存的右手先剜去一只眼睛，再撕掉一只耳朵，接着用力扭鼻子……与刚才一样，尽管创口血肉模糊，却没有鲜血淋漓的场面，更可怕的是客人脸上的表情始终保持淡定自若，仿佛在进行一桩与己无关的事。

"住手!"吴浩终于挺不住了，一叠声道，"我这就把美玉还给你，还给你!"他双手颤抖着打开书房里的密箱，颤抖着取出锦盒恭恭敬敬递过去。

客人接过去打开盒子看了看，小心翼翼揣入怀中，转身走了两步又折回，指着地上的零碎问："将军需要吗?"

吴浩连连摇头，客人也不打话，将手臂、眼睛、耳朵一一捡起装入囊中，从容出府。一路上府中家丁无不侧目，奇怪地看着这位独耳、独目、独臂和鼻子扭曲的怪人，还有身后怅然若失、面色惨白的主人。

好端端一件宝贝被人夺走，还吓得失魂落魄，吴浩当然咽不下这口气，等客人走出府门就安排兵士暗中跟踪，同时传令从城门到桐州边界布下七道防线，打算以乱党余孽的罪名将他乱刀砍死。然而出人意料的是此后客人便失去了踪影，从此再也没有出现过。

吴浩静下心从头想起，觉得问题还在于美玉本身，正因为如此旷世奇珍，才引来匪夷所思的访客，因此此事得从源头查。说干就干，他和儿子吴琪商量之后乔装打扮成药商，再选了十多名精干士兵作随从，一路急行来到四川广汉，第一站就是拜访惯偷所说的单姓大户人家。父子俩旁敲侧击，可单家主人一头雾水，全然不知他们所指何物。吴浩以为这家人装糊涂，一不做二不休，趁夜行动潜入地窖查看，一看之下两脚便粘在原地再也迈不开腿：成箱成笼的玉器、青铜饰品；成捆成叠的青铜面具、祭器，还有精美绝伦的通天神树、奇形怪状的青铜立人，均随意散落在各个角落，上面蒙了厚达几寸的灰尘，看得出主人对这些东西根本不在意，仅仅作为杂物一直堆砌在这里。那位惯偷也不懂行，只偷了两件看上去稍稍值钱的东西。

可这一切在吴浩看来充满了神奇和不可思议。因为这里每一件东西，包括青铜器和玉器，都是前所未见，前所未闻，完全打破了数千年以来金石断代和评价体系，它们简直就像横空出世的……孙悟空，把一切的一切都搅乱套了。

父子俩本来只是想进来看看，摸清楚单家底细，可眼前琳琅满目的珍品将他们惊呆了，竟生出贪念，想捞几件回去细细研究。两人使了个眼色，心有默契地取出行囊，专挑那些形状独特、技艺精奥的玉器和青铜器下手，不多时便装了满满一袋。

正心中窃喜，陡地身后传来一个清朗的声音：

“将军，别来无恙?”

两人吓得魂飞天外，折回身一看，原来是上回上门强行讨要美玉的儒生，断臂好像又装了上去，耳朵、鼻子、眼睛也都复原了。

毕竟被抓个正着，又不想暴露身份把事情闹大，吴浩施了一礼，低眉顺目道：“阁下……是单家的清客?”

儒生似笑非笑：“是与不是，恐怕都与二位深夜偷盗的行为无关。”

吴浩恨得牙痒，拳头捏了几回终于没有发作，依然温言道：“在下从少年起专攻金石，小有心得，上次见美玉如见天物，虽被阁下取走却一直割舍不下，才携子远赴广汉，希望到单家重金收购，谁知这家主人有意推脱一问三不知，在下迫于无奈故有唐突之举……”

“既然如此，二位把东西放下自行归去，并发誓以后永不踏入广汉一步，不然，”儒生道，“我少不得上报官府，将军将名誉扫地，一世英名付之东流！”

这也正是吴浩最担心的，他慌忙道：“正是，正是，在下以吴家全家老小的性命起誓，今生今世再也不入广汉半步，否则任凭阁下处置！”

儒生转向吴琪，吴琪毕竟年轻气盛，没有父亲那么多顾虑，又没亲眼见识过此人的厉害，自恃自幼在父亲的督导下苦练技艺，十三岁就取得府院一级武举第二名，被视为下届会试的热门人物，对付这种文弱书生应该不在话下。他含糊应了一声，暗自从皮囊里插出四柄匕首，冷不防低叱一声，四柄匕首分别袭向对方头、咽喉、胸、腹。儒生没像上回那样不躲不闪，而是右手急挥，瞬间将四柄匕首夹在指缝间，冷笑道：

“小小年纪出手如此狠毒，将来如何得了？且先废了你！”

说着作势欲扑，吴浩一个箭步挡在前面，连声歉意道：“您大人海量，原谅小儿的鲁莽无知，在下这就回去打点行装，明早一开城门就离开广汉，今后非但不重返这儿，也绝不对任何人提起。”

儒生脸色稍霁，缓和道：“你即便说了，恐怕无人相信……看在一面之缘的份上饶他一回，去吧。”

父子俩放下行囊，借着夜色掩护狼狈不堪地出了单家，回到客栈里相对无言，一直坐到天亮。清晨吴浩结完账，带着儿子和随从策马急驰，没多久便来到城外十多里的小树林。吴浩突然勒住马头回望广汉城，不停地拈着胡须。

吴琪上前问：“父亲，再行几十里有处王二烧饼甚是有名，可否到那边打尖？”

吴浩纵声长笑：“知子莫如父，琪儿还在为父面前装什么蒜？”

“莫非您也想……”吴琪又惊又喜。

吴浩恶狠狠道：“老夫镇守桐州数十年，还未受过如此窝囊气，撇开青铜玉器不提，这口恶气也咽不下去！”

“对，我们白天在林里盘桓，夜里杀到单家搅他个天翻地覆！”

“且慢，”吴浩到底是武将出身，讲究韬略方针，遇大事反倒沉得住气，目光闪动道，“此事须细细筹划，不容有失……”

黄昏时分，一行人分散开来，化装成樵夫、客商、病人等混在人流中进城，两人一组各自在城中吃饭休息，直到三更才潜行到单家前面一条巷子里会合。吴浩清点人数后双手一挥，各组按计划将浸了油的柴火堆到单家院墙脚，等更夫行出老远，吴琪一声唿哨，齐齐燃了柴火往院子里扔，霎时间单家大院成为一片火海。

“咣咣咣”，更夫远远看到火光后当即敲起梆子，高呼道：“起火啦！起火啦！”附近居民闻风而动，纷纷抄起水具前去扑火。吴浩使个眼色，随着人群拥入单家大院，七八个人明里灭火，暗里却将火势引到地窖口，守着要道不让别人进去。吴浩、吴琪趁机冲入窖中，匆匆挑了些宝贝装入囊中，然后在混乱中撤出单家，连夜离开广汉城。

回到桐州，父子俩抛开所有俗务潜心研究这些透着奇怪的青铜器和玉器，越琢磨越蹊跷，越考证越惶惑，感觉进入了一个前所未有的新天地！为更好地钻研，吴浩索性托病辞官，吴琪也放弃会试和出人头地的机会，两人成天奔波于四川一带采集民风，获得大量稀有而宝贵的资料。

——笔记中本来列明各种资料的名称、来源，可惜均被涂黑，从这里开始，笔记中被涂抹的痕迹愈发多了起来。

经过近十年跋山涉水、餐风宿露，父子俩好不容易摸清古蜀国的大致线索，率先构造出古蜀国发展史和大事记，并在论著的两本书籍中提出一系列古蜀文明的见解，遗憾的是由于明代末期研究古蜀文明者寥寥，未有响应附合者。吴桐第一个提出蚕丛、柏濩、鱼凫三代帝王并非实指，而是代表了三股部落势力，每个部落均采取世袭制，用的同一名号，从而解决了三代帝王均统治数百年，年龄荒诞无稽的问题。他还提出古蜀文明独立并领先于中原文明的理论，颠覆了几千年以来士大夫们津津乐道的“华夏中心论”思想，因此被主流学说界视为异端邪说。

正当吴浩父子雄心勃勃想挖掘更多秘密时，那位儒生又找上门来。

他径直出现在吴家密室，语气冰冷道：“将军，请纳命！”

说着手指一弹，吴浩还没来得及说话，额头正中就多了个血洞，砰地倒地身亡。

吴琪惨呼一声："父亲!"一头扑在吴浩身上，正好躲过儒生第二击。

吴琪悲愤交加，指着儒生道："你，你，你为何这等冷酷残忍?"

儒生冷然道："当初将军指天发誓，以全家性命担保才使你们俩生还，谁知你们贪心不改，居然到单家纵火，并于乱中盗走大批宝器……如今已让你们多活了十年，还不知足么?"

吴琪冷汗涔涔，知道今日凶多吉少，良久惨然道："此乃因果报应，罢了，求您高抬贵手，以在下一死换得全家一百四十四口老小平安。"

儒生盯着他看了会儿，缓缓道："我此时前来，原想诛杀满门，后因杀孽太重改为只惩处你们父子，但刚才你心系父亲竟然阴差阳错避开致命一击，足见命不该死……"

吴琪欣喜若狂，跪在地上连连叩头："多谢饶命。"

"然而你们父子偷窥天机，据调查吴家参与此事者不下于二十人，给我们惹下不小麻烦，若留你们在世，恐怕还会招来更多……"儒生沉吟片刻，又说道："陕西有个叫格吉勒的小镇，小镇附近的劳山里有座古堡，办完丧事你立即率全家住进去，此后不准踏出古堡一步，能否做到?"

吴琪听说能保住全家性命，不假思索道："能，一定能。"

儒生深深看了他一眼，从怀里掏出一张地图扔给他，随即飘然而去。是夜，吴琪强忍悲痛召开家族会议，简明扼要阐述了面临的困境，大多数人都无奈认同，只有旁支两名堂兄弟惦记外面的相好，趁黑翻墙出逃，却莫名其妙暴尸街头。吴家意识到儒生躲在暗处监视，更不敢轻举妄动，草草办完丧事后即举家远赴陕西。

如吴琪的岳父祁泰福在随笔里所说：牛车三十四辆，马车二十八乘，一共两百二十四人，可谓阵容强大。他根本不知道女儿、女婿其实被人关了禁闭，期限是一辈子。

第二十二章　古堡暗战

吴琪到㓞山古堡竟迫于无奈，而且是无期徒刑，这一点让我们非常惊异，感觉之前很多想法和判断都错了，情况变得更加错综复杂。

吴琪在笔记中证实，山腰间石雕像是一道人为的屏障，既阻挡外人入侵，又防止堡内的人出逃。从吴琪携整个家族搬入古堡之日起，儒生就守在那间小木屋里，只是双方几乎没有碰过面。

开始的日子过得不错，一是初来乍到一个全然陌生的环境，大家有种新鲜感和好奇，二是进入古堡后百废待新，修葺屋子、打制家具、开荒耕地，所有人都忙个不停，无暇顾及其他。何况儒生对吴家还不错，每两年特许堡里派人下山挑选童男童女——下山者主动蒙上眼睛，由儒生牵引着通过石像阵，回来亦然。主要是为了繁衍后代，同时新面孔的加入也为古堡带来清新的风气，多少能打听到山外的消息。直到第二十六年，一个叫晓倩的女孩子出现在大家眼前。

吴琪从最初起就反对把她带进来，尽管每次下山采办的人选不同，但都恪守两个原则：第一，必须是孤儿；第二，五岁以上，十岁以下。第一条是避免骨肉分离，彼此牵肠挂肚，孩子在堡里不能安心，家长在山下时间久了也会散布对古堡不利的舆论；第二条是因为这个年龄段的孩子最好教育，太小的话需要古堡专门派人照顾，牵扯精力，太大则有心机，容易产生抵触情绪。

晓倩的情况则有些特殊，严格地说两个原则都不太符合。负责采办的老管家是在一所破败的山神庙看到她的，当时她饿得奄奄一息，出的气多，进的气少，眼见是活不长了，老管家一时心软救了她。晓倩醒来后搂着他的腿放声大哭，央求务必要带她走，否则自己肯定活不成。五十多岁的老管家还从未见过有人哭得如此凄惨，如此悲切，就稀里糊涂答应了。一问年龄，说十一岁，他便皱起眉头，晓倩很乖巧，连忙改口说十岁；再问父母，先说自己是被人拐卖幸好中途逃出，后说父母早亡，总之完全看老管家脸色应答，专门挑他高兴的说，所以直到最后也没弄清她的真实情况。

晓倩很快展示出过人的聪明与慧诘，轻而易举成为古堡孩子们的领袖，连比她大四五岁的男孩子都叫她“倩姐”，年轻一代中，包括吴琪儿子在内，有七八个少年深深迷恋上她，成天围着她打转。长辈们更是对她宠爱有加，动辄把她叫过去聊天、谈笑，她善解人意，虽然话不多，总能把长辈们逗得心花怒放，舒坦到骨头里头。

吴琪没有在意，也没时间注意这些婆婆妈妈的事，他被古堡内残余的大量青铜器和古玩所吸引，成天流连在古蜀文明的世界，等感觉到不对劲时，正好发生了一件大事：

清兵来袭！

这是下山采办和收养童男童女的管家打听到的，兵慌马乱之下什么事都没办成就匆匆回山，负责看守石像阵的儒生虽有些惊讶，并未多问。回去一讲，整个古堡顿时哗然：远亲不如近邻，尽管他们很少与外界接触，却在心理上将格吉勒当作可以信赖的、偶尔能串串门的亲人，而今清军所到之处暴尸千里，血流成河，格吉勒居民眼见难以保存性命，岂不令人心焦？

晚餐开席前大家纷纷提起此事——吴琪入堡后定下规矩，每日三餐必须聚集到大厅进行，少一人都不得开席，吃饭时大厅鸦雀无声，除了偶尔碗碟轻碰声，无一人敢出言谈笑。吴琪听了面无表情，许久才淡淡说了句吉人自有天相，或许格吉勒能逃过此劫。众人面面相觑，无人敢言。

这时晓倩挺身而出，陈利道弊，侃侃而谈，指出无论出于道义还是道德，古堡都应该为格吉勒做点事，否则即便躲在堡里长命百岁也无意义。这番话引起了强烈反响，绝大多数人表示认同，将期待的目光投向吴琪。

“我被架空了！”刹那间吴琪生出此念，他压根没料到年仅二八的晓倩居然如此厉害，利用自己潜心钻研古蜀文明的时间不露声色收买人心，建立起对抗的资本与实力。他朝全场扫了一眼，发现不仅是年轻一辈，连家族中德高望重的几房尊长、兄弟姐妹，以及站在两侧的仆役，都用嘉许的目光看着她，似乎她说出了所有人的心声。

不行，绝对不能让她得逞！

吴琪虽不像吴浩戎马多年，征杀无数，却也具备父亲那种当机立断的性格，当下怫然起立，斥道："无知奴婢，吴家厅堂之上岂是你放肆的地方？救与不救，如何去救，我自有分寸，轮不到你多嘴！"

说完连饭也没吃，拂袖而去。原以为把话说到这个地步足以起到震慑作用，使他们不敢轻举妄动。然而他低估了晓倩的韧性和气魄，事实上他前脚才离大厅，晓倩后脚就跑到前面，询问大家的意见。一时间众说纷纭，有的迫于吴琪的威严，有的担心惹火烧身，也有的依然坚持救援。

"同意帮助格吉勒的请举手！"晓倩说。

厅里约有近一半人举起手，另有些人犹豫不决，态度暧昧，晓倩细细看了一遍没说什么就退出去了。当夜她纠集了四十多个表示赞成的人——难得她居然把举手的人都记了下来，强行打开堡门来到小木屋与儒生谈判。儒生吃惊之余也佩服她悯天怜人的情怀，推敲良久同意她的请求。遂趁黑下山，挨家挨户通知、收拾行李并列队上山。由于晓倩指挥得当，调度有序，三百多户人家，两千六百多人，不仅一夜间撤得干干净净，一个没落下，而且抢在黎明前来到古堡。等吴琪接到禀报匆匆赶到大门口，逃难的队伍正静静排在门外等候。

面对木已成舟的事实，吴琪根本没有选择的余地，何况难民上山明显得到儒生支持，这是人家的地盘，不过是用来囚禁吴家的，你有何反对的资格？他硬生生咽下这口窝囊气，换作笑脸迎上去嘘寒问温，甚至亲手搀了两位老人入堡，同时吩咐手下赶紧清理打扫房间，腾出地方安置难民——实际上出门前他就责令亲信，绝对不能让一个难民住进房间！

于是热烈的欢迎氛围中，堡中各个要害人物相互推诿、塞责，最终结果是所有难民集中到堡西一块空旷的广场，搭起临时帐篷勉强栖身。

与此同时吴琪正对着一张纸条发愣，这是儒生托人转交的，上面写着一行字：堡内物件若有遗失，少一件死一人。

吴琪恨得直咬牙：晓倩既在难民面前扮演了救星角色，又在堡中树立起威信，而她捅的篓子却要由他承担责任，天底下哪有这么冤的事?!再说放难民进堡也经过儒生许可，否则怎么过石像阵？古堡一下子涌入两千多人，就算堡内所有人全部发动日夜监视，也难免被顺手牵羊些东西，怎么可能做到滴水不漏？

窝火归窝火，还得静下心考虑对策。傍晚时分吴琪踱到厨房，密令大师傅在汤里加了点迷药，然后让仆役们端到广场分发，人手一碗，未几广场上鼾声此起彼伏，只有山风呼啸声和篝火燃烧木块的劈叭声。吴琪再召集几十名亲信——都是他最坚定的支持者，连夜将散乱在各处的古玩珍宝运往某处（地名被涂抹掉了），来不及运的也集中掩藏起来，只留下通天神树、神像等无法搬运的大件。

——这就是我和阿诚看不懂的第三幅画稿，一边是难民呼呼大睡，另一边有人紧张地搬运。原来是吴琪无奈之中想出的办法。

清兵挥师西进，大军过境寸草不生，唯有格吉勒居民及时撤离幸免于难，事后两千多名难民又在晓倩的指挥下，天黑后经儒生引导下了山，从此留下吴琪救苦救难的美名。

应付过这场危机，吴琪决心剪除晓倩的势力，把她排除到权力圈之外。可惜他又迟了一步，因为晓倩已抢在前面发起攻势，这回她的旗帜更顺应人心：出堡，争取自由！

实际上，古堡人早已厌倦了这种长期禁锢的生活，近三十年来日子波澜不兴，死水沉沉，每天接触同样的人，做同样的事，食谱也是一成不变，久而久之，哪怕天空中飞过一只鸟都能让他们兴奋半天。与其说过日子，不如说是在捱日子。

格吉勒居民的到来宛如在一潭死水中重重投下了一块石头，他们唠的家常话，他们玩儿的东西，他们穿的衣服，还有那种毫无顾忌的谈笑，对未来生活的憧憬，都那么新鲜和新奇，在古堡人心里兴起滔天巨浪。老一辈人被唤起昔日幸福的回忆，年轻人才知道原来日子可以这样过，继而产生对自由的向往，觉得只要能无拘无束地、选择自己想要的生活，哪怕穷一点、苦一点、累一点，都无所谓。

晓倩敏锐地看出古堡人心态的变化，提出应该找儒生谈判，为自己争取自由。她的理由很简单，除非犯下十恶不赦的重罪，纵使再大过失，被囚禁三十年也应足够，怎么能永无止境呢？再说因为一两个人的原因殃及整个家族，古往今来只有谋反罪才会诛连九族，一个身份不明的儒生有什么资格这样做？还有，她通过拯救格吉勒居民，发现儒生并非不通情理之人，只要与他坐下来谈，摆事实讲道理，多少能有些收获。

吴琪获悉后又恼又急，如果说晓倩在救援格吉勒的问题上先斩后奏使他反感，那么这次让他动了杀机。为什么被囚禁于古堡，他比谁都清楚，也清楚古蜀文明的秘密绝对不可能泄露出去，否则将引起天下大乱，民不聊生（我们看到这句话时都觉得有些言过其实，然而后来的经历证明他说得一点儿没错），因此有且只有在古堡世世代代住下去，这是吴家的宿命，也是无奈的事实。

吴琪亲自点将，暗下命令四名武艺高强的侍卫夜间行动，打算将她秘密拘捕，若反抗呼救就索性一刀杀了。谁知两个时辰后杀手们鼻青眼肿地回来了，原来她身怀绝技，又有些鬼鬼神神的门道，把他们捉弄得晕头转向，却连她的影子都没看到。吴琪听罢倒吸一口凉气，意识到此女不是一般的棘手，而是相当棘手，平静了三十年的古堡很可能因为她毁于一旦！

辗转反侧了一夜，第二天清晨吴琪缓缓走出古堡，一直来到小木屋前。三十年未见，吴琪已白发苍苍垂老枯朽，儒生却一点儿没变，还是那般清瘦矍铄，目光炯炯。儒生将他迎入屋内，两人闭门谈了整整一天，至于谈话内容，笔记上有记载，可惜整段都被涂抹。

也就从这里起，笔记被涂得面目全非，一页纸上难得看到完整的一行字，可见越到后面涉及到的敏感问题越多，有人不愿意让它们公布于世。在倒数第二页终于出现“石头”两个字，但夹杂在大段涂抹痕迹中，其他没有更多有价值的线索。

阿诚长长出了口气，扫兴道：“前面啰里啰嗦说了那么多，写到关键地方就煞了尾，让人一口气喘不过来，真他娘的混账！”

蓝真真道：“至少我们知道吴琪举家远迁的原因，以及与晓倩争斗的由来，尽管其叙述有一定片面性，但晓倩也非我们想的那么被动，各人的出发点不同，判断问题的角度也不同，才使两人别无选择地站到对立面。”

我抚平笔记，笑道：“以前看禁书里的空格，恨不得把编辑掐死，现在我又想杀人了。”

“不，其实他留了线索，”很少参与讨论的郭项龙突然走过来拿起笔记，“就藏在这里面。”

第二十三章　反斗乾坤

阿诚愣愣道："你，你能把涂抹的墨迹去掉?"

"前后墨迹混在一起，怎么可能区分开来？痴人说梦。"我笑道。

郭项龙翻到最后一页，指着空白处淡淡的黄斑道："吴琪出身于武将家庭，熟知各种传递情报的手法……蘸着米汤写在纸上，起初看不出痕迹，时间久了才会泛起淡黄色印痕……"

蓝真真兴奋地叫道："米汤写字，小时候我也玩过，只须用碘酒一擦就显出来了。"

我和阿诚均沮丧道："古堡之内到哪儿找碘酒?"

郭项龙掏出一只小瓶在空中摇了摇："万能显影剂，能通过化学反应显出两万多种隐迹药水，在国外按毫克卖，国内嘛，花钱都买不到。"

他从瓶盖上抽出一根细长的管子，拧开管塞轻轻倒了一点点粉末，再用刷子在纸上来回刷了两遍，过了会儿空白处显露出八个字：

堡底之堡，反斗乾坤。

阿诚不甘心："反面，再倒一点到反面看看。"

"没有黄色印痕就没有字。"

郭项龙捏着小瓶子舍不得用，但经不住我和阿诚软磨硬泡，只得翻过来又刷了一点，结果一片空白，吴琪确实只留下这没头没尾的八个字。

"堡底之堡，"蓝真真轻轻咬着嘴唇，洁白整齐的牙齿压在鲜红欲滴的唇边煞是好看，"难道古堡底下还有古堡，真正的秘密就藏在那里……晓飞，你说呢?"

我正看她看得出神，一问之下胡乱翻了几页掩饰窘态，不想正翻到吴琪讲述给难民下迷药那段，心念一动道："你们看，吴琪转移古玩时写了个地方，但被涂抹了，从涂的长度看差不多有四个字，也许就是

‘堡底之堡’。”

阿诚和蓝真真伏在上面研究了会儿表示认同，但不明白他既然已在笔记中提及，为何又特意在末尾用米汤隐写，难道他记载时已估计到会有人做手脚？或是其他什么原因？

我一时也没琢磨出来。从笔记最后几页看，为了维持古堡的稳定，使吴氏家族上下保存性命，吴琪很可能与儒生结成联盟，共同对付晓倩。巫师、石头，都是激烈交锋的产物，斗至最后双方都控制不了局势，从而引发了那场覆灭古堡的怪病。作为一堡之主，临死之前回顾一生的遭遇，难免生出许多感慨和悔意，这些都会流诸于笔端。晓倩是他心目中古堡覆灭的罪魁祸首，他一直没有认同过；对儒生这个影响他一生的人，可以说爱恨交加，恨的是儒生是杀父仇人，又将吴氏家族囚禁于古堡，最终全部丧生；爱的是儒生毕竟手下留情，而且他进古堡后通过大量研究彻底了解到古蜀文明秘密，总算死而瞑目。虽然吴琪认识到保守秘密的重要性，也猜到自己死后会有人掩盖一些东西，但作为一名金石家或者说史学家的本能，还是忍不住透露点线索留待后人摸索。

或许正是这种复杂心态的驱使，吴琪才蘸着米汤写下八个字吧。

我和阿诚放下笔记到两侧厢房转了转，里面陈列与前面生活区居民基本相同，唯一惹眼的是右侧房间的宁波大床，足以并排睡五六个人，阿诚开玩笑说吴琪是武将之后，床上功夫想必也不错，起码能夜御四女。我说若真那样折腾，肯定要配备铜床，木床哪吃得消。

说说笑笑间夜幕降临，窑洞外一片漆黑，郭项龙燃起篝火，切了几块牛肉干分给大家。烤着火，吃着香喷喷的牛肉，连续逃亡奔波的疲惫和心痒一扫而空，火光中蓝真真的脸庞红扑扑娇艳动人，眼波流淌着醉人的情丝与风韵，令我想起那个意乱情迷的夜晚……

阿诚打了个饱嗝，惬意地摸摸肚皮道：“要是再有些酒就好了，晓飞，还记得上回我们几个喝得一塌糊涂吗？哈哈，连真真都醉了。”

真是哪壶不开提哪壶，蓝真真脸腾地一片绯色，我心惊肉跳，不敢正视她的目光，含糊道：“荒山野岭，哪来的酒？”

阿诚没在意，思绪很快转到目下的处境，盯着火焰沉思片刻：“既然吴琪把绝大部分古玩藏到堡底之堡，不进去看看总放心不下，好容易一路挣扎到这里，一点收获没有也说不过去，我绝不贪心，每人取两件东西足矣，大家以为呢？”

蓝真真从羞赧中恢复过来，边拨弄木柴边说：“两年前四川之行我们是铩羽而归，除阿诚带了点青铜挂件一无所获，这回决不能半途而返，必须把古蜀国的情况了解个水落石出，如果确实如吴琪所说不能外泄，那么我们也永远保守秘密好了。”

两人一个为古玩，一个为探秘，思路南辕北辙，但方向却是统一的，那就是三个字：继续走。

我看看郭项龙，他若无其事削着木棍，好像这场讨论与他无关，只需跟着做就行了，我不得不泼冷水道：“你们想过没有，堡底之堡的入口在哪里，怎么进去？我们连地面部分都没摸清楚，千手怪物、狼人、骷髅魔，以及木屋中年人都在后面虎视眈眈，我们是否有足够的准备？探险不是一锤子买卖，就算暂时离开，古堡还是古堡，里面的东西还在这儿，不妨等时机成熟……”

“什么叫时机成熟？你开着推土机把古堡扫平不成？”阿诚打断我的话，“探险确实不是一锤子买卖，但也讲究缘分，遇到了就不能错过，否则上天不可能给你第二次机会，你说它已在这里屹立了数千年，没准当我们下次再来时就因为山崩、雷击而坍塌，因此……”

“禁声！”

郭项龙突然站起来，手握藏刀轻声道：“有声音。”

我们刹时静下来凝神聆听，果然窑洞外传来“笃、笃、笃”的声音，不急不徐，节奏稳定，好像有人拄着拐杖戳地，又好像在墙上钉钉子。

“我到门口看看。”郭项龙飞快地扎了个火把。

我阻住他：“外暗内明，目标太明显，还是静观其变为好。”

蓝真真蹙眉道：“咦，声音越来越近……会不会有人爬上来了？”

阿诚一拍脑袋，失声道：“糟糕，是骷髅魔！”

话音刚落，白骨森森、带着诡异之气的骷髅出现在窑洞口！窑洞顿时大乱，蓝真真惊叫着往右侧厢房跑，我和阿诚分别抄起带火的木棍，郭项龙脚尖挑起木凳迎面砸过去。骷髅十指箕张疾冲而至，指尖将木凳分成两截，直袭郭项龙胸口。郭项龙左拳击在它肘部，右手执刀扎在它心窝。骷髅身体晃了一下，手臂竟然转了三百六十度反打在他右胸，郭项龙闷哼一声退后两步，我和阿诚一左一右扑上前，两根火烧棍狠狠打在它脑袋上，未料它全然不惧，双手握住棍尖一搡，两人踉跄倒地。郭项龙乘机绕到背后，抡起太师椅劈头盖脸砸下去。太师椅乃坚硬的实木所制，沉重厚实，加上郭项龙的摔力，这股力道少说也有几百斤。骷髅受此重击身体向右侧一歪，跌跌撞撞倒在地上，头颅仿佛与颈部脱离一般垂到胸口，手臂、肋骨均被打断，骨骼一节节散落开来。

到底还是郭项龙厉害！我和阿诚暗叹道，均想这回应该把骷髅彻底击倒了。

岂知怪异的事发生了：骷髅魔全身上下骨骼格格作响，发出尖利的摩擦声和扭动声，紧接着头颅急剧旋转，隐隐发出刺眼的青光。

“快阻止它，它要变身！”

阿诚经常在古墓里与魍魉魑魅的怪物打交道，熟悉它们的伎俩，出声提醒道。我跑到篝火边抱了一捆带火枝条扔过去，郭项龙则拖来另一张太师椅连砸带打，连蓝真真也抱了个大瓷瓶从厢房冲出来，“咣当”打在骨骼中间。可惜这么多努力都没能阻止它继续变身，它的头颅越转越快，快得使我们生出天旋地转的感觉，蓝真真由于多看了两眼，呻吟一声原地转了两圈倒在地上，我们看着她倒下却无力搀扶，各自捂着额头强忍不适。

头颅终于停止转动，关节间却射出隐隐光芒，散落在四周的骨骼像被磁铁吸附般纷纷归回原位，手臂唰地长出一层绿毛，密密麻麻直长到指甲。

我心一紧，古书上说过僵尸分三等，级别最低的叫行尸，只能做最简单的抓、咬、跳等动作；其次就是绿毛僵尸，经历上千年尸变而成，具有一定思维和智慧，是比较难对付的一种；绿毛僵尸吸到足够的鲜血后就能尸变到最高级的红毛僵尸，具有可怕的杀伤力和魔力。

骷髅魔变身好像也遵循这个规律，或许它跟僵尸本来就是同类。

阿诚掏了块玉饰扔过去——玉能避邪，是古墓里最好的防身之物，玉饰正中骷髅胸口可它无动于衷，右手臂突地暴长，枯爪一把箍住蓝真真手腕，任她怎么拳打脚踢，枯爪像生了根似的纹丝不动，反而越收越紧把她的骨骼捏得格格直响，蓝真真疼痛难忍放声大哭。

郭项龙扑到它正面，藏刀瞬间挑出六朵刀花，分别刺在心脏、喉头、人中等六大人体要害，可它根本不是人，无惧于这些打击，左手一抬将他击飞到几步开外。阿诚挑了根粗木棍重重砸到它右臂上，“砰”，木棍反而断成两截。眼看真真哭喊得愈发微弱，几乎支持不下去了，我急得满头大汗，忙乱中在兜里摸到一枚钉子，来不及细看便信手嵌进它胸前锁骨。

“嗬嗬——”

骷髅陡地发出凄厉刺耳的尖叫，抖手将蓝真真甩出老远，身体爆出一团团幽蓝色火团，失控似的乱转乱打，碰到什么砸什么，转眼间将堂屋砸得一片狼藉。我们见状连忙躲进右侧厢房，它摇摇晃晃跟着进来，依然四下乱舞，原来惨白的骨骼已渐渐褪成灰黄色，整个骨架仿佛缩了一圈。阿诚见避无可避，带头钻入那张大宁波床下，蓝真真其次，郭项龙有些不愿意，我推了他一把两人一起钻进去。骷髅找不着发泄目标更是疯狂，扑到床前用力一掀，将床板翻了个底朝天，与此同时床头悄无声息滑开一个圆洞，阿诚身体滚了两下跳进去，我示意蓝真真进去，她有点害怕。

“快，我断后！”郭项龙喝道。

我一咬牙搂着蓝真真纵身跃入，就在进洞瞬间，眼角瞥见郭项龙用床脚死死抵住狂性大发的骷髅魔。

第二十四章　堡底之堡

圆洞里是条又长又陡的滑道，黑乎乎什么都看不见，开始一段路耳边始终响着蓝真真的尖叫，后来大概喊不动了，只有呼啸的风声——比过山车的速度还快，更类似飞机降落时的虚无感，感觉正坠向无尽的深渊。

“我们会不会死?”蓝真真哭着问。

我正打算说“牡丹花下死，做鬼也风流”，这时坡度突然一缓，坠势顿时止住，周围也明亮起来，接着两人滚到一块软绵绵的垫子上，睁开眼，满眼都是璀璨晶莹的水晶!

莫非到了童话世界里的水晶世界?

我难以置信地揉揉眼，瞪大眼再看，被闪烁变幻的光线弄得眩晕不已，赶紧低下头。蓝真真在身边连连惊叹，不时呢喃道“这颗是八个角”“那颗最大”“右边圆形的最漂亮”，高兴得像初入玩具城的小孩。伸手摸摸垫子，不知是什么材料，触手间有丝绸般的光滑，软似海绵，但远比海绵细腻，又比弹簧的弹性温和，洁白如纸，在水晶映衬下反射出淡淡的莹光。

目光贴着地面延伸开去，才发现我们身处一间椭圆形屋子，四周墙壁与顶部联结在一起，形成一个弧度优美的半圆穹，穹顶镶嵌着无数颗水晶，因而达到水天一色的效果，类似北京人民大会堂的设计理念。屋子虽不高，但站在房间任意位置都不觉得压抑。右前方墙壁有个两米高的门，门上挂了十多根水晶串珠，在满室星光中既不突兀生硬，又别出心裁，体现了设计者的匠心。

看到这里我猛地想到一个问题，顿时惊出一身冷汗：阿诚哪去了?郭项龙为何没有跟进来?

垫子上只有我和蓝真真滚落的痕迹，其他区域干干净净没有一点污渍，阿诚的本领还没到能施展水上飘功夫离开的程度，何况他应该知道我们会随后跟进，为何不在原地等待？至于郭项龙，倒可以勉强解释为被骷髅缠住，然而……

蓝真真终于从眩目的水晶世界中回到现实，四下看看，迷惑道："他们俩呢？从洞口到这儿只有一条道啊，该不会中途跳下吧？"

这是很有创意的想法，但恐怕只有郭项龙能做到，以阿诚的反应和身手能稳住身体少翻几个筋斗就不错了，哪顾得上其他？

"稍安勿躁，说不定他们很快就会出现。"

我只能这样安慰她，两人起身细看。墙壁全是正宗汉白玉，纹理细致，色白纯洁，给人以庄重和肃穆的感觉。大小形状各异的水晶半掩半露地镶嵌在石头里，用力拔了几个都纹丝不动。我和蓝真真骇然，须知水晶的硬度固然比不上钻石，但远远超过普通宝石和玉，属于坚硬结实的矿物质，古代工匠开凿加工是用尖锐的钢锉反复敲打锥钻，杀敌一千自损八百，做一件水晶工艺品得换好几把钢锉。完全想象不出古蜀国人如何将水晶琢得这样形态各异，又如何将它们嵌入到坚硬的石头里。

"记得四川蚕洞吗？里面也有个水晶洞，墙壁、地面全是水晶构成，工艺难度、经济价值比这里还高，两处是否出自同一脉？"蓝真真问。荧光映衬下她的皮肤呈现出象牙般的细腻，挺直的鼻子，小巧的嘴唇，仿佛美玉琢磨的一般，凝固成一尊圣洁的雕像。

我痴痴道："你真美。"

她两腮飘起红云，跺跺脚嗔道："都什么时候了，还有心思开玩笑？"

"不，我说的绝对是真心话。"

"那也不准！快回答我的问题。"她咬着嘴唇道。

唉，有什么办法呢？初恋女友永远有撒娇和命令的权利，而且没有前提条件。我叹了口气道："好……刚才说到哪儿了？"

"水晶洞。"

我点点头："此处固然诡异莫测，但与蚕洞相比似乎还差了几个等级，就算同出一源，也有高低之分，我想大概是鱼伯后人仿效前人之作，正如前面在宫殿里看到的青铜武士，貌似一样，实际上并没有得到三星堆青铜冶炼技术的精髓。”

蓝真真道：“鱼伯后人仿效的目的是什么？是躲在古堡里没事干，千方百计研究失传的青铜技术，还是为了表达对前人的纪念？好像都解释不通。”

这也是我百思不得其解的问题，我沉吟道：“或许……是古蜀国人祭祀方式的需要，他们认为亲手铸造祭器才能体现心诚，因而具有灵力……”

“还是太牵强，”她摇头道，又朝滑道看了一眼，“咦，这么长时间他们怎么还没到，小郭不是在你后面吗？会不会遭到骷髅魔的毒手？”

“应该不会，那枚水晶钉是在晓倩卧室里发现的，可能蕴含某种玄妙，正好克制骷髅魔，钉到它胸口能构成致命打击，以郭项龙的功夫只须挡住它临死前的反噬，不会有事……或许他们俩从其他通道滑下去了。”

蓝真真无奈，只得听从我的建议往里走。

推开门，里面是一间小小的石室，左侧有道门，右侧是一堆东西，上面盖了一层毡布。蓝真真猜测是吴琪派人连夜转移的古玩，叹息说如果阿诚在就好了，他见了一定会兴奋得发疯。我听了酸溜溜很不是滋味，将一肚气发泄到毡布上，用力一抽，“哗啦”——

露出一大堆尸骸，一层层整整齐齐叠在一起，粗略数数约有四五十个。

蓝真真“啊”地转过身，我凑上前看了几个，牙床完整齐全，骨关节匀称粗大，体格健壮，都是二三十岁的青壮年，用手一捏骨头便碎成粉末，看来也死于那种怪病。

“走吧，这一路尸体还没看够？”她催促道。

我本已转身，听了她的话脑中突地一闪，又折回去蹲下细细审视。刚才看到尸骸时，就有种模模糊糊的感觉，感觉尸骸有问题，但又不知道问题出在哪里，经蓝真真一说才醒悟过来，原来它们的体型与前面看到的略有差异。

尸骸大都为青壮年男性，平均身高却只有一米六左右，相当于普通女性的身高，髀股间上部有块凸出的圆骨，眼眶明显突出，脚板相对平坦，适宜在崎岖不平的山地行走。

纵目，有尾，善于奔跑行走，这不是戈基人基本特征吗？几千年前戈基人活跃在四川盆地，是一群天生异禀、习俗奇特的原始人，眼睛突出，有尾巴，个个勇猛凶悍，疾跑如飞，擅长在山地丛林里徒手捕捉野兽，当感觉自己不行时就主动躺进石棺等死。后来被蚕丛征服，成为古蜀国的一支中坚力量。

因此可知，这些尸骸并非吴琪家族的，而是数千年前鱼伯后人的后裔！

听了我的判断，蓝真真顾不上厌恶，戴上手套将尸骸翻来覆去研究一番，若有所悟道："反斗乾坤，意思是堡底之堡自成天地，真正的秘密藏在这里。"

"所以吴琪将卧室设在入口，就是严防死守，避免古蜀文明的秘密外泄。"

"也就是说我们终于进入到古堡的真正核心！"蓝真真激动地说，一把拉着我的手，"走，继续行动！"

说着推开左侧铜门，一步迈出去，谁知却踏了个空，身体直坠下去！我眼疾手快攥住她手腕，双膝跪地最大限度增加摩擦力，饶是如此身体已沉下大半，只剩颈部以上露在门边。定睛一看，门外竟是万丈深渊，黑乎乎一眼看不到底，当下惊出一身冷汗，奋力将她往上拖。

拖至一半，她脸色陡地煞白，吃吃道："快，快，有人……在拉我！"

"什么？"

我简直不相信自己的耳朵，峭壁上下光滑如镜，没有任何可供攀越的藤蔓，别说人，就是猴子也寸步难行。

她的身体突然一滞，紧接着一股雄浑的力量将她猛地向下拖，我使出吃奶的劲拼命挣扎，却也抵挡不住，眼看自己被一点点拖到门外，先是手臂，然后是脑袋、颈部、胸……慢慢跟着她的身体向下沉。

蓝真真带着哭腔道："放手呀，晓飞，快放手，不然你也会没命的。"

我憋着一口气不敢说话。

“晓飞，都是我不好，为了探究古蜀文明秘密鼓动大家探险，我罪有应得……放手让我死吧，出去后找个漂亮的妻子好好生活，好不好？”

我迸发出全身力量苦苦支持，双脚在地面来回扫荡，指望找到借力的地方。

“上次的事不能全怪你，其实我迷迷糊糊感觉到了，只是不想拒绝而已，可是醒来后我真的很生气，我生气自己不该那么做，啊——”

她尖叫一声，身体急剧下沉四五厘米，受她的影响我也向前一冲，大半个身体悬到空中，幸好就在霎间我右脚勾住门背，刹住坠势。

“求求你，晓飞，快放手吧，不要做无谓的牺牲，赶快通知阿诚和小郭停止行动，平平安安离开古堡！”

我终于缓过气，道：“别说这么多，总之我不会松开。”

“晓飞——”她哽咽道，“你真傻，你是天底下最笨最笨的大傻瓜！”

我伤感道：“是的，我承认我很傻，放弃了本来应该属于自己的幸福，这一回我不会重蹈覆辙，无论如何也不会放弃。”

“晓飞，我……啊！”

她又发出长长的惨叫声，低头一看，只见一条乌黑油亮的软体缓缓爬过她腹部——有点像蛇，但没有头；有点像章鱼的爪子，但没有吸盘；有点像蚯蚓，但粗了许多。盘旋经过高耸的胸部、咽喉、面颊，蓝真真已惊恐至极点，半点声音都发不出来，绝望地闭上眼睛。

谁知软体在她脸上未作停留，继续盘旋向上，沿着手臂攀至我手腕处，慢慢绕了三圈骤然收紧，我忍不住轻哼一声，又怕蓝真真担心，咬紧牙关不出声。

“你在颤抖……放手吧，与其两个人都死，不如一个人活下来，晓飞，听我的话好不好？”

软体盘得越来越紧，我分明听到手腕关节骨骼在格格作响，而勾在门边的脚踝也渐渐撑不住两个人的重量，麻木得快要失去知觉。

蓝真真见劝说无效，索性用力将手往外褪，想从我掌心里挣脱，我大吼道：“真真，别犯傻！”

她凄然道：“傻的是你。”

说着她又一晃，手从我掌中滑落，缠在两人身上的软体断成数段，她如断线的鹞子坠向无穷深渊。

“真真——”

第二十五章 地心逆流

看着蓝真真坠向深渊，我的心、我的灵魂好像也被抽走一般，当下热血上冲，松开脚踝也坠下去！

坠落，坠落，坠落……

我已意识迷糊，只闪着一个念头：真真，我要和你死在一起，我要和你死在一起，我要和你死在一起……

“扑通！”

我没头没脑扎入水中，巨大的惯性使我直沉到水下十多米，猝然之下先灌了几大口水，接着赶紧屏住呼吸向上浮，直浮到水面才吐了口气，油然生出无比的喜悦：妈的，又捡了条狗命！

环视四周，头顶和两侧都是厚厚的石壁，石壁上闪烁着点点星光，不知镶嵌了水晶还是石头本身的晶体，水面宽约七八米，河水正飞快地向东流淌。

这条地下河或许是古堡生活用水的来源，说不定还与该死的荷花塘相连，不过水往低处流，古堡设计者利用什么机关把水输送到地面，又是如何保证这套系统在无人维护的状态下运转数千年？

脑中涌起乱七八糟的疑问，但转眼间一个最重要的问题浮上心头，我立即放开嗓子大喊：“真真，真真！你在哪里？”

回答我的是汩汩流水声，河面没有蓝真真的身影，也没有回音。据我所知她的泳技还不错，大学时我们经常到游泳池戏水，五十米长的泳道她能一口气游四五个来回，然后扎起长发继续打羽毛球，体质之强令不少文弱彬彬的男生瞠目。不过她比我还是差一点。

如果她也掉进河里，基本上没有性命之忧。

我逆流而上游了近一百米，确定她不在附近后以仰泳的姿势向下游飘行，这样能节省些体力，刚才那场生死攸关的角力让我实在有些疲乏了。

河水不急不慢地流淌着，虽然山外冰封雪冻，这里水温却保持在二十度左右，是人体勉强适应的温度，当然是拜地热所赐。水流浩浩荡荡转过一个角度很大的弯道，地势急转而下，起码有十多米落差，河水如放出牢笼的猛兽，咆哮着，沸腾着，以万马奔腾之势向前推进，习卷而来的浪花裹挟着我直冲而下，身体如江中一叶扁舟，时而被顶到浪尖，时而被拍到水下，每一次起伏都是生死之间的轮回，每一次抗争都是与怒涛的搏杀。

记不清呛了多少口水，经历了多少回合生生死死的考验，我已筋疲力尽到极点，一个声音不停地在脑海里说：放弃吧，你不会赢的。

“不！”

我对自己怒吼道。阿诚、郭项龙、蓝真真生死未卜，古蜀文明秘密尚未解开，有什么理由自我放弃？是的，我必须坚持，坚持到生命最后一刻！

河水奔腾而下，水流越来越急，逼得我喘不过气来，一个疑问闪过心头：古堡设计者是否刻意制造这种地势，他要这么大的水流干什么？

“哗啦”，一个浪花劈头盖脸打得我眼冒金星，差点没闭过气去，好容易平衡身体避开，又一波浪花涌来，前面突然出现一个震撼人心的场景：

四五十米开外的河面上，矗立着一座庞大的青铜支架，支架下方两侧分布着圆形转轴，上面装了数十片铜叶，每片足有县城里竖的电视塔那么大，水流冲击铜叶，使得圆形转轴不停地转动。支架中间是几只锃亮的铜齿轮，齿轮与圆形转轴有铜索相连，在转轴的带动下齿轮“嘎嘎嘎”相互旋转、咬合，不知产生多少能量，能量又传输到哪儿。

我看得发呆，转眼间已被挟至支架面前，我不假思索双手握住铜杆想停住身形，不料支架一片滚烫，手心瞬间烫出几个泡，我“哎呦”一声又呛了两口水，左躲右闪避开其他支架，几秒钟工夫又冲下去数百米，抬头一看却发现前面是黑沉沉的石壁，倘若继续往前冲势必要撞得粉身碎骨！

然而此时的我已无法左右局势，几乎以百米冲刺的速度奔向石壁！

天亡我也！我哀叹道，终于放弃了求生愿望。

“谁?”

蓦地右侧峭壁上传来一个声音。

我来不及反应，下意识说了句废话：“我。”

“哗啦啦”，顿觉身体一轻，竟被人硬生生从水里提起抱在怀里，我紧憋的一口气终于涣散，意识模糊道：“是……真真?”

随即就失去了知觉。

醒来时感觉还躺在那人怀中，微微一动，五脏六腑好像搅在一块儿，疼得天翻地覆，又险些昏过去，我强按不适道：“真真，你还好吗?”

耳边传来哈哈大笑：“我不是你的真真，我是小郭！”

“啊！”

我一下子坐起来，惊愕地看看他，再看看所处位置：下面是奔腾咆哮的河水，头上是黑压压的石壁，两人正蹲在一块悬出河面的岩石上，比河面高出一米多，刚才他是以倒挂金钩的姿势将我救上来的。

“蓝真真也掉进水里了吗？我怎么没看到她?”

“或许……她逆流游上去了。”

郭项龙摇摇头：“可能性不大，逆流而行以她的体力顶多游六七百米，而这条地下河长度起码超过五公里。”

“你怎么知道?”

“我刚掉下来后也曾逆流游了一阵，游了三四公里后却发现个奇怪现象——越往上流水平面越低，也就是说我离古堡越来越远，所以没敢继续游。”

我哑然失笑：“水往高处流？开什么玩笑。”

郭项龙脸上前所未有的郑重：“我是喜欢开玩笑的人吗？如果不是这个问题，凭我的体能从山顶游到山下也没事……水往高处流，确实不可思议，可是下游这座青铜发电机组就合理吗?”

“发电机?”我惊得嘴巴都合不拢。

“我参与过水力发电站的修建工程，懂一点水力发电原理，那些铜叶、铜索，还有上面精密的齿轮，就构成水力发电的雏形，当然不是说它的功能一定是发电，也许有别的用途，但的确非常近似。”

我舒了口气：“你别吓我，古蜀国人掌握的青铜铸造技术已足以让考古学家们睡不好觉，要是再爆出他们会发电的新闻，起码有一半专家要发疯。”

郭项龙脸上露出难得的笑意：“都疯掉才好，我从小就讨厌所谓的专家学者，嫌他们装腔作势，假斯文。”

“对了，你怎么会掉下的，骷髅魔呢?”

他耸耸肩：“都是我不好，自作聪明……”

我和蓝真真跳进洞时，郭项龙拿床脚抵住骷髅魔，死死阻止它不能前进一步，胶着过程中骷髅魔体内爆出的幽蓝色火团越来越多，骨骼颜色迅速转成黄褐色，骨架一缩再缩，转眼间只剩下一米多一点，力量也迅速衰竭。郭项龙见状猛地抽回床脚，狠狠砸在它头颅上，同时单脚飞踹，将骷髅魔蹬出五六米远，摇晃着倒地，骨骸如积木散架般“哗啦啦”落了一地。郭项龙还不放心，上前将骨头拆分开来四下乱扔一气，这才从容进洞，顺着滑道滑下去。

与我们不管三七二十一乱滚一气不同，他下来时大患已除心中安定，又擅长减速与平衡，因此能始终保持匀速。滑行了近三十多米，前面出现岔道，一条宽阔笔直——是我和蓝真真滑的道，还有两条稍微窄些，角度也比较隐蔽，像我们在失控状态下下滑根本注意不到。郭项龙便盘算起来：以古堡设计者的设计风格，最显而易见的往往是陷阱，反而隐蔽的通道比较安全，于是他按男左女右的原则，选择左边窄道。谁知滑了十多米，窄道陡然中断，郭项龙猝不及防，眼睁睁落下去，“扑通”掉进水中。

我一拍大腿道：“难怪没看到阿诚，原来他走的右窄道!”

郭项龙悻悻道：“只有他蒙对了。”

一阵山风吹来，我不禁打了个寒噤，缩缩脖子道：“得想个办法出去，不然迟早要吹成肉干。”

他看了我一眼没吱声。

我诧道：“怎么了?”

“其实我已经想到办法，只是……对你来说恐怕有些困难。”

“困难……”我脑中一转，“你想逆流向上？”

他沉声道：“逆流游到青铜架那边，觑准时机攀住铜叶转上去……”

我叫道：“青铜支架上每根支柱都滚烫无比，根本不能触摸！”

“我知道，刚才我也吃过苦头，但我们的目标不是它，而是青铜支架右侧石壁，我观察过，支架上方铜索与右侧石壁相连，石壁上有个半人多高的洞穴，也许是我们唯一的希望。”

我看着激流四涌的河水，心中打了个突儿：“这个……我实在没底，要不你先过去，若能爬上去再设法救我。”

郭项龙拍拍我的肩：“那就算了，咱们再想想别的主意。”

“小郭……”

“你想想，从我们这里尚且看不到青铜支架，又怎能看到石壁上的洞？万一我攀进去，彼此看不到对方，怎么联络，怎么实施救援？”

我呐呐道：“其实……与其……”

“我知道你的心意，但不可能，你若在别的地方遇险倒也罢了，此刻在我眼皮底下，我就不会坐视不管，宁可陪你一起死！”他掷地有声道。

我一阵感动，涩声道：“对不起，以前我不该怀疑你……”

他无所谓笑笑：“你怀疑得有道理，世上谁没有一点不愿为人所知的秘密？你有没有？”

我想起了与蓝真真那个迷乱狂野的旖旎之夜，脸上有些发烧，正在发呆，他搁在我肩头的手突然一紧，悄声道：“不好，狼人！”

“啊！”我紧张地站起来，“在哪儿？”

他指着右上方阴影：“刚才在那边闪了一下，我看得很清楚，就是它！”

“上，上次不是被真真的银发夹打中……”

“狼人体魄强健，一天一夜工夫足以恢复，”他拔出藏刀，“你先跳，我跟它周旋。”

我看着脚下弹丸之地：“不行，这点地方施展不开来，要走一起走。”

他似乎有些犹豫，蓦地脸色一变：“它来了！”

说着拦腰抄起我纵身跳入激流中，湍急的水流排山倒海般扑过来，瞬间我口、鼻、眼均被水堵得严严实实，身体如秤砣般直往下沉。郭项龙用力提了一把，喝道：“挺住！”我点点头，打起精神跟着他拼命向前。

游至一半体力稍有不足，又滞了下来。郭项龙回望一眼道：“狼人会不会游泳？”“这个……不太清楚。”“按最坏的可能，假设它会。”想到凶残冷血的狼人，我不由吸了口气，再度振作起来。

抵达青铜支架下时我已四肢发软，喘息道：“小郭，看看它有没有追过来？”

郭项龙爽朗一笑：“骗你的！要不是狼人，你能一鼓作气游过来吗？”

“你……”我气结，转念一想他说得不无道理，若没有狼人威胁，我根本不可能将体内最后一丝潜能挖掘出来。

“看准了，等铜叶转过来跟着我一起做！”

这时一片铜叶在巨浪的推动下唰地冲出水面，溅起浪花无数，水珠打在脸上如钢钉袭面，郭项龙喝道：“上！”身体腾地跃起，双臂紧紧勾住铜叶边缘，我随之搭住另一侧，悬在半空的双腿被郭项龙从下方托住，减轻了手臂的压力。铜叶徐徐升到最高点，即齿轮右侧位置，郭项龙突然甩出已扭成麻花状的衣服，卷住横在空中的铜索，身体一晃便站在两根铜索上，接着蹲下来喊道：“把手给我！”轻轻一拉我也站了上去，下意识看了一眼下方滚滚河水，身体不受控制地哆嗦起来——老天，这不是高空走钢丝吗？

“别朝下看，拉着我的衣服，平视！”郭项龙仿佛猜出我内心的恐惧，头也不回地说，双臂平伸，稳当当走向洞穴。

一前一后走过七八米长的空中铜索，郭项龙一个箭步迈进去，几乎是同时，洞穴里闪起一道寒光，直贯他心口。

第二十六章　古室迴梦

小木屋中年人！

阴魂不散的家伙！

郭项龙像早有防备——他似一张拉至极限的弓箭，随时随地保持警惕，左拳打在中年人手腕上撞开匕首，右手握着藏刀扎过去。中年人没料到势在必得的一击居然没奏效，手底下缓了一下，被郭项龙趁机挤进去半个身体，左拳右刀，骤风暴雨般展开进攻。中年人很快稳住阵脚，以严密的防守阻住对手进一步深入，两人均意识到形势逼人，出手全是狠毒凶辣的招式，招招蕴含十足内劲，绝无半点投机取巧，“嘭嘭嘭嘭”，一连几十下肉搏。或许中年人技高一筹，或许郭项龙刚才逆游时体力消耗太大，竟然被逼退半步。中年人士气大振，当即猱身而上，低吼声中力道越来越重，风声越来越大，蛮牛似的强冲硬打。郭项龙额头上已见了汗，吐了口气又退了半步，这一来已退到洞口边，把我逼回铜索。

“不能再退了！”我叫道。可惜洞口狭小，不然我早已冲上去助阵了。

中年人也看出这一点，狞笑着身体如坦克般强行猛攻，想把郭项龙挤出去。郭项龙自然寸步不让，两人很快扭成一团，在狭窄的洞口腾挪避闪，贴身短打，挖眼、抠鼻、掐喉、揪发，把女人撕打时的常用手段都使上了，别说对垒者，就是我站在后面也看得心惊肉跳。

激战中郭项龙身形微滞，以左臂硬生生受了一拳，身体旋转着跨至左侧，挥刀直刺中年人腰际，中年人居然听任藏刀深深扎进去，双臂向前虎扑紧紧抱住郭项龙冲出洞口！

就在千钧一发之际，郭项龙身体一转一扭，以一个令人难以想象的姿势从中年人怀里挣脱出来一搡，反将中年人推下去！中年人愤怒地大叫一声，人在半空犹双手乱舞，捉住我脚踝用力一拖。我已被一系列变化弄得眼花缭乱，毫无反抗地往河里坠落。说时迟那时快，郭项龙一个箭步上前抓住我手腕往铜索上一横，将我和中年人都悬挂到半空。

中年人亡我之心不死，拔刀刺向我脚跟后的大动脉，郭项龙看着分明，抬手一扬，藏刀急射，正中他吊着的右手手腕，中年人手指一软，心有不甘地掉入水中。

气喘吁吁将我拖入洞后，郭项龙也瘫倒在地，刚才一场苦斗使他心力交瘁，坚强如他者也支持不住。半躺在洞壁上歇了半晌，我们才支撑起身子，沿着铜索在洞里跌跌撞撞前行。石洞地面和四周石壁非常平整，很多明显凹陷处都用碎青石填平，一看就是经过精心修砌的。

拐过一个凸出的山壁斜坡，铜索穿入洞壁上方的圆孔后便失去踪影，后面洞道愈发狭窄，最窄处仅有一米左右。洞内寂静异常，耳边只有我们行走时的“踏踏”声。山洞像一个幽深的隧道，弯弯曲曲向深处无限延伸，而且是明显的下坡路，气温越来越高，与洞口起码相差二十度，两人走得满头大汗。

“不对呀，”我嘀咕道，“按常理山洞里地势越低温度越低，这里怎么完全弄拧了，难道我们正靠近地热中心地带？”

郭项龙低低“唔”了一声，并不作答。我注意到他两腮泛起反常的潮红，胸口也起伏不定，一副难受的样子，忙停下道：“你太累了，休息会儿吧。”

他摇头道：“……走，找个安全的地方。”

一想也是，这条通道还不知通向何处，有没有致命威胁，若一点准备都没有，被中年人追上来又要面临前后夹攻的绝境，便搀扶着他继续前进。没过多久前面出现一个平坦如镜的石台，光滑程度可以在上面溜旱冰，过了石台不远处有个四米多高的月牙形石门，我们三步并作两步过去一看，原来是有着十多排石屋的住宅小区！

清一色大理石墙壁，金字塔形屋顶，石屋两侧是造型别致的窗户，有的还挂着贝壳、石刻或风铃，小区前后有排水沟渠和树木……

树木?!

古堡地下不是有地热吗？怎能生长树木？走到跟前一看，竟是绿玉石雕刻而成，枝条轻舞飞扬，树根、树干、树冠脉络清晰，足以以假乱真。倘若被阿诚看到，又要琢磨运输问题了。

将郭项龙扶进第一排石屋，屋内并无常见的家具，只整整齐齐排了八张床，每张床上躺着一具尸骸，用手一捏，骨骼尽碎，不消说，也是因怪病而死。再看尸骸生理特征，与我和蓝真真在水晶室后的石室里看到的一样，都是鱼伯的后裔。

由此可见，这个小区是鱼伯后裔的聚集之地，也是吴琪笔记中所说的堡底之堡。

眼见郭项龙支持不住，我顾不上忌讳讲究，一股脑将尸骸推到地上腾出一张床，稍微清理一番让他休息。郭项龙两眼布满血丝，额头烫得怕人，刚躺下就沉沉睡着了。我本想守在屋外防止不测，然而连番苦战确实劳神，眼皮直打架，头也晕沉沉的，便倚在床边打起瞌睡……

“晓飞，你们怎么在这儿？”猛然间蓝真真走进来叫着我说。

我揉揉眼，指着仍在酣睡的郭项龙道：“他病了，发烧得厉害，有没有消炎药和抗生素？”

“我带了急救包。”

她取出药品用水调了撬开他的嘴喂下，又把纱布沾湿了贴在他额头上，道：“他体质好，用点药应该就没事了。”

我松了口气：“他太累了，一路上他吃的苦最多，压力也最大……对了，你不是掉下河了吗，怎么逃出来并找到这里的？”

她扑哧一笑：“其实我根本没掉下去……”

她从我手中挣脱后，坠了十多米便止住，睁眼一看，原来自己被缠在身上的软体吊住了，并将她拖向峭壁阴影里，与此同时我从高处落下，擦着她的身子“咚”地掉进水中。她连连呼喊我的名字，却被哗哗的流水声音隐没。卷过来的软体越来越多，密密匝匝缠绕在她身体上下，她抽出藏刀拼命砍斫，每砍断一截就有新的冒出来，仿佛有无穷无尽的再生功能，她再挣扎会儿手臂也被缠住动弹不得了，只剩下颈部以上露在外面。

蓝真真全身被这种粘乎乎、软绵绵的怪物缠着，窒息、恶心，还有说不出的疲乏，真是求生不得求死不能。就这样她被传送到阴影里一个洞穴，里面黑咕隆咚，没有一丝光线，黑暗中一个爪子伸到她脸颊上来回抚摸，爪尖很长，毛茸茸的让人毛骨悚然。她突然醒悟过来，是千手怪物！它总是躲在黑暗中，有无数手臂，但不抗打击，攻击力不强。当下真真有了主意，屏住呼吸垂下头，好像昏迷的样子。千手怪物来回摸了好一阵子，爪子继续向下探，缠绕在胸前的软体旋即松开，它便抚弄起她的双乳，虽隔着好几层衣服，还是感觉到一种强烈的淫猥，她依然不动声色强行忍住。爪子继续下行，又伸到腹部以下，这一来软体缠绕范围已退到大腿以下。蓝真真双手解脱后，手指一寸一寸移向裤兜，猝然以最快速度掏出打火机，"咔嚓"点燃！

火苗蹿起之际，千手怪物如一阵黑风，"嗖"地消失得无影无踪——她判断得不错，千手怪物畏火，畏亮。

洞穴右侧有条通道，蓝真真便用打火机作掩护向内搜寻，走了几百米就来到这里。

"不知阿诚怎么样了……咦，有人！"听罢后我想到阿诚下落不明，不免有些担心，突然眼角余光看到有个白色人影在门外一闪，便纵身跳了出去，正好看到白色人影隐入石屋右侧，于是拔刀追上去。

"注意安全！"蓝真真在后面喊道。

白色人影逃跑的速度奇快，好像不是走，而是悬在空中飘，眨眼工夫就闪入第二排最右侧的石屋，我凝神戒备一步步靠到屋前，冷不防一脚踹开石门，堂屋里没人，再来到右边房间一脚踹开房门，还是没人。刚想看个究竟，突地背后有人在脖项上吹了口气，气味香甜柔腻，让人软绵绵提不起精神。我大吃一惊，知道不可能是蓝真真，她也不会在这种时刻开这种玩笑，当时急转过去，却见一个俏生生的影子晃入对面房间。

晓倩！

白色长裙，粉红色鞋子，移动速度快得惊人，身体比柳絮还轻，正是晓倩的特征。

我愣了半晌，咬紧牙关冲到对面房间门口，"咚"地踢开房门，一眼看到上回让我意乱情迷的脚，一双洁白如玉、完美无瑕的脚！

屋内陈设极尽华贵精美，重帏叠幛，珠帘玉壁，金丝镶边的波斯地毯，柔滑透亮的苏州织绣。在牛油红烛的照耀下，晓倩躺在厚厚的狐皮毯上，胴体正对着门口。她的长裙轻薄而透明，隐约看到雪白晶莹的肌肤和曼妙玲珑的曲线，纤纤素手交叉在胸前，她对我不请自来好像有些害怕，又好像欲盖弥彰地遮掩什么，可指缝间透出的春光更让我热血沸腾。

我大步走到床前，痴痴地看着她，她的眼睛朦朦胧胧似蒙了一层雾，雾的深处是说不出的孤独与寂寞。

“晓飞，你来了。”声音如梦如幻，像是从遥远的地方飘过来，让人感觉很不真实。

“你是晓倩……”

“你是第一个读懂我的悲伤和冤屈的人，所以我们能相遇在此。”

“你是否为巫师所杀？古堡覆灭是否是吴琪有意为之？”

“嘘——”她那纤长白皙的手指按在我嘴唇上，散发出醉人的香气：“我的英雄，古堡秘密需要你努力探索，自己获得的才是最有价值的……今天我要给你的，是我最宝贵的东西。”

我隐隐猜到几分，心里砰砰直跳：“什，什么？”

她瞟了我一眼，轻咬嘴唇娇嗔道：“知道了你还问，不过妾身单薄体弱，又从未经过人事，望君多多怜惜才是。”

我更是神魂颠倒，难以把持：“好，好，我会小心的……”

我坐到床边一把搂过晓倩，触手间柔若无骨，滑腻温软，她嘤咛一声埋入我怀中。我血气贲张，三下五除二脱掉她的衣衫，双双躺下——

“晓飞！你在干嘛？”

蓝真真突然出现在门口怒斥道。

我心中一凛，仓皇坐起身，嗫嚅不知如何应对，晓倩甜甜笑道：“急什么？只借用片刻，事后还给你就是了。”

蓝真真气得满脸通红：“晓飞，快给我起来，不然我永远不理你！”

“蓝姐姐，这是你的不是，我要给的你已经失去了，何必从中阻挠？”晓倩巧笑嫣然道。

提到这个问题，我心里咯噔一下：当初我和真真热恋时，由于学校抓得紧，她又坚守最后一道防线，最多只肯在外围打些骚扰战，直到大学毕业。两年前酒后狂乱，虽然意识模糊之下未留意诸多细节，却敏感地意识到她已非完璧，这未免使我耿耿于怀，成为一个解不开的心结……

“印晓飞，我再问你一遍，到底走不走？”蓝真真已愤怒至极点。

想到晓倩身上最宝贵的东西，我咬咬牙，迸出一个字：“不。”

晓倩听了喜笑颜开，嫩藕般的玉臂缠绕到我颈间，柔柔地亲了我一下。

蓦地门口响起炸雷声：“不肯走我揪你走！”

紧接着“咚咚咚”，一个壮实伟岸的身影闯进来。

郭项龙！

第二十七章　北斗七星

郭项龙不像蓝真真那样只打口水仗，径直大踏步过来，顺手抄起一张黄花梨木凳就砸，我和晓倩“啊”地分开，一个滚到床下，一个躲到床的内侧。郭项龙来到跟前，单脚踩在床边，指着晓倩怒骂道：

“起初看你像正经女子，原来是个害人的狐狸精，看刀!”

一抖手腕，藏刀脱手而出。

“别——”

我大叫一声，眼睛猛睁，眼前依旧是堆满尸骸的石室，郭项龙仍躺在床上呼呼大睡，刚才竟是一场黄粱美梦，可这场梦是那么真实，那么清晰，简直像亲身经历似的。

正怔忡出神，郭项龙打了个呵欠醒来，跳下床做了几个舒展动作，长长吐了口气道：“还好，没有发高烧，只是太累了。”

我笑道：“进来时看你的样子，还以为天要塌呢，害得我刚才做梦时都向蓝真真要消炎药。”

“蓝真真?”他吃惊地反问，欲言又止。

“怎么了?”

他吞吞吐吐道：“其实……我也梦到蓝真真……”

我哈哈大笑：“不会吧，又让我多了个情敌。”

“不，我梦到你……跟晓倩上床，蓝真真进去阻止，你贪恋美色不理她，我一怒之下闯进去将你们打散，刚发出一枚飞刀就醒了。”

“啊?”我听得全身汗毛都竖起来，从头到脚生出一层鸡皮疙瘩，一把抓住他的手道，“我在梦里，不，你在梦里听到我说了些什么?”

郭项龙便绘声绘色将所做的梦完整讲了一遍：他醒来后见到守在一边的蓝真真，她说给他喂了药，又说我出去追白色人影去了。他不放心，起身寻找，找到第二排最右侧石室时听到我和晓倩在房间里调笑，蓝真真忍不住冲进去，后来的经过与我做的梦一模一样，尤其晓倩与蓝真真的对话，一个字都不差。

“世上竟有这种怪事，两个人做的梦完全相同，好像拍了一场电影。”我喃喃道，手心捏了一把冷汗。

郭项龙困惑地摇摇头：“日有所思，夜有所梦，你倒也罢了，我跌打滚爬了一天，根本没想过晓倩和蓝真真，怎么会……”

“谁在想我？”

蓝真真冷不丁出现在门口，我和郭项龙如同见了鬼魅，双双倒退两步。她瞅瞅我们，摸摸脸颊道：“咦，我是不是哪儿不对劲？”

我也用力掐了自己一把：“这会儿该不会还在做梦吧？”

郭项龙皱皱眉问：“等等，你怎么过来的？”

“是啊，你不是掉下去了吗？”我随后问。

她扑哧一笑：“其实我根本没掉下去……”

“啊——”我失控地大叫起来，因为她说话的语气、表情与梦里完全相同，连笑的模样都一样，使我简直分不清此刻究竟是现实还是梦境，“你，你，你有没有做梦？”

很简单的一个问题，她却像被难住了，蹙眉足足想了半天，反问道：“这个问题对你们很重要吗？”

“非常重要。”我和郭项龙异口同声道。

她迟疑片刻，道：“不错，我过来时在洞里睡了会儿，做了个很奇怪……很奇怪的梦，奇怪得像真的一样，梦见你们俩和晓，晓倩……”

“你看到晓倩和晓飞在床上缠绵，然后冲进去阻止，反被晓倩抢白一通，最后我忍不住现身将他们打散！”郭项龙抢着说。

她惊呆了：“你也……”

“你还说给我喂了消炎药，并用纱布浸湿了贴在我额头上……”说到这里他似乎想到什么，转身到床边地上捡起一条纱布，脸上表情难以用语言表达。

我立即道：“不是我，我身上没有纱布！”

蓝真真道：“我有，我确实备了急救包，里面有常用的消炎药……”她慌乱地从背包里翻出急救包，打开一看又呆住了，惊呼道：“少，少了两包阿司匹林!”

郭项龙舔舔唇边，自言自语道：“怪不得嘴边有股药味儿。”

蓝真真急得快哭起来：“可我千真万确刚到这儿，一路上也压根没用过急救包!”

我阻住她：“别着急，此事虽荒诞不经，但还有一个验证的办法，我们到那间屋子看看，或许晓倩还在。”

“对!”

郭项龙第一个冲出去，我和蓝真真紧随其后，三个人大步流星跑到第二排右侧石室，郭项龙一脚踹开左侧房门，里面空空如也，没有梦境里的满室珠玉、地毯，更没有穿着透明纱衣的晓倩。

“这倒怪了，莫非我们三个人仅仅做了个相同的梦?”我喃喃道。

蓝真真握着急救包道：“可我确实少了两包药，小郭也感到嘴里有药味。”

三个人伫立在石室里相顾无言，良久郭项龙道：“管它呢，就当是一场梦好了，走，到别处看看。”

小区共有十四排石屋，每排套数并不相等，有的只有四套，里面有四五个房间；有的多达七套，只有两个房间。无论大小，室内陈列并无差异，无非是床、桌子等最简单的家具。大多数房间里都躺着尸骸，也有个别房间空无一人，但没有我们感兴趣的古玩、字画、雕刻等有价值的线索。

蓝真真失望道：“如果吴琪笔记记载得不错，这里应该有大批古玩文物，难道我们走错了?”

我颔首道：“有可能，滑道上的三条岔道，两条通向地下河，只有阿诚那条路是对的，这会儿他大概躺在无数青铜器和玉器堆里打滚呢，我们走的是绝路，或许绕到了堡底之堡的后方。”

“不管哪个方向，肯定有路相通。”郭项龙说。

然而小区一面临水，三面环山，高耸入云的峭壁上光秃秃没有任何可供攀越的东西，也没有意想中的洞穴、裂缝之类。郭项龙围着小区转个不停，目光如鹰隼般扫描着小区四周的旮旮旯旯，我和蓝真真跟了会儿自觉无聊，索性坐在路边石头上歇息。

“谢谢你。”她突兀冒了一句。

我先是不解，旋即悟出她是在说两人吊在悬崖边时我的忘情之举，微笑道：“相信我，当时我绝对不知道下面是水，否则早就跳下去了。”

她点点头，过了半天又冒出一句：“你真的在意晓倩要给你的东西？”

没想到她竟会对梦里发生的事耿耿于怀，我笑道：“不过是个梦而已。”

“晓飞，看着我的眼睛，”她用力扳过我的脸，“其实你在意，每个男人都在意，你也不例外，两年前我就看出来了，你装得若无其事，可你的眼神告诉我根本不是那么回事。”

“晓倩是个不存在的虚体，你跟她较什么劲？”

她缄默半晌，幽幽道：“我也不明白为什么，但我有种感觉，那个梦也许是真的。”

“开什么玩笑……”

“阿诚不是说过时空并行论吗？后来我想起道家也有类似说法，叫迴梦，意思是一个人做的梦同时发生在现实中，梦境与现实交替，故称迴梦。”

我叹了口气：“那又怎么样，这个梦对我们没有任何伤害，反而让小郭的身体得以痊愈。”

“不，我受到了伤害，我被伤得很深很深，”蓝真真怔怔说着，流下两行清泪，“因为你说‘不’的时候，我从你的表情中看到了决绝和冷酷，而这一切只是由于我在你眼中已不再纯洁！”

郭项龙兴冲冲过来想说什么，见此情景知趣地踱到一边。

我苦笑道：“你想到哪儿去了……明明只是个梦，你却不承认，然后推论出这么奇怪的逻辑……至于我对你的感情，天知地知人人皆知，只是你不愿接受，两年前……”

“不准提那件事！”她抬起头时已是泪流满面，全然失去往昔的从容淡定。

我立即刹住话头，心里十分郁闷：她先提起此事，却不准我说；她亲口承认过自己有责任，可每次道歉的仍是我，那件事也许要成为我一生的十字架。

事情发生在两年前的夏天，阿诚通过种种渠道将从四川蚕洞带回来的几件青铜挂件和玉佩处理掉，得了十多万元，于是邀请我、蓝真真、郭项龙喝酒分赃，庆贺意外收获并压惊。当晚大家情绪都不错，郭项龙破例喝了八两，阿诚喝得分不清东南西北，滴酒不沾的蓝真真也被硬劝着喝了三杯，娇艳的脸蛋上嫣红似火，两眼水汪汪一片，多了几分平时所没有的风情。只有我还保持一丝神智，一是我酒量最大，二是晚宴前半小时，我正式向蓝真真提出再续前缘，重新开始，却被她明确拒绝，说暂不考虑终身大事。受此打击，整个晚上我快快不乐，喝酒时也强颜欢笑，不像他们那样放得开。

结束时阿诚坐了三轮车，郭项龙说还挺得住，跌跌绊绊离开了，我便承担将蓝真真送回宾馆的任务。路上她吐了两回，越吐越糊涂，到最后我几乎是抱着她进房间。原本我是没有一丝邪念，把她扶上床后就准备回家休息，谁知走到门口她扑通滚下床，我只得折回去将她抱起。这一抱出事了，她不知怎地伸出双臂搂住我脖子，两张脸紧紧贴在一起。我下意识吻在她额头上，蓝真真却移过脸庞，火热的嘴唇紧紧贴上来，瞬间我的防线，我的自制，我的犹豫完全崩溃，轻而易举解开她的衣服，疯狂攻占她的堡垒，将近三十年的激情和青春喷薄而出……

可想而知第二天早上我的处境，她根本不听解释就将我赶出门外，此后连电话也不接。僵持了几个月，后来搭阿诚的便车去了几趟苏州，关系才略有缓和，但她私下告诫我，绝对不准再提那件事，永远。其时我已隐隐猜到阿诚正在追求她，只得把苦闷压在内心最深处。

“找到入口了。”

郭项龙瞅了个空当走过来说，我们精神一振，蓝真真也偷偷擦掉眼泪站起来，随他来到第四排石屋前。

“就在这儿。”他说。

我和蓝真真茫然对视一眼，看不到哪儿有入口，也看不出这里与其他石屋有什么不同。

他跨了两步站到屋子前面，指着脚下说：“你们看，其他石屋前空地都铺着四块青石拼成的正方形，只有这片区域是七块青石……”

“我知道，”蓝真真抢道，“古蜀国人崇拜七，三星堆一号坑出土的金杖上面的浮雕，从上而下分别为人头、令羽、鱼等七个图像单元，还有青铜器长度可能使用了七进制！”

“七进制？太复杂了，我倒没想那么深，你们再看青石上的圆点……”

我歪过头看去，每块石头上都有个微微凸起的鸡蛋大小的圆点，分布位置各不相同，有的在中间，有的在边缘，我琢磨了半天，脑中灵光一闪，叫道：“北斗七星！连起来正好是北斗七星的形状！”

“我估计它类似于武侠小说中的北斗七星阵，虽不至于那么玄虚，但必须按规定的顺序进行，否则非但打不开入口，还会触发机关暗器，”郭项龙沉声道，“我做过工程兵，但对古代阵法一窍不通，不知二位……”

上回在四川蚕洞时，凡涉及到阵法之类的都是阿诚出面，我从未涉足过，当下面露难色：“这个……”

“我来试试。”

蓝真真说着迈出一步，脚尖径直向小圆点踩去。

“且慢！”我和郭项龙同时喝道。

第二十八章　烈焰熔窟

蓝真真停下来看看我们，嫣然一笑："怎么，不相信我是不是？北斗七星阵其实算不上玄奥隐微，古代十大法阵中也没它的份儿，只需把握其星辰运转规律即可，"她拿着木棍信手敲道，"北斗七星包括天枢、天璇、天玑、天权、玉衡、开阳、摇光。枢为天，璇为地，玑为人，权为时，衡为音，开阳为律，瑶光为星，首尾呼应，流转不休，因此破解的办法只有六个字——切璇玑，反斗柄。"

这一说我也明白了几分："璇玑是天枢、天璇、天玑、天权四星，斗柄是玉衡、开阳、摇光三星，你的意思是说璇玑四星顺着走，斗柄三星反着走。"

郭项龙看看我，又看看她，用明显缺乏信任的语气问："你们确定？"

蓝真真反诘道："你还有其他选择？"

"没有。"

郭项龙回答得很简洁，然后根据她指点的顺序将北斗七星踩了一遍，每踩一个就感觉地底下颤动一下，踩到最后一个时传来"突突突"的声音，好像茶壶里沸腾的开水，我们紧张地看着地面，不清楚下一刻会发生什么。

"轰"，对面石屋里突然传出一声巨响，赶过去一看，堂屋正中赫然露出一个大坑，一道狭长的阶梯伸向黑暗深处。我和郭项龙的手电因泡在水里时间太长而无法使用，蓝真真的要留着最危急的时候用，于是人手一只火把，郭项龙打头阵，成品字形进入地道。

地道内部出乎意料的宽敞，通道可容四个人并排而行，高度超过三米，而且通风效果好，人在里面丝毫没有憋闷的感觉。走了几百米，两侧石壁陆续出现大小各异的壁画，有的似信手涂鸦，线条杂乱无章，完全看不出名堂，有的画面纷繁晦涩，不明白所要表达的含义，还有的虽然清晰明确，但没画完就煞了尾，无法领悟其真正含义。

蓝真真手指在石壁上抹了一下：“是用木炭画的，大概是小区居民闲来无事跑到这里随便画画，不具备目的性和象征意义。”

“但古蜀国乃至弓鱼国没有文字流传，能表达他们情感的只有图画，我们不妨看仔细点，或许会有意想不到的收获。”我说。

郭项龙漫不经心倚在石壁上，眼睛半眯半睁，一副不感兴趣的样子。我和蓝真真两人举着火把走了两个来回，将目光聚焦在右侧靠近顶部的一幅画上。这是地道里为数不多的完整而又清楚的作品，从一丝不苟的线条和中规中矩的布局看，创作者颇用了一番心思，甚至有可能事先打过草图。画的位置比其他所有画都高出一截，可见创作者对自己的杰作非常自信，期望每个经过地道的人都能看到。

这幅画是反映贵族大臣祭祀的场面，正中位置有座高台，高台中间有棵大树，树顶飘浮着云朵，云中隐隐有人向下张望，靠近树尖处有根绳索一直垂到地面；四个角各站着一名巫师，披头散发，手舞着玉器向天祈祷；台下站着几排人，为首的身材魁梧，两手负在背后，右腿向前迈出，好像正准备踏上高台。

我默思良久，道：“这棵树……”

“通天神树！古蜀国人认为天与地相连，天上有人类最渴求的神鸟、不死木和长生不老药，而通天神树就是通往天堂的阶梯，因此拜祭神树成为古蜀国官方一项神圣的政治仪式。”蓝真真说。

“神树上面有云，云里有张人脸，象征了什么？”

“就是古蜀国人心目中的神祇，可以解释为神在天上聆听子民的祈求。”

“那根绳子呢？”我追问道。

蓝真真一愣：“你想说什么？”

我也不知道自己想说什么，模模糊糊中似乎有个极为重要的念头，但若近若远飘忽不定，总是捕捉不到，只得叹了口气道：“我觉得……如果是普通祭祀场面，创作者根本没必要把它画在墙上，好比如今的人代会党代会，尽管热烈而隆重，关系到国计民生经济发展，但人人皆知，不会有哪个画家专门为此挥毫作画……我的意思是……嗨，让我再理理思路。”

蓝真真和郭项龙都笑起来：“那好，咱们边走边想。”

再往前气温骤然升高，转眼间超过三十度，蓝真真解下外套和毛衣后不好意思再脱，热得鼻尖满是汗珠，我和郭项龙脱得只剩下背心，他捶捶双肩，豪爽地说还是这样凉快，当年我们在部队训练时基本上只穿短裤。我笑着看了他一眼，心里猛地跳了一下，好像触起什么似的，但蓝真真随即问起特种兵的训练情况，两人一问一答打断了我的思路。

又走了两百米，气温已不能用炎热来形容，地道里简直像个大蒸笼，三个人大汗淋漓，衣服浸得透湿。蓝真真不得不放下矜持，一直脱到内衣，露出玲珑小巧的身材和撩人的曲线，我暗暗瞟了几眼，心里又蠢蠢欲动起来。

“到底是什么鬼地方，我都快虚脱了。”她抱怨道。

“古堡下面不是有地热吗？或许我们正接近地热中心。”我说。

“奇怪，设计者居然把地道建在地热中心附近，岂不是自找麻烦？”

我正待回答，郭项龙突然一指：“喏，青铜索！”

前面不远处的顶部，那条本已消失不见的青铜索又出现了，贴着地道顶部向纵深延伸。再向前地面变得坑坑洼洼、凹凸不平，两侧石壁也没有人工修凿的痕迹，毕竟温度太高了，这种状况下施工不出五分钟就会中暑。

“吱吱轧轧”，青铜索缓慢移动着发出有节奏的摩擦声，我们精神一振，顺着它或许能弄清楚齿轮产生的能量究竟传输到哪里，用来干什么。当下我们不顾高温炙烤，加快了脚步。

转过一个弯道，前面是个十多平米的石室，石室中间凸起一堆青石，青石呈椭圆形，四周高中间低，约四五米深，青铜索直贯而下，然后又拐出来伸向右侧通道。

我和蓝真真想跑进去，郭项龙却蹲到青石堆边反复打量，疑惑道：“青铜索为何到里面转一圈，难道与能量转换有关？”

我提醒道：“离坑远一点，里面很深。”

郭项龙“唔”了一声，身体却凑得更近，说：“绕到里面总该有个说法，不然岂非画蛇添足?”

说着用衣服包住手臂，探身下去想捞起青铜索看个明白。蓦地“呛啷”一阵乱响，两条深青色铜索从坑底电射而出，瞬间在他身上绕了七八道，然后铜索腾地绷直，裹挟着他向右侧通道传送。

我和蓝真真看得目瞪口呆，直到他的身影消失在洞口才反应过来，急忙大喊着追了过去。深青色铜索的移动速度奇快，眨眼间工夫就将郭项龙传至四五十米远的洞内，里面一片红光，好像钢铁厂的大熔炉。离洞口还有七八米，一股热浪扑面而至，烤得我们睁不开眼，连吸进去的空气都滚烫得像要燃烧，胸腹间火辣辣地生疼。我们牵挂郭项龙的安危，咬紧牙关冲进去，眼前立即一片红色——

整个石洞全是被烧得通红的岩石，地面和洞壁四周有很多犬牙交错的裂缝，鲜红色火焰从里面喷射而出，使整个洞形成一片火海。迷离斑斓的火焰中，郭项龙被深青色铜索吊着上下升降，忽儿穿过熊熊烈火，忽儿擦过高温熔岩，炙烤中他的头发、眉毛都已烧脱，全身抽搐痉挛不止，显得极度痛苦。

此时此景终于使我拨开记忆迷雾，联想起水晶球上的画面，不错，水晶球早已预示到郭项龙会有此劫，但没有提示如何破解。

“小郭，挺住！我们会设法救你……”蓝真真叫到最后嗓子因高温烘烤完全嘶哑，一个字都说不出来，焦急地指指我，又指指他，意思让我赶紧想办法。郭项龙好像陷入昏迷状态，吊在空中一动不动。

我怔怔看着烈焰四起的熔窟，突然拖着蓝真真转身向来时的路跑去。

“不……”她以为我有了畏惧情绪，想撤离熔窟，急得又是挣扎又是撕打，想甩脱我的手。

我不管不顾强行将她带到一百米开外的坑道，返身道：“想不想救小郭?”

“你这个胆小鬼……”她瞪着我，目光中充满不屑。

我来不及解释，急急忙忙道：“我要回小区拿几根床腿，你在这儿等着，这件事需要你配合。”

“你回去好了，我到熔洞陪小郭!”

“真真，请相信我。”

我奋起全身力量在坑道里飞奔，汗水如雨点般急泄而下，模糊了我的双眼，嗓子眼干涸得冒火，全身像浸在沸水中一般火烧火燎。我不敢停顿，此时稍有懈怠人就会完全垮掉，再也提不起精神，因此我只能凭着顽强的意志苦苦坚持。

然而蓝真真不信任我。

想到这一点我心里一阵刺痛，相比肉体上的痛苦和磨难，方才她那不屑的目光对我打击更大，让我感到两人之间的距离远比想象中要远得多。

出了地道，我匆匆跑进石室，专挑木质坚硬、纹理紧密的床腿，用藏刀卸了八根，再一根根削尖削扁，抱在怀里返回地道。跑到刚才与蓝真真分手的地方，她正从熔洞出来，看到我面露欣慰之色，问道：

“刚才你说用什么办法?”

“倚着墙把我抬高，然后听我的命令移动!”

她虽然不解还是照办，用力抱着我的大腿，我双手扶着石壁升到顶部附近，深吸一口气，双手掣着木条狠狠一刺，将尖端透过铜索圆孔扎入石壁缝隙中。

“向右两步!”

我喝道，紧接着继续依法施为，一口气将八根木条悉数刺入，插最后一根时我挥动刀柄重击十多下，使木条锲得更深。然而所有努力不过使青铜索的移动停滞了十多秒，随后木条纷纷落下，仍以坚定不移的姿态继续移动。我跳下去捡起木条，道：“继续!”

“我……我举不动了。”蓝真真带着哭腔道。

“只有这样才能救他!”我大声怒吼，“快!”

这时熔洞口人影一闪，郭项龙扶着石壁踉踉跄跄走出来，接着“扑通”栽倒在地。

好一个郭项龙，果然抓住青铜索停滞运行的良机成功脱身!

我赶紧冲过去抱起他，却见他全身上下通红一片，烫伤、烧伤、炙烤伤不下二十处，还有几十个血泡，简直惨不忍睹。

“快回小区，我来帮他敷药!”蓝真真叫道。

郭项龙眼睛微睁，挣扎着朝熔窟西北侧指了指，又昏了过去。

我和蓝真真诧异地对视一眼，不明白他什么意思。

第二十九章　乔龙出世

仔细回味，郭项龙是在听到蓝真真说话后才有这个举动，说明他反对回小区，那么很可能是让我们朝他指的方向走，因为吊在空中的视野比我们广阔得多。当下不容多想，背着他就进了熔窟。走了十多米，西北角果然有个洞口，甬道一直往上，一路上气温不断下降，走到几百米外已明显感觉到寒意，蓝真真将衣服一件件穿上，又帮我们披好外套，踌躇片刻道：

“对不起，晓飞。”

我佯装不解，道：“什么？”

她涨红脸：“我不该怀疑你准备抛下小郭。”

我没吱声，背着郭项龙闷头前进。

“晓飞，说说话好不好？你这样我真的很难受。”

我叹道：“虽然我做过对不起你的事，但大学四年相处，你多少应该了解我的为人，我印晓飞不算是顶天立地的英雄，可也非关键时候抛下队友独自偷生的小人……”

“我知道，当时，当时我已慌了神，不知怎么做，所以看到你离开特别无助，特别害怕。”

“也许……我们俩确实是有缘无分，”我喟叹道，“每当两人快走到一起时就会产生意外，算了，我还是向命运低头，退出这场竞争吧，祝你和阿诚白头偕老，幸福永远。”

她紧咬嘴唇：“晓飞，我确有难以言说的苦衷，等我们都老了，走不动的时候，我会告诉你这个秘密。”

我没懂她话中的含义，真心诚意道：“还是早点把婚事办了吧，毕竟，毕竟年龄是女人的天敌。”

这本是很朴实的一句话，却不知触了什么霉头，她突地一甩长发怒道："不要你管！"说完蹬蹬蹬径自跑到前面老远。

我张口结舌，看着她的背影僵在原地，蓦地醒悟过来，自责道：印晓飞啊印晓飞，做了几年面粉生意，还改不了书呆子习气，这个时候怎能说这些不合时宜的话？

在难捱的尴尬中又行了两百多米，前面渐渐亮起来，俄顷之间十多米外甬道地势陡地一高，爬上去后出现个圆圆的石洞，洞口开在悬崖上，离地两米多高，洞前是堵又厚又高的石墙，阻住了我们的视线。

我本想先跳，然后在地面接住郭项龙，但蓝真真不敢单独跳，最后只得拉着我的手，三个人同时纵身跳下。岂知人在半空时身体陡地一紧，被一张大网包了个严实，在空中荡了几个来回，直荡得我们头昏眼花才猛地坠地。"哎哟！"蓝真真正好硌在一块尖石上，疼得脸色惨白。

"哈哈哈哈——"

笑声中中年人从山角拐过来，双手负在背后，绕着我们走了两圈，神情间满是得意："逃来逃去，还是落到我手上，早知如此何必吃那么多苦？"

我回敬道："早知晚知对你来说还不是一样，反正得一辈子守在小木屋里。"

他偏过头看看我，不露声色："喔，你还知道什么？"

"古蜀文明与古堡的秘密，还有一个世代相传的守护家族，只要古堡存在一天，他们就一天不能离开小木屋，几百年前是儒生，现在是你。"

蓝真真接着说："他们身怀绝技，武功高强，而且具备某种特殊体质和特异功能，如果我没猜错，应该是古蜀国流传的神权阶层一脉，也就是平常所说的巫师。"

中年人不置可否："继续说。"

我瞅瞅蓝真真，道："吴琪触犯了你们家族最忌讳的事，被赶入古堡禁闭，然而迫于——也可能是当年神权阶层与王权阶层达成的约定，你们不可以毁掉古堡，也不可以销毁有关古蜀文明秘密的证据，只能听任它自生自灭……这是个很麻烦的枷锁，然而有什么办法呢？凡这个家族的人，世世代代都必须遵守，无人敢于违拗……"

说到这里，我几乎已编不下去了，偷眼一看蓝真真，她居然也像中年人一样听得入神，差点气晕——之所以侃这些内容，目的是尽量拖延时间，一是指望阿诚能够出现，二是等郭项龙苏醒后自救，三是想蓝真真趁机为他敷药，谁知她也当起了忠实的听众，而期盼中的两个奇迹都没有出现。

出人意料的是，中年人并没有发作，反而长长叹了口气，望着西下夕阳悠悠道："世上最可怕的是什么？不是死亡，是寂寞，是那种无所不在的、贯穿于一生的寂寞，十五岁那年我坐在古堡前面数石头，一共六千四百七十六块；二十五岁那年我又数了一遍，一共六千四百七十七块，多了一块，我笑了整整一天，因为生活总算有了点变化，后来又哭了一天，原因不说你们也知道……可你说得不错，这是我们的宿命，无论怎么生活都要继续下去，所以请原谅，我必须要杀你们，保证秘密永不外泄。"

蓝真真道："古人说朝闻道夕可死，请透露一下谜底，让我们死也死得安心。"

中年人还是上回的态度，充耳不闻，然后掣出一柄尖角小刀，语气平和地说："对不住了，我来送三位最后一程，望你们在黄泉路走好。"

他一步步逼了上来，尖刀在夕阳照射下反射出耀眼的寒光。

眼看他来到面前，我无限留恋地看了蓝真真一眼，道："我说得不错吧，我们到底还是死在一起，这一点总算胜过了阿诚。"

她泪如雨下："晓飞……都是我不好，把事情搅得一团糟……"

中年人哂笑道："不错，竟然是对苦命鸳鸯，正好成全了你们……"

话音未落，躺在我怀里的郭项龙猛地跃起，右手一扬，藏刀穿过网眼直袭中年人！

原来他早就醒了，一直假装昏迷！

厉害的是，他在我怀中丝毫未动，连我都被蒙在鼓里，更别提狡猾多疑的中年人。

"笃"，藏刀精准无比地扎入中年人咽喉，他双目急凸，喉头格格直响，指着郭项龙倒退数步，一屁股坐到地上。我和蓝真真才欢呼了半声，郭项龙便软绵绵瘫倒在我怀中，又昏了过去，血泡在挤压下破掉好几个，血珠溅了我一脸。

“哎呀，我来敷药。”

蓝真真这才想起敷药的事，我啼笑皆非说别着急，慢慢来。她听出话中的揶揄，白了我一眼，掏出急救包正待施救，对面突然传来一声轻笑。抬头一看，却见中年人从地上徐徐起身，伸手拔掉喉间藏刀，扭了扭脖子，又一步步逼上来。

他竟是杀不死的妖怪！

蓝真真急得一边连呼郭项龙的名字，一边忙不迭给他敷药，紧张之下抖索索将药粉洒了一地。我从刀囊里拔出藏刀，拼命割砍网眼，饶是刀锋锐利无比，却无奈这种不知什么材料做的网，割了半天还是丝毫无损。

中年人蹲到我们面前，眼中带着猫戏弄老鼠时的快意与残酷，道：“跟你们玩真有意思，但游戏快要结束了……现在有两个选择，一是自杀，一是被杀，你们认为哪种方式痛苦更小些？”

我冷冷道：“你说过，最痛苦的事不是死亡，而是像你这样活着。”

“对，我承认，但仔细想想，活着总比死了好，何况古堡……”他慢慢举起刀，“你们中间谁先死？女士优先还是男士先行？喔，这家伙最麻烦，几次三番坏我的好事，干脆让他先死。”

他紧紧盯着郭项龙，防止对方猝然跃起，但这回郭项龙真的昏迷不醒了，一点动静都没有。中年人狞笑着，挥刀直刺，我暴叱一声双臂架住他的手腕。中年人力大无比，强行向下压，我拼上吃奶的劲仍无济于事，眼睁睁看着刀尖一寸寸移向郭项龙咽喉。蓝真真用身子撞向中年人，反被他单手扼住咽喉，转眼将她勒得呼吸急促，上气不接下气。

中年人微笑着，好像准备说句幽默话，耳际间突地传来丝丝风声，声音不算大，可出奇的尖锐，直透人脑髓深处，瞬时仿佛上百根针刺在脑袋上。中年人眼神一凝，瞳孔急剧收缩，好像看到极为可怕的事，脸上白一阵青一阵，显得十分恐慌，我手臂上压力不觉轻了许多。我趁机用力一分，将他撂倒一边，他也不继续进攻，而是呆呆看着天空，身子居然微微颤抖。

即使面对恶魂煞瓶，中年人都未有过如此恐惧的表情，好奇心使我忘了自己死到临头，顺着他的目光看去——

蔚蓝色的天空渐渐泛起青白色，原本懒洋洋飘浮在空中的白云转眼间消失得无影无踪，一团红光仿佛巨人的影子从天边冉冉升起，逐渐占据了整个天空。红光愈来愈浓，无数条阴影在其中滚来滚去，红光下面浮着层层紫雾，渐渐地，雾气向两边分开，烟雾中慢慢呈现一个红、橙、黄、绿、青、蓝、紫互相交织的彩色光环，光环中间飞出一条红影，闪电般扑向我们！

说时迟那时快，中年人双腿一蹬，身体腾空而起两三米高，在空中迎住红影，只听得几声沉闷的空响，中年人被甩到我们身上，双臂、腹部、双腿多了十多条血痕，他胸口急剧起伏，大口大口地喘息着，定定看着对面——那物身长十多米，状若长蛇，粗逾半米，周身覆盖着火红色、形如铜钱的鳞片，头部狰狞凶恶，顶着两只杈分四节的大角，脸上面竖着几根弯弯扭扭的须子，血盆大口中吞吐着火红色的血雾，身下挥舞着四只爪子！

我难以置信地揉揉眼，又狠狠掐了自己一把，没错，我没看错，眼前正是一条龙，传说中的龙！

我脑中迅速腾起通天神树上那条从树顶蜿蜒而下的青铜龙的模样，与它几乎完全一样！

未等我想明白，红龙再度腾空扑了过来，中年人又一次迎上去，这回交手时间更短，两个回合不到他又被打落在地。中年人连连咳嗽数声，俯腰吐出两颗带血的牙齿，随即反手在网上巧妙地挑了四五下，将网打开，语气微弱道：

“乔龙出世，人畜尽亡，此乃千年劫数，你们各自逃生去吧。”

我急急问：“你也打不过它么？”

“龙之神威非人可敌。”

“难道世上没有克制它的东西？”

“有……”

乔龙第三度高高跃起，然后俯冲下来，中年人拖着负伤之躯勉强应付了一个回合，被甩到右侧峭壁上又坠落在地。我飞快跑过去扶起他，追问道：

“你的两个同伴呢？三个人一起上如何？”

“他们……都有各自的使命，早就……离开了。”

“你刚才说什么东西能克制它？”

“石……头，一块石头。”

我大脑高速运转，陡地灵光一闪：“百尸抬石的那块石头！”

背后掠起一阵热浪，乔龙又冲过来了！这时郭项龙猛地跃起，将网扭成粗粗的缆绳挥出去，在乔龙身上绞了两道，再奋力一拉。它发出一声惊天动地的咆哮，身体折回，一盘一抽，若非郭项龙及时撒手，必定要被甩到半空。

“石头在哪里？”我飞快地问。

第三十章　人畜尽亡

中年人显然悟出我的意图，目光闪了一下又黯淡下去，断断续续道："不行，不行的。"

我跺着脚道："有什么不行？难道眼看它为祸人间，屠杀生灵吗？"

"它因熔洞而生，不会离开㚓山。"

"所以你宁可死在它爪下，也不愿让我们活着出去，对不对？"我大声质问道，"就在几分钟前你还口口声声说活着比死了好，不是自相矛盾吗？"

他惨然笑道："这是我的宿命，也是你们的宿命。"

乔龙又开始进攻了，郭项龙猜到我与中年人进行着一场性命攸关的谈话，使出浑身解数与它缠斗，一次次在地上打滚、翻腾，鲜血和着泥土粘成黝黑的颜色。

我的肺都快被中年人气炸了："你告诉我石头的位置，我自己想办法，找不到的话我就承认是宿命，但你起码要给我一次努力的机会。"

"你们不可以努力，因为它关系到古堡存亡……"

我磨破了嘴皮，可中年人硬是榆木脑袋死不开窍，始终不肯透露石头藏在哪儿，这时乔龙已撂倒郭项龙，张牙舞爪朝我们冲来。中年人身体一挺平平跃起，一把捉住它两只角往地上一按，乔龙向上一掀，中年人硬是不松手，呼地转了一圈坐到龙背上，双腿挟住龙身，好像骑牛士般随着它闪避腾挪，屁股生了根似的贴在上面。

乔龙呼哧呼哧直喘气，伏在地上缓缓蠕动。我动了疑心，感觉它并不像传说中那样能腾云驾雾、呼风唤雨，而且每一次出手后都要短暂休息一下，倘若我、郭项龙再联手进攻……

"快上来！"

阿诚突然出现在七八米高的石墙上，垂下一根绳子。蓝真真第一个跑过去，我紧随其后，郭项龙双手执刀守在墙角下断后。乔龙猛地又一次发出地动山摇的咆哮，龙头往地下一沉，再用力一甩，中年人如出膛的炮弹直冲云霄，在我们的视野中越来越小，最后成为一个小黑点，不知飞到哪儿去了。它游弋到十多米高处，以箭一般的速度冲向我们。

蓝真真惊叫一声僵着不动，我朝下看了一眼考虑是否跳下去，耳边听郭项龙喝道："往右!"

阿诚急急向右爬行，郭项龙也以脚蹬墙连走两步，乔龙俯冲到离石墙一米不到发觉目标偏离，当即折身返回，龙尾"啪"地打在墙上，留下一道浅浅的印痕。

"快上，它要歇息!"

郭项龙催促道，回头看时，它果然又伏在地上，龙身微微起伏。我在下面连托带推将蓝真真扶上墙头，接着我和郭项龙也翻上去顺着绳子滑到对面。眼前是个巨大的伞状石丘，丘上布满了一人多高的洞穴，洞口都朝着地面，前面有个小小的塌坡，既能防雨又方便出入。没等我再看得仔细，阿诚边跑过去边说："跟我来!"

大家均知乔龙恢复后会继续追击，不敢懈怠，快速跑到石丘下，这时乔龙又飞到半空摇头摆尾地寻找目标。阿诚带我们转到石丘背面，从石缝里抽出软梯，带头爬上去，等乔龙飞到这一边时我们已都躲进洞穴。

郭项龙刚踏入洞中便"咚"地栽倒在地，我和阿诚赶紧将他抬到床上，蓝真真取出急救包给他敷药。安置妥当我才有心情打量洞内陈列：从西往东一溜排着床、枯枝盆景、兵器架、檀木箱、檀木箱……

洞穴东侧重重叠叠堆着几十口大檀木箱，莫非是吴琪藏匿进来的古玩？边上有口木箱半敞着，上前一看，差点叫出声来：里面层层叠放着玉璋、玉枕、玉瑗、玉戈、玉刀、玉凿、玉斤、玉斧、玉璧……林林总总至少有数千件，我随手拿了一件握在手中，滑腻温润，绵软暖沁，毫无疑问与三星堆文物是同一级别的上品。

阿诚踱到我身后，脸上并无获宝后喜悦的笑容，相反凝重沉寂，好像在担心什么事。

"都在这儿?"我问。

“大概是。”

我奇怪地打量着他，又问：“这么多宝贝……你不想说些什么？”

他瞟了蓝真真一眼，将我拉到更远一点的地方，悄声道：“今天不算，我们只剩下八天时间。”

“八天？”我不明其意。

他声音压得更低：“乔龙出世，人畜尽亡。”

“刚才木屋杀手也说过，这句话到底什么意思？”

阿诚深深叹了口气，拉着我到洞口坐下，叙述了分手后的经历。

如我们猜测的那样，他从滑道滑下去时将身体控制得很好，途经岔道时动了下脑筋选择右道，结果一路滑行直接进入石丘区。石丘上共有三十四个洞穴，都是人工开凿而成，有软梯悬崖而下，从室内摆设看似乎是一个个自成体系的小家庭。阿诚急于找到那批古玩，一间间找过去，一直找到这里，连续开了四口箱子，激动得口水都流了出来，躺在地上笑到肚子疼才止住，歇了半天方缓过气。他转念一想须尽快与我们会合讨论如何携宝出堡，遂回到地面向纵深搜索，走了几百米被宽阔湍急的地下河阻住去路，无奈之下只得折回洞穴休息。第二天又寻了大半天，还是没有收获，索性考查剩下的洞穴，看看有无线索。由低到高他围着石丘盘旋，爬到最高处却发现一桩怪事：在地面明明数的是三十四间，怎么自己只搜了三十三间，还有一间哪去了？

他预感奥妙可能就在这里，回到地面一看豁然开朗，原来偏南方向有个洞穴陷在裂缝中，而且没有软梯，遂攀至高处，利用其他软梯摆荡到裂缝位置再爬进去。

这个洞穴确实与众不同，足有四五十平米，里面没有家具陈列，水磨石地面呈标准长方形，类似格斗场。场中央卧着两具尸骸，间隔三米左右，头对着头，手中均握有兵器，显然是在决斗中同归于尽。阿诚心念一动，上前细细查看：左侧尸骸身高一米六五左右，女性，体态匀称，骨骼纤细，牙齿紧凑整齐，胸口挂着块玉坠；右侧尸骸高一米七左右，男性，骨骼粗大，脚掌两边薄中间厚，异于常人。

晓倩与巫师！

由于晓倩触犯了吴琪容忍的底线，为了整个家族存亡他不得不亲自到小木屋请求支援，儒生派巫师进入古堡与晓倩展开殊死搏斗。两人均身怀灵力，深谙玄奥难测的巫术，几经斗法还是旗鼓相当，不得不兵戎相见，以最直接也是最残酷的决斗一拼胜负，最终两败俱伤，双双死于洞穴之中。

然而晓倩的死并没有挽救吴氏家族，一场突如其来的怪病在古堡中悄然蔓延，数百人辗转于病榻力竭而亡，前后两件事之间有无某种联系？阿诚苦思不得其解，围着两具尸骸绕了几十圈，突然眼睛一亮，发现晓倩胸腹间有个圆溜溜的东西：

蜡丸！

蜡不溶于水和油脂，自古以来常作为传递情报的重要媒介，由此可见晓倩出战前已知凶多吉少，故而写下遗言吞咽入腹，期待若干年后真相大白于天下。

也许我们梦寐以求的古蜀文明秘密就在其内，解密只是举手之劳！

阿诚盗墓多年，自诩具备超强的心理素质，此时也抑制不住兴奋之情，怦怦怦，心仿佛要从嗓子眼跳出来，他戴上口罩、手套，两指颤抖着夹起蜡丸用力一捏，里面露出一方叠得方方正正的丝绢。展开丝绢，上面字迹潦草紊乱，显然是在极其匆忙的情况下写成，但所述内容言简意赅，句句令人触目惊心，完全推翻了阿诚（包括我们）先前的设想。

丝绢上第一行便是八个字：乔龙出世，人畜尽亡！

晓倩先简单回顾了自己的身世，她并非孤儿，而是出身于某个家族，这个家族的使命就是寻找古蜀文明余脉，在家族精心安排下得以进入古堡，开始了漫长的暗访。

眼看已搜集到足够证据，基本可以解开古蜀文明秘密，接下来只需暗中通知山下潜伏的同伙里外接应，便可携大批古玩轻松出堡远走高飞，然而就在此时她发觉死亡的阴影正笼罩在古堡上空——乔龙将要出世！

乔龙是古蜀国供奉的灵物，生活于地心熔岩之间，从出生到长成龙形需要一千年时间，它破土而出之日就是古堡覆灭之时。因为乔龙只有十天生命，到了第十天鲜红色鳞片便会化成粉末散布到空气中，它则重新潜入地心熔岩孕育后代，小乔龙呱呱落地的同时它也瞑目离世，然后又是一个千年的轮回。

鳞片粉末中则含有致命毒素，随着呼吸沁入人体后，人便会懒洋洋提不起精神，最终虚弱得不能动弹，气竭而亡。这种毒素极具传染性，不出五天就会蔓延至全堡，无人能躲过这场劫难——数千年前鱼伯后人就是这样集体死亡的。

晓倩找到吴琪，直截了当讲述了古堡面临的危机，指出要避免重蹈鱼伯后人的覆辙只有一条路，降住乔龙！令她百思不得其解的是，吴琪好像早知这回事，但并未放在心上，反而斥责她多管闲事，说你若害怕可以自行离堡，只要有本事通过石像阵，吴某决不阻拦。

晓倩碰了一鼻子灰快快下去，打定主意一定要设法将乔龙降伏——尽管她的使命是窃取秘密，然则十多年朝夕相处，她已对古堡，对古堡里的人产生浓厚的感情，无论如何也不能昧着良心坐视不管。经过精心策划，她的家族运用高级巫术驱使百尸抬石，将克制乔龙的“皲石”偷运入堡内。

传说皲石是女娲补天时遗落的五色石之一，它能发出一种看不见的光，人被照了皮肤皲干、血管爆裂而亡，龙被照了则龙鳞凝固、全身硬直，变成一条僵死之龙，只要阻止乔龙身上龙鳞化为粉末，古堡就得救了。

皲石藏入古堡后，晓倩才喜滋滋向吴琪报告，谁知他听了勃然大怒，大发雷霆，限令她当夜将皲石运出古堡，抛入万丈悬崖。晓倩没想一片好心竟被当作驴肝肺，忍不住翻脸与他吵了一架，然后气呼呼回到山庄，打算自己召集人手对付乔龙。就在这天夜里，巫师秘密潜入古堡。

面对突如其来的威胁，晓倩只得施展全身法数与巫师殊死搏杀，然而她心里清楚地知道，此战无论胜负，吴琪才是真正的赢家，不，其实他也没有赢，因为就在决斗前夕，乔龙出世了。

——巫师的到来大出晓倩意料，吴琪又针对她做了一系列部署，仓促之下已来不及转移皲石，只得让它静静躺在悬湖湖底。

克制乔龙的皲石藏在悬湖！

第三十一章　高峡悬湖

听到这里我质疑道："不对，吴琪在笔记中写得很清楚，他为了吴氏家族的安危才出面找儒生商量共同对付晓倩，怎会明知乔龙的危害坐视不管，反而暗害试图挽救古堡的晓倩？从逻辑上说不通。况且晓倩的记述中多有含糊其辞之处，让人难以信任，一是她的真实身份，出自哪个家族，为何要窃取古蜀文明秘密，除了安排她打入古堡还有哪些手段，都语焉不详；二是乔龙与皲石的秘密，她从何得知，又如何游说整个家族甘心配合她驱使百尸千里迢迢把石头运过来……这些关键之处都不作交代，让人怎能轻易接受？"

阿诚道："起初我跟你一样也疑窦百生，后来静下心一想，还是觉得晓倩的记述可信度更高，原因很简单，吴琪笔记是敞开式的，而且被人为涂抹过，既有文过饰非的可能，又不排除迷惑对手的安排；而晓倩是在决战前匆匆写就，专捡她认为重要的说，根本没时间修饰润色，也不可能说得面面俱到，所以要抓住关键环节，那就是八天后乔龙龙鳞将化为致命粉末，我们必须抢在之前找到皲石！"

"可吴琪为何无动于衷……"

阿诚急得直跳脚："也许他压根不相信，也许有其他复杂因素，总之你不要在这些无关大局的细节上做文章，赶紧寻找悬湖，找出那块救命的石头！"

我困惑地摇摇头，随手接过取自晓倩胸前的玉坠。它只有指甲大小，白中泛绿，隐隐的似有水滴孕育其中，正面刻着连绵起伏的山峦，背面正中是个奇形怪状的字，不像古篆，也非甲骨文。

"好古怪的玉坠。"我说。

阿诚不以为意："可能是晓倩家族的标记吧，古代大户人家都喜欢弄这些古古怪怪的玩意儿。"

蓝真真不知何时已站在我们身后，将玉坠放在掌心，出神地看了好一会儿，道："我也相信晓倩的记述，这是目前为止唯一将百尸抬石、古堡覆灭、乔龙出世等一系列事件连结起来的最合理的解释，无论真伪，都得试一试。"

"悬湖……悬湖又在哪儿？除了地下河和宫殿前的池塘，古堡里没有任何水源。"我见他们意见一致，只得少数服从多数。

阿诚搔搔后脑勺："这是个新问题，读完晓倩的遗书，我第一桩事就是爬到最高处寻找附近有无悬湖，可惜四周全是山丘，一滴水都看不到。"

"地底下是烈焰熔洞，水再多也被蒸发干涸了。"我趁机表达内心的不满，主要是针对蓝真真，不该无原则地站在阿诚那边。

蓝真真蹙眉沉思片刻："晓飞说得不错，倘若没有充足的水源补给，悬湖根本维持不下去，所以它最有可能与地下河相通……小郭说过，地下河的水往高处流，或许最终流入了悬湖。"

提到郭项龙，我们不约而同转过身，他已沉沉入睡，还发出香甜的鼾声。阿诚轻笑道："还是他快活，无忧无愁睡大觉，我们倒成了他的保镖了。"

蓝真真嗔道："别乱讲，这一路要不是他，我们死过好几回了。"

阿诚耸耸肩："开开玩笑而已，我是想，眼下时间宝贵，恐怕不能任由他睡下去，最多……再隔一个小时就得行动，晓飞，说说你的想法。"

我沉吟良久："八天时间，足够我们沿着原路回头，出堡并闯过石像阵，风险远比找一块毫无线索的石头小得多。"

"不行！"阿诚和蓝真真异口同声。

蓝真真说："古蜀文明的秘密到目前为止还没解开，怎能半途而废？再说，你能担保回去的路上遇不到狼人、骷髅魔和恶魂煞瓶，还有躲在暗处的小木屋杀手？"

阿诚接道："何况大家在古堡转悠了这么长时间，倘若弃下大笔古玩不顾，匆匆溜出去逃命，岂非一无所获？须知乔龙鳞片灰化后将荼害几十年，以后就没机会进堡了。"

“退一步说，万一后面查不出头绪，我们留两天时间撤退也来得及……”

我捂住耳朵叫道：“够了，就按你们的意思做……真要查下去，就必须从遇见乔龙的地点进洞，穿过烈焰熔洞抵达生活区，再顺着甬道来到小郭所说的发电机组，直接跳入地下河。”

蓝真真吓了一跳：“你说过河的尽头是一堵石壁，被挟着冲过去会撞得粉身碎骨。”

“后来我反复考虑过，觉得设计者不可能辛辛苦苦把水从地下翻上来，就为了冲击那堵石壁，估计石壁侧面应该设有机关，将强大的冲击力转化过去，源源不断拥到悬湖底部。”

阿诚听了直翻眼睛，显然一时领会不了我的奇思妙想，良久蓝真真慎重地说：“万一不是呢?”

“反正只有八天，横竖是死，不如一搏。”

阿诚哈哈大笑：“晓飞什么时候变得这般豪勇了，难得难得，不过这件事真得好好想一想。”

“我赞成晓飞的意见。”郭项龙突然醒来，开口道。

阿诚喔了一声：“工程方面你是行家，说说你的道理。”

郭项龙慢慢抬起身体，摸摸身上的绷带道：“跟晓飞一样，我也仔细琢磨过水往高处流的原理和动机，发现一个奇怪的现象，那就是水的回流问题。钱塘江大潮每年都死人，很多人并非死于迎面扑来的浪涛，而是被回卷的潮流卷走，地下河也是如此，水流撞到石壁上之后会产生相当强劲的回卷力，这股力量可以在一定程度上抵消后一波浪涛，因此理论上讲，石壁前一百米的水势应该和海边差不多，一浪急，一浪缓，可实际上并非如此，过了发电机组水流简直势不可挡，根本没有缓冲力，可见晓飞的猜测不错，其冲击力都被转化到了悬湖底部。”

屋子里一片寂静。

阿诚道：“真真，你以为呢?”

蓝真真认真思忖一番，道：“值得一试。”

阿诚在我们三个脸上扫了一圈，踱到那口装满玉器的箱子前，摸摸这个，看看那个，长长叹道：“我多么多么想把它们都带回去啊……坦率地说，此刻我特别怕死，特别不愿意冒险，因为我好不容易拥有了它们，转眼间又要分别，心中没底啊……”

我们忍不住放声大笑，一连串失败的阴霾在笑声中一扫而空。稍做休整，蓝真真又替郭项龙换了次药，大家商量一番应付乔龙的对策，重新上路。此时天色已晚，乔龙并没有出现，一帆风顺地翻过石墙，攀上峭壁进入长长的甬道。经过烈焰熔洞时发现原先还算平坦的熔洞中央凹陷出一个大坑，坑口直径约三米，边缘平滑而整齐，像是有人用刀修凿过似的。

石坑便是乔龙孕育并蜕变而出的老窝吗？我们不由加快脚步，生怕它冷不防从里面蹿出来。出了甬道来到生活区，听我们三人交替讲述了那个古怪的迴梦，阿诚若有所思，闷头走了好一阵陡地停住，深沉地说：

“晓倩没有死，她的魂魄还飘荡在古堡上空。”

蓝真真脸色发白：“喂，你不会是说晓倩托梦给我们，要和晓飞洞房花烛夜吧？”

我被说得毛骨悚然，干咳一声道：“不可胡说。”

“1981年，美国生物学家哈里弗在实验室里成功拍下灵魂的影像；1984年，英国物理学家吉布特朗利用核电与光浮技术捕获到坟墓上空的两个影子，这些都从科学角度证明了灵魂的存在，”阿诚说，“而古今中外大量的神话传说中，都认为人的精神与肉体可以分离，像灵魂出窍、神明附体，都是这个基础上的升级版……”

蓝真真打断他的话：“每个人死了灵魂都飘在空中，试想几千年人类发展史，天上有多少灵魂？恐怕它们要为争地盘大打出手了。”

阿诚不慌不忙道：“这是我要说的第二个问题，哪些人的灵魂可以保留下来？根据盗墓经验，魂魄、僵尸的形成，往往是意志坚定、不容易为人左右、临死前还有心事未了的人，对未来强烈渴求的愿望与决心使得魂魄凝聚成团，不会随风而散，故而得以保全。”

向来不喜欢参与讨论的郭项龙也凑过来：“照你这样说，晓倩一个劲地把晓飞往床上引，也是生前极度渴望的事？”

阿诚一愣，捂着肚子笑个不停，我气怒之极踹了他一脚，蓝真真则羞红了脸假装没听见。笑了一阵，阿诚正色道："实际上你们忽略了其中一句话，她说晓飞是第一个读懂她的悲伤和冤屈的人，所以此举有报答之意，要不是真真和小郭拼命阻拦，说不定好事就成了。"

蓝真真扑哧一笑："看来我倒做了桩坏事。"

郭项龙却说："据说阴交大伐人体，很多人因此卧床不起，一命呜呼。"

我猛拍双掌："注意了，出口就在前面，准备跳河！"

大家均神情一紧，束紧腰间绳索——这是郭项龙运用特殊手法打的活扣，其巧妙之处在于，正常情况下可用于相互之间救援联系，但拉力超过一定水平，活扣就会自动解开。也就是说，紧急情况下为了保存实力，只有放弃危难中的同伴。蓝真真对这种思路大加鞭挞，认为缺乏人性温情和集体主义精神，郭项龙也不辩解，干净利索地为她系上活扣。

站到洞口，清冷的山谷风扑面而来，大家齐齐打了个寒噤，郭项龙双臂舒展第一个跳下，蓝真真紧随其后，最后是我和阿诚。落到水里后阿诚和蓝真真未体验过如此湍急的水流，猝不及防间被冲出十多米，幸好有绳索相连，将他们身形稳住。

河面上依稀传来郭项龙的声音："反向凫游，控制好平衡……阿诚、晓飞拉紧点，我要冲过去了！"

汹涌澎湃的波涛中郭项龙扑向石壁，我憋着气瞪大眼睛，只见他即将撞着的刹那急速转身，打了个旋儿消失在腾起的浪花中。

"郭……"

我刚喊出一个字，身不由己被裹挟着向石壁冲过去，耳边听到蓝真真似乎叫了一声，眼前便出现黑压压的岩石，正当我绷起双腿准备前蹬，蓦地身体左侧有股强大无匹的吸力将我一卷，随即身体完全失控，被卷入漏斗形的深渊中。

黑暗、四面八方的压力、无边无际的水……

我一点一点地数着数字，尽可能保持清醒。论水下憋气功夫，我和阿诚都没问题，郭项龙身为特种兵，肯定也经过残酷的训练，唯一担心的是蓝真真，她可能耐不住如此漫长的时间，不过，倘若再拖下去我也吃不消了。

正胡思乱想，旋转的水流陡地一缓，身体慢慢向上浮，大约上升了二十多米，“呼啦”浮出水面，我长长吐了口气，惬意地欣赏着满天繁星，还有皎洁晶莹的月亮，一切是那么美好。

“真真，真真，你在哪里?”几米外传来阿诚的声音，我游过去与他会合，两人朝东游了六七十米还没有看到湖岸，不觉犯起了嘀咕，弄不清悬湖到底有多大，于是齐声喊道：“郭项龙!”

远处隐隐响起回音：“我在西岸!”

妈的，搞错方向了。我和阿诚奋力往回游，游了近两百米才看到黑影幢幢的湖岸线，郭项龙独自跪在岸边礁石上，单臂挥舞个不停。

“真真呢，看到她没有?”

两人水淋淋上了岸就忙着问，然后双双“啊”了一声：蓝真真正仰面躺在郭项龙身边，面无人色，似乎已停止呼吸。郭项龙单手压在她胸口不停地上下挤压，将呛的水从口中、鼻中压出来，过了会儿听听脉搏道：

“谁帮她做人工呼吸?”

我和阿诚对视一眼，都不好意思迈出这一步。

“不会是吗？我来。”郭项龙挽起袖子，深吸一口气，嘴唇印在蓝真真嘴唇上。

我和阿诚又对视一眼，眼中说不出的懊丧与难过。

第三十二章　万鱼大战

救醒蓝真真后气氛有点微妙，大家围在篝火四周烘烤衣服，一句话也不说。郭项龙坐了会儿拿着藏刀下水，没多久叉回几条淡白色透明小鱼，虽然没盐没油，还有浓浓的鱼腥味，大家还是吃得很香。

这里是座环形山峰，四周高，中间低，湖水正好填充了凹陷的地方，湖面至少高出地面一百米以上——类似于天山上的天池，悬湖大概由此得名。站在岩石向四周鸟瞰，发现峭壁间其实有路可循，只是之前我们从未往这方面想过，却选择了从地下河潜入。星光下依稀可见排列整齐的生活区，银白亮带似的地下河，古堡的夜晚分外宁静。

悬湖呈不规则的椭圆形，东西长约六百多米，南北有九百多米，水深近二十米，比中小规模的水库大得多。这么大的水域底下寻找一块石头——这可不是当年我们潜水摸铜钱，八天时间远远不够，以我们的体力恐怕坚持不了几天就累趴下了。

"小郭，谈谈你的想法。"阿诚打破沉默道。

郭项龙边在岩石上打磨刀锋边说："百尸抬石入了古堡，接下来的工作恐怕不能依靠这帮没有智慧和生命的尸体，只能是晓倩，顶多再加两三个帮手，连夜将铍石藏到湖底，假设他们走的线路与我们一样，那么必然有两点，一是藏匿地点不能太偏，要便于打捞；二是藏匿手法别出心裁，防止遭到其他人破坏，我估计应该紧靠着岸边，而且有某种特殊标记。"

"铍石对人体有很强的杀伤力，她怎么能……"蓝真真问。

阿诚道："晓倩具有灵力，又会巫术，自有应付的办法，她将石头藏到湖底，本意并非提防有人窃取，因为她还想着与吴琪合力挽救古堡，更想不到当天夜里巫师便入堡，主要担心铍石对古堡居民的伤害……明天起我们沿着岸边搜索，最多两天就能找到。"

郭项龙笑了笑道："不是明天，就从此刻开始，我们三个分区域行动，每两个回合休息十分钟，六个回合后睡两个小时，真真负责烘烤衣服。"

"啊!"我和阿诚抗议道，"这简直是特种兵的训练强度，我们吃不消。"

郭项龙收敛笑容，指着亮晶晶、平静如镜的湖面说："我有种感觉，悬湖底下有名堂，因此宁可把时间紧在前面。"

说干就干，我们将南区分成三块区域切块承包，各人再将湖岸线划分为若干格，腰间系了绳子，另一端绑在礁石上，开始下水搜寻。郭项龙手巧，将手电筒收集起来捣鼓了一阵，居然凑了三只潜水镜，为我们水下作业大开方便之门。

搜到天色微明，我和阿诚各入水十五六趟，郭项龙则达到二十四趟，并无收获。湖底生态环境比较独特，没有常见的藻类、水草和贝壳，淤泥也不多，鱼类只有那种淡白色透明小鱼，成群结队游着，见了人也不避让，大摇大摆从我们脸上、胸前、胯下经过，很有些绅士风度，亦不知它们靠吃什么为生。

回到篝火边大家简略地交换了一下情况，郭项龙提醒说湖底太过平静反而不是好事，接下来更要抓紧防范。他还说了几种紧急情况下联络逃生的办法，可惜我和阿诚太累了，没听两句就迷迷糊糊睡着了。朦胧中感觉有人给我盖了件衣服，还在我额头上吻了一下，也许是蓝真真吧，我想，如果是郭项龙的话我宁可跳到湖里淹死。

太阳升到一竿高时我又被叫醒，吃了几条烤鱼，舒展一下筋骨，继续搜寻工作。经过夜里的摸索总结，搜寻速度和效率大为提高，临近中午已完成了一百五十米，照这样下去，保守估计三天就能搜完整个湖岸。

就在我打着如意算盘时，阿诚那边出现了状况。当时我水淋淋爬上岸准备稍作歇息，阿诚突然从不远处冒出来，脸上布满惊惶之色，双臂乱舞了一通又沉下去，我当即将藏刀衔在嘴中，深深一个猛子扎下去，连潜带游向阿诚的位置靠近了七八米。蓦地横移里一股水流打着漩儿急涌而至，险些把我卷进去，我迅速向上浮，不料水下有某种不可思议的吸力，任我费多大力气都无法挣脱。闪念间我出了一身冷汗，暗想难道遇见躲在湖底的冤魂？据说淹死的人大都感到自己冤屈，不肯重新投胎，躲在水底等待下一个人代替自己，即所谓替死鬼。

正当僵持不下之际，右侧黑影一闪，郭项龙出现在我眼前，拦腰一转一抬便将我抽离那股吸力，退后几米才发现下方有个深黝黝的黑洞，咦，黑洞怎么会在移动？

没等我想明白，水底暗流汹涌，黑洞迅疾无比地向我们冲过来，这才看清它后面连着小山似的躯体，足有十多米长，两辆载重卡车那么大，全身乌青，两腮各有一块硕大的红斑，红斑周围长满了几米长的胡须。

鱼！这是一条巨型鱼王！

悬湖湖底只有一条暗道与地下河相通，水流只能进不能出，这条鱼王何时进来，又经历了多少年才长成如此规模，这么大块头靠什么为生？一连串的问题从我脑海中掠过，而郭项龙的反应比我的念头更快，拎起我衣领急速上浮，转瞬闪到鱼王侧面，成心欺它个头庞大，不容易拐弯。

果然，鱼王横移的速度明显慢了许多，我和郭项龙趁机浮到湖面透了口气，急急向岸边游去。不过几秒钟工夫，那股凌厉无比的吸力再度出现，我们不得不潜入水中并改变游行方向，游向与它身体成直角的区域。

一前一后游了一百多米，眼看已超过湖心位置，深入到从未探测过的湖面，鱼王速度微降，似乎在犹豫追不追。我们当然不会错过这难得的机会，加快速度一路潜游，逐渐拉开与鱼王的差距。又游了几十米，前面突然一黑，好像到了岸边，怎么回事？这会儿我们应该在湖中心偏北位置，离最近的湖岸线也有三百多米。

再靠前一看，两人都傻了眼：从湖面到湖底，密密麻麻排列着成千上万条大鱼——均一米多长，身子窄如长箭，鱼头像三角形箭头，浅蓝色鱼鳞，碧绿的双眼在水中格外诡异。所有箭鱼都飘在水中，方向朝着我们，仿佛古代持弓待发的箭阵，只等一声令下便万箭齐发。

“哗啦”，两人水淋淋浮出水面，我匆匆问：“惹麻烦了，怎么办？

要不你先施展水上飘功夫逃生。”

郭项龙皱眉瞪了我一眼，显然不熟悉“水上飘”是什么功夫，抹了把脸道：“阵容太强大了，我看未必冲我们……再看看。”

潜入水中，却见鱼王也停止追击，悬在水中一动不动，气氛紧张到极点。

郭项龙做了个手势，两人以缓慢的速度向东岸移动，虽然一时半会儿逃不出它们的攻击范围，总比夹在中间做三明治好。鱼王见我们试图逃跑，蠢蠢欲动，但对面万箭阵也泛起阵阵涟漪，显然在暗示对方，如果轻举妄动的话别怪我们不客气。鱼王真被吓住了，按兵不动。

没多久我们离岸只剩下四五十米，换在平时不过数分钟的事儿，未料场面形势陡变！

鱼王不知犯什么邪，身体大幅度摇晃两下，掀起阵阵波涛，万箭阵瞬时启动，箭鱼如一枝枝利箭射向鱼王。鱼王并不惊慌，大嘴一张一合便吞下数百条箭鱼，然而箭鱼依然一波波向前推进，尤其从两侧进攻的直接撞到它身体上，尖利的鱼头深深刺进去，立即腾起大股大股的血雾。鱼王吃痛，身体扭得更厉害，所向披靡的大嘴横扫千军，吞下无数箭鱼，但也有漏网之鱼避开嘴巴刺到它脸上、腮上，疼得鱼王急剧颤抖。

我和郭项龙见状想趁乱逃跑，谁知身体一动就有几十支利箭射过来，除了尖锐坚硬的鱼头，倒竖起来的鱼鳞是杀伤力很强的武器，不多时两人脸上、身上、手臂便多了十几道血痕，无奈之下只得滞在原处不动，倒也相安无事。

岸上的蓝真真听到动静，又见湖面大片血花，连忙跑过来查看，大声呼唤我们的名字，郭项龙连连摇臂，示意她不能下来。

水下万鱼会战已至白热化，鱼王身上刺了数以百计的箭鱼，远远看去活像一只大刺猬，但它雄风不减，依然在箭阵里猛打猛冲，吞了一茬又一茬箭鱼。箭鱼也后劲十足，万箭阵丝毫不见松懈，还是黑压压一片，还是义无反顾展开冲击。整个区域全是鲜红的血水，使水下能见度越来越差。

连番潜游、逃亡，我体力严重透支，手脚渐渐乏了力，身体也把握不住平衡。郭项龙单手托在我身下，喝道："再坚持会儿!"

蓝真真在岸边问道："阿诚呢？阿诚哪去了？"

我们都没有回答，同时潜入水中。

鱼王在混战中冲到万箭阵前，大嘴几乎来不及张合，听任箭鱼射入嘴中，它的双鳍和尾巴开始发挥威力，不停地摆动、甩挞，打死大批箭鱼。此时郭项龙突然做了个大胆的举动，闪电般游到鱼王身下，挥动藏刀在它腹部拉出一条长长的血口。负痛之下鱼王在湖里来回翻滚，掀起的巨浪使我难以控制平衡，连喝几口水，神智变得模糊起来，只觉得肩窝一紧，一只强有力的大手挟着我游向岸边，然后被平放在岩石上，胸腹间被狠狠一击，"哇"，吐出一大口水，这才清醒过来。

湖面急剧波动后渐渐平息，泛起的血水逐渐被稀释以至于无痕，恢复到原先碧绿的水色，唯有湖面浮起的一大片死鱼证明刚才的激战。

蓝真真还在追问："阿诚呢，你们看到他没有？"

郭项龙看着湖面，嘴角抿成坚硬的直线，沉默良久缓缓道："他……被鳐鱼吞进肚里了。"

"什么?!"我大惊失色。

蓝真真当即泪流满面，几乎瘫倒在地："你，你怎么知道？"

"我亲眼所见，当时我们俩离得很近，潜游到湖底时他突然向上浮，紧接着一个巨大的黑影出现在后面，他浮出水面后大概想逃，黑影却张开大嘴将他硬生生吞了下去，然后晓飞也游过来……"郭项龙平静地说，"我在部队执行任务时曾遇见过这种鱼，学名叫鳐鱼，民间俗称大肚子鱼，是一种稀有的上古鱼类，生活习性类似于鲸，以吞吃小鱼和微生物为生，一般来说体形不超过五米，像这么大的块头从没听说过……"

"我不想听这些，"蓝真真打断他的话，"我只想知道，你们如何救阿诚?"

我皱皱眉头。

郭项龙温和地说："不把情况介绍清楚，怎么商量对策？你有好主意了吗?"

"我，我……"她一跺脚，"我就是着急才问你嘛，按常识，人被鲸吞进去后最长只能存活四十分钟，否则将被它胃中的酸液融化，所以越快越好！”

“这条鲻鱼王体长十二三米，嘴巴直径达两米，皮下脂肪估计厚达一米，藏刀只能给它留点小伤，无法造成致命打击，”郭项龙还是一副不紧不慢的样子，“即使我和晓飞下水，能杀掉它的概率只有1%，而被它吞下的概率是99%。真真，你认为我们应该怎么做？”

蓝真真被问得瞠目结舌，讷讷说不出话来。

第三十三章　金字之塔

见她这副窘态，郭项龙突然哈哈大笑："开个玩笑，其实鲻鱼王远没有那么恐怖，我郭项龙也非纸糊的灯笼，之所以说这些不过是想提醒你，关心阿诚是对的，但要建立在合乎情理的基础上，不能因此漠视别人的生命……他是雇主，他死了我这趟等于白来，怎会不尽力?"

蓝真真脸涨得通红，牙齿将嘴唇咬得发白，狠狠瞪了我们俩一眼蹬蹬蹬跑开了。

郭项龙倒有些尴尬，半解释半自嘲道："开玩笑而已，她好像当真了。"

"很有创意的玩笑，"我拍拍他安慰道，"赶快想个法子吧，她说得不错，鱼腹里有胃酸。"

他叹了口气："我也不知道……或许因为想不出办法，我才变得烦躁，忍不住出言讥讽真真，唉，但也说明一点，在她心目中阿诚的分量稍稍重些。"

我心里一阵刺痛，凄然道："我又何尝没看出来? 不过只要有1%的希望，都要尽99%的努力，这与感情问题无关。"

他也拍拍我："晓飞，你是条汉子!"

两人对着湖水闷坐，蓝真真站在二十米开外的礁石上，赌气似的往湖里扔石子，扔了一颗又一颗。看着看着，我脑中灵光一闪，跳起来道："鲻鱼王没有牙齿，完全是吞食!"

"当然，这与救阿诚有何关系? 难不成我们俩也跳进去?"

"不，既然它来者不拒，我们索性让它吃个痛快。"

郭项龙先是迷惑不解，把我的话慢慢咀嚼一遍后眼睛一亮："我明白了。"

两人在湖边忙碌起来，蓝真真远远坐着余怒未消，也不过来帮忙，十分钟后我们拖着一大把绳子跳下水，游到阿诚遇袭的地点向下沉，沉到二十米左右果然看到一大团黑影伏在湖底，上面还竖着许多小刺，那是舍身攻击的箭鱼尸体。

鳐鱼王对我们的窥探无动于衷，刚才那番苦战它受伤不浅，实在很累了，需要好好休养。郭项龙拽过一根绳子，另一端系着块百余斤重的石头，举起来掷到鳐鱼王厚实实的背上，“呼”，水波荡漾，它被激怒了，从湖底一跃而起径直向我们冲过来！

“动手！”

郭项龙喝道，连续抱起石头掷过去，我则忙着将绳子拖曳过来，及时运送子弹。鳐鱼王的大嘴巴对石头照单全收，不出三分钟竟然吞下九块，加起来超过六百斤！

第一轮投掷后我们向北游去，鳐鱼王紧追不舍，但速度比刚才慢了不少，也难怪，胃里多了几百斤石头嘛。看到它似有停滞之意，郭项龙又折回去扔了两块，这回它不再傻乎乎吞下，而是往旁边一闪，用身体将石头推开。郭项龙攻势更猛，接二连三投下石头，鳐鱼王开始向后缩，左拙右支，身体笨拙得有些狼狈。我们逼到离它十米之内，简直不是投掷，而是将石头往它嘴里推。它的嘴紧紧闭着，身体急速浮到湖面剧烈晃动，胃肠经受不住几百斤石头坠压，翻江倒海地蠕动，并发出咕噜咕噜的声音，顷刻间大嘴猛地张开，喷射出一股白色液体，我们一眼看到夹在石头中间的阿诚，急忙游过去。

鳐鱼王如释重负，甩甩尾巴又潜入湖底休息去了。

阿诚衣服沾满了黏滑的液体，气味十分难闻，类似腐败的鸡蛋和臭鱼味。蓝真真又惊又喜，捏着鼻子用湖水将他冲刷了一遍又一遍，随后脱下他的衣服泡在水中。阿诚大口大口地喘着气，神色萎靡不堪。

原来他被吸进去后，随着倒流的湖水灌入胃中，顿时感到自己被塞进一个装满湿衣服的巨大仓库里，伸手不见五指，而且闷热得要命。伸手朝四周摸去，到处都是黏滑、柔软的东西，还不时咕噜直响。身体被粘粘的东西夹得很紧，似乎陷在一个极小的空间里，可以蜷曲和翻身，就是不能前后移动。湖水一次次灌进来，又回流出去，加上鳐鱼王摇摆个不停，使他产生严重的晕眩感——其时它正与箭鱼激烈搏杀，几乎要失去知觉。迷迷糊糊不知过了多久，胃腔急剧蠕动起来，壁腔分泌的粘液让他无处逃遁，如万蚁噬心，他心里清楚，这是胃酸在腐蚀全身，自己时日无多了，不料刚生出此念，身体便如出膛的炮弹射出去，终于呼吸到自由的空气……

“对一个生物学家来说，鱼腹之行是难得的生存体验吧。”我揶揄道。

他悻悻道：“他娘的，我宁愿永远忘了这场噩梦。”

鳕鱼王和箭鱼的出现给搜寻行动带来麻烦，它们的势力范围将近四分之一区域，稍有不慎便将遭到追杀，但从另一个角度讲，皲石倒有可能藏在附近，因为巫术讲究灵物护宝。

我们围坐在火边考虑了一套又一套方案，均不具备可行性，后来实在挺不住打了会儿盹，醒来时太阳已升到山腰，又是一天过去了。蹲在湖边洗脸时，湖面渐渐涌起波涛，过了会儿中心区域巨浪滔天，水中隐隐有黑影游动。这股异动迅速波及四周，一时间湖面上卷起无数个漩涡，不时翻腾出团团血泡。

鳕鱼王又与箭鱼干上了？这样看来，它们之间的争斗与我们毫无关系，似乎为了某种利益或生物演化的本能。

郭项龙道：“真难为它们，为了抢地盘日复一日、年复一年地厮杀，否则鳕鱼王的块头还会更大。”

蓝真真终于主动搭话：“或许正是设计者的匠心，故意放两种水火不容的鱼类在里面，让它们彼此制约又能长期共存。”

阿诚目光闪动：“不见得，从悬湖的位置看，设计者煞费苦心在这里设置个规模空前的人工湖，一定有风水五行和整体布局的通盘考虑，像鳕鱼王这种兴风作浪的大型鱼应该不在他计划之列……四年前我在江西盗了个明朝嘉靖年间的墓，主墓室没捞到油水，无非几只民窑和玛瑙，失望之下正打算原路返回，却发现靠近侧墓的砖墙上有个小洞。洞里一只大蛇与两只毒蟾蜍在对峙，身上伤痕累累，皮开肉绽，但谁也不退让，未几混战一番，大蛇将毒蟾蜍紧紧缠住，毒蟾蜍则咬住蛇的七寸不放，僵持了半个多小时，最终两败俱伤全都死翘翘。我想起前辈说过的一句话，古墓蛇争，必有异珍，遂顺着洞向里挖，果然在泥墙里挖出个铁匣子，打开一看是颗鸡蛋大的夜明珠。”

我悟出他的含意：“鲻鱼王与箭鱼也在争夺某件宝贝？”

“总之对它们本身有莫大的好处，”阿诚道，“鱼类和蛇一样，没有逻辑思维，行事完全凭感觉。”

湖面上的巨浪掀至四五米高，水雾被风一吹飘到岸边，洒得我们满脸水珠。郭项龙说战事应该差不多了，不如下去看看。于是各自戴了潜水镜贴着岸礁滑下去，小心翼翼靠到湖中央主战场。

水里已是一片殷红，数以万计的箭鱼正围着鲻鱼王反复冲击，鲻鱼王的嘴巴则所向披靡，每张合一次至少吞下几十斤入肚。激战中箭鱼开始改变策略，主攻鲻鱼王的眼睛和双鳍，这一来鲻鱼王有些挺不住了，慢慢向后退，退至湖中心偏西位置时双方像是达成某种默契，箭鱼停止追击缓缓向北撤退。

我和阿诚轻划双臂准备跟踪鲻鱼王，郭项龙拉住我们，手指朝北方一指，意思是跟踪箭鱼。于是在水里滞停片刻，等大部队消失在视野后才尾随着几个落后分子而去。一前一后游了三百多米，湖底地势陡地一高，越过山谷，前面是群峰林立的湖底石林地带。我暗暗吃惊，本以为悬湖底一马平川，看来是低估其复杂性了，如此说来地下河未必是唯一的通道。

越过两道拱形石梁是一条两侧高中间低的封闭谷道，沿着谷道向前游，地势猛地一陷，眼前出现一个环形地坑，直径达二十多米，四周全是滑不溜手、长满苔藓的峭壁，黑乎乎阴森森直抵最深处。箭鱼们齐刷刷急转弯，火箭般直冲入地坑。

郭项龙又做了个手势，三个人齐齐浮出水面。

“怎么办？”他问。

阿诚说：“什么怎么办，继续追踪！”

郭项龙沉声道：“地坑深不可测，里面究竟有什么名堂我们一无所知，就算不冒出怪物之类，单几万条箭鱼就够受了，而且越往下水压越大，到达一定深度时人体会吃不消……”

“就下去看看，危险的话赶紧上来，考虑那么多困难干嘛？”阿诚转向我，“晓飞，你说呢？”

我明知他的目的根本不可能仅仅下去观光，但事已至此，总不能揣着糊涂回去吧，遂道："看就看，不过要注意安全。"

商量妥当后三个人成品字形沿着谷底潜入地坑，地坑四周岩壁蕴含着丰富的晶体，将湖面透射的光层层折射下来，整个坑洞朦朦胧胧像舞厅似的，充盈着淡淡的荧光，可以看到三四米范围的景物。坑口向下又沉了十多米，耳膜嗡嗡直响，仿佛有人用力挤压耳朵，我冲阿诚做手势，阿诚视而不见，嘴唇抿成一条线继续下沉。

我有些着急，用力急划两下追至郭项龙脚踝拉了两下，他正在发呆，身子折过来朝右下方点点戳戳，神情既激动又夸张，好像看到什么不可思议的东西。我游过去顺着他指的方向一看，胸口狂震，呼吸紊乱得差点呛进水，霎时感觉自己穿越到另一个世界：

地坑深处，端端正正矗立着一座石块垒成的方锥形建筑！三面由三个标准正三角形组成，顶上是紫金葫芦，由上往下逐渐变宽，并有阶梯和走廊，石壁上雕刻着各种浮雕壁画，底部是修砌整齐的汉白玉围栏。

金字塔！

如假包换、完美无缺的金字塔！

这是继玛雅遗址之后，埃及之外第二处发现的金字塔建筑！

我伸出双臂，抚摸着冰凉的塔身，恍然在抚摸一个千年以前的旧梦，它带着沧桑和诡谲，若有若无展示世界文明起源的共同密码，是的，金字塔不仅属于古埃及，它是人类探索未知世界的窗口，是来自神秘而不可知文明的通道……

也许过于震惊之故，胸口开始烦闷起来，眼冒金星，这是缺氧的症状，我赶紧放弃研究，做了个手势后匆匆上浮，他们也捱至极限，恋恋不舍撤离。

再度浮出水面后，讨论的不是是否下去，而是怎样尽可能延长在水下的时间，最好能找到入口进去探个究竟，因为很明显，晓倩绝对是将皲石藏在塔内！

第三十四章 木乃伊棺

根据科学家实验，金字塔独特的建筑结构利于吸收太阳光，分散对人体有害的紫外线，同时能贮藏水果、食物，保持水分蒸发和防止变质，同样，将具有强烈放射线的铍石藏于塔内，能避免射线外泄，而且地点隐蔽，不易被人发现。

蓝真真听说水下有金字塔，坚决要和我们一起下去，表示哪怕看一眼，即使死在怪病之下也可含笑九泉。我说没这么严重，金字塔的图片到处都有，随便买一本可坐在家里看个够。蓝真真说此金字塔不同于彼金字塔，就像玛雅金字塔不同于埃及金字塔，说不定能发现古蜀文明与古埃及文明的渊源。

郭项龙还在旁边表示质疑，认为不能草率地将这个建筑定义为金字塔，也许纯属巧合。阿诚说历史不存在巧合，凡是出现的东西都有其必然性，就看你怎么去理解。

提到巧合，我想起了纬度三十度之谜。在这一纬度线上，奇观绝景比比皆是，自然谜团频频发生，如钱塘江大潮、巴比伦的“空中花园”、约旦的“死海”、古埃及的金字塔及狮身人面像、北非撒哈拉大沙漠的“火神火种”壁画、加勒比海的百慕大魔鬼三角区，以及玛雅文明遗址……这条奇特而神秘的纬度线还贯穿四大文明古国，许多千奇百怪的事至今无法解释。孕育古蜀文明的四川盆地也位于北纬三十度，而三星堆遗址不偏不倚正好跨在线中间。

郭项龙解开背后的百宝囊，蹲在礁石边敲敲打打，拼装着什么，我在地上把金字塔形状画出来，分析入口的位置。阿诚在一旁踱了半天，说眼见为实，我同意晓飞在两年前说过的话，真真，你还是认输吧。

蓝真真倔强地摇头：“我承认晓飞的观点有一定道理，但不能广泛适用于所有情况，如果把目前难以用科学解释的现象都归集于史前文明，都认为是外星人的杰作，还要史学家干什么？大家只需坐在家里等外星人光临指导就行了。”

“唉，辩论了两年你还没搞清我的论点，”我忍不住反驳道，“史前文明和外星人是两个不同的概念，就算最主流的科学家也接受了地球此前已经历过一次或一次以上文明的理论，无论是行星相撞、彗星入侵，还是核战争、冰川时期，总之此前一次人类已达到相当高度的文明，因此留下大量痕迹和线索……”

“所以你认为金字塔是史前文明的建筑？”蓝真真打断我的话。

“不是我认为，而是……”

阿诚又打断了我：“而是百分之八十的专家都认为，你想想，例如胡夫金字塔，由二百三十万块石块堆积而成，假设工匠们每天工作十个小时，每小时需摆放三十一个石块（大约两分钟放一块），一天不休息也得二十年才能完成，而且是在没有任何起重工具，只有原始树干辅助的情况下，工匠们怎样把重达两吨的石块从远方搬运过来，又怎样一块块叠成规模巨大的金字塔？”

蓝真真一味摇头：“你想不通的事，古人不一定做不到。”

三个人争执成一团，谁也说服不了谁，这时郭项龙走过来，他利用百宝囊里的材料做了几只氧气罩，虽然粗陋简单，但能在此前的基础上再延长两分多钟，对水下探测来说，哪怕多一秒钟都弥足珍贵。

阿诚到底没能劝阻住蓝真真，只得带着她一起下水。为提高速度，把宝贵的时间用于研究金字塔，我们用绳子拖着石头游到地坑上方湖面，然后齐齐抱着石头沉下去，很快抵达水下四十多米深度，金字塔汉白玉围栏前。

几百条箭鱼悠闲地在塔身四周游弋，对入侵者熟视无睹，也许在它们看来只有鳐鱼王才是敌人。我们静静观察了会儿，发现不时有箭鱼在右后侧轻巧地穿来穿去，游过去一看，果然有个半人高的铜门——在水里浸泡了数千年，铜门依旧光滑锃亮，没有一点锈斑或破损。门半敞着，箭鱼在其中进进出出，好像鸟儿归巢一般。

郭项龙打头阵，一行人随着箭鱼游进去，金字塔底层是扁长的通道，宽一米左右，高六七十厘米，只能直着身体在里面潜行，由此可见此塔开始就建在水下，不然不可能有如此古怪的设计。围着通道绕了大半圈，通道里拦着上百只铜片，轻轻一推便开，不清楚有什么用意，直到尽头一堵石墙挡住去路，但墙根角落有个小铜门，需要团起身体才能进去。郭项龙看了我们一眼，似乎有些犹豫，也难怪，转眼间入水已经一分多钟，倘若小铜门后有什么古怪，来不及退出金字塔，将活活窒息而死。我竖起大拇指向上，表示应该撤退，阿诚和蓝真真却不约而同指着小铜门，急欲进去看个究竟，无奈只得服从。

郭项龙用手一推，铜门晃了一下竟没推开，他退后半米双手再推，只开了一条缝，我和阿诚见状上前一起用力，这回开了半截。郭项龙手一挥，蓝真真如滑溜的鱼闪了进去，接着我、阿诚、郭项龙依次跟进。进来后才发现小铜门背后有个类似弹簧的动力装置，紧紧压住门背，使门不能轻易打开。

大概是防止箭鱼随意闯入吧。我想。

还是扁平狭窄的通道，麻花似的弯弯扭扭，中间依然有无数只铜片，游了十多米又到了尽头，墙角小铜门与刚才相似，又费了番力气才推开。

我心里慌了起来：这样无休止游下去何时才是头？我们又没带氧气瓶，后面怎么撑下去？

就在忐忑不安之际，甬道开始拐弯向上，连续转了两个将近九十度的大弯，然后又是一个小铜门。我都快绝望了，双手拼命在他们面前挥舞，表示这是最后的机会，否则残余的氧气根本不足以安全撤离。阿诚看都不看我，蓝真真一个劲地朝小铜门指，郭项龙则一副舍命陪君子的架势。我暗叹一声，这才发现蓝真真血管里也流淌着与阿诚相似的鲁莽与不计后果，而我却是理性思维占上风，难怪他们俩走得更近。

郭项龙用力推门，不动；阿诚加上去，还不动；我也上去推，仍然不动；蓝真真双脚顶在石壁上，双手推在我后背上，“嘭”，铜门猛地敞开，一股凌厉无匹的力量将我们四人全吸进去。“嗖——”身体好似子弹出膛射向前方，劲风扑面使得眼睛都睁不开，耳边响着尖利的风声。

这一瞬间我只来得及闪过一个念头：咦，我能呼吸了！

高速飞行带来严重的离心力和晕眩感，我胃里阵阵翻腾，几乎要吐出来，突然间去势一缓，紧接着身体失去重心，划了道弧线重重落在地面，刚想喘口气，“唰”，蓝真真一头撞进我怀里，又把我顶了个七晕八素，眼冒金星，心里却明白了金字塔高深莫测的设置：这一路上甬道里的铜片，还有安装了动力装置的小铜门，以及弯曲蜿蜒的线路，都在做同一件事——阻断水流，降低水压，等到最后一道铜门，里面应该类似于半真空的虹洞结构，能够完全切断水流，使金字塔内部空间自成一体。

出口大概另有神奇而玄妙的设置吧。我想。

好不容易挣扎起身，郭项龙和阿诚也从地上爬起来，眼睛直勾勾盯着几米之外的石棺。石棺斜放在墙角，棺盖倚在一边，显然已被打开过。石棺右侧有个铜门，上面雕满了精致美妙的花纹，整个石室除此之外并无一物。我们对视一眼，同时腾起个念头：僵尸！它在看守入口！

郭项龙挥手示意蓝真真退到对面角落，我们三人则手握藏刀包抄上前。一步，两步，三步……石棺始终没有动静，围到棺边一看，里面躺着个深褐色干尸，毛发俱全，皮肤如年衰的老人皱在一起，看上去像十多岁的孩童。

“这……不像僵尸？”郭项龙疑惑道。

我和阿诚异口同声道：“木乃伊！”

蓝真真一听跑过来，端详一番肯定地说：“的确是木乃伊。”

郭项龙喔了一声：“以前只听说过，从没亲眼见过，能做到尸体千年不腐，而且不改变人的容貌和生理特征，确实不容易。”

“木乃伊一词在古埃及语中的意思是沥青，专指干枯不腐烂的尸体，”蓝真真介绍说，“埃及人制作木乃伊时，先用铁钩从尸体鼻孔中掏出一部分脑髓并注入药料进行清洗；然后用石刀在腹部侧面切一个口子，把内脏完全取出来，洗尽腹部，再用椰子酒和捣碎的香料填到里面去，照原来的样子缝好，最后把尸体在碱粉里放置 70 天，充分吸取水分后用细麻布将它包裹起来，外面涂上树胶，放到特制人形木盒里运入墓室。当然这种制作方法比较昂贵，只适用于法老、达官贵人和富翁；穷人的制作则简单得多，只将腹部掏空后清洗一下，把尸体放到碱粉里浸 70 天后吹干，然后葬到干燥的沙丘中。”

郭项龙慎重地说："掏脑髓和腹腔，即便现在的医院也算是大手术，远不是说说而已的事。"

阿诚道："所以在制作木乃伊的过程中，古埃及人积累了丰富的解剖学知识，初步了解到人体血液循环和心脏功能的关系，以及大脑对人体的作用，据说曾有科学家在某个金字塔里发现一具木乃伊动过脑部手术，也不知是真是假。"

"这是什么?"

郭项龙指着木乃伊胸前一块绿色心形石头说，想把它夹起来细看，我赶紧阻住他，道："这是护身符，通常放在心口，上面用古埃及文刻着'保持死者的心，使它不产生危害主人的东西'，镇住它，防止产生类似僵尸尸变的情况。"

"哦?"郭项龙兴趣越来越浓，"木乃伊一旦复活，会比僵尸还厉害吗?"

我们都摇摇头，虽然小说里有过木乃伊复活的故事，现实生活中好像未曾听说过。

阿诚道："金字塔历来是神圣庄严的地方，里面有不少鬼神的布置，前几年不时有报道，说西方许多探险家和学者进去后莫名其妙猝死，身上一点伤痕都没有，完全检测不出因何而死……"

蓝真真敲了他一下，嗔道："喂，此刻我们就在金字塔里，少讲些耸人听闻的话好不好?"

"我说的是古埃及金字塔，那里面有历代法老的诅咒和祭语，跟我们这个不一样。"阿诚不服气地嘀咕道。

"咦，对了，木乃伊身上为什么没有裹尸布?"蓝真真问。

我笑道："大概它嫌热吧。"

阿诚脸色渐渐凝重起来："这可不是闹着玩的，古墓里任何异常情况都可能带来难以估量的风险，何况裹尸布本身对木乃伊十分重要……"

石棺突然微微动了一下，我的腰抵在棺边，感觉到颤动，道："谁在摇晃石棺？小心点。"

阿诚等人都抬起双手："我们没动啊。"

“不会……”

我刚表示不信，石棺又动了一下，这回很清楚，四个人的身体都离石棺不止二十厘米，没有人恶作剧，唯一的可能就是——

石棺自己在动。

不，石棺当然不会动，动的是木乃伊！

第三十五章　文明密码

木乃伊复活了！

我们同时闪过这个可怕的念头，仿佛为了证实似的，石棺又大幅度摇动一下，接着木乃伊慢慢直起身，颈部机械地一寸寸移向我们，两眼一睁，暴射出骇人的精光！

刚刚郭项龙的问题正式摆在我们面前：木乃伊复活后比僵尸厉害吗？它的职责是否是看守入口，杀掉每个入侵者？对付它有什么有效的武器？

“火攻！”

郭项龙喝道，阿诚如梦初醒，从怀里掏出灌着原油的保温瓶甩出一道抛物线，正好从头到脚浇在木乃伊身上，郭项龙随即点燃打火机扔过去，“轰！”火焰呼地腾起，瞬时传来刺鼻的焦糊味儿。

“还是小郭反应快。”阿诚松了口气。

谁知火焰中人影一晃，木乃伊居然慢慢站起来，以缓慢的速度爬出石棺，更令人匪夷所思的是，它的头发还在燃烧，整个头部宛若一颗火球！

“它，它不怕火！”

阿诚吃吃道，冷不防木乃伊歪过头张开大嘴，“呼”，一股红色火焰直喷向他，阿诚慌忙避开，在地上打了个滚。木乃伊转向我又一喷，幸好我早有防备，跳开两步让过。郭项龙趁它不备，从背后扑上去一脚踹过去，木乃伊仿佛后脑勺长了眼睛，径直反手一抄捉住他脚踝向前一拖，郭项龙双腿劈成一字形——也就是他能应付这一招，换作我和阿诚肯定被撕掉韧带了，他右手挥刀扎向它后心。木乃伊扭头“呼”喷出一股烈火，郭项龙身体空翻一圈堪堪躲过。我和阿诚一左一右持刀猛刺，木乃伊攥着郭项龙的脚踝挡在前面，我们只得收刀，却被它抡起郭项龙身体打倒在地。

郭项龙知道自己受制成为它的武器，单脚撑地扑上去连打带刺，木乃伊冷静如职业杀手，见招拆招，防御得密不透风，转眼间交手十多招，郭项龙脚踝始终被紧紧捏住，硬是拿它没办法。

我见缝插针上前连刺两刀，均被木乃伊灵巧地躲开，联想起僵尸对白刃的无所顾忌，我悟出点名堂：木乃伊毕竟是血肉之躯，也像正常人一样畏惧冷兵器，必须给它造成身体伤害，才能打开局面，遂振作精神连连抢攻。阿诚猛地一个虎跃，双手抓住它肘部往石棺边一撞，木乃伊手臂滴溜溜转了三百六十度，反而劈手一掌，在阿诚臂上抓了三道血痕，伤口渗出黑色的血珠。

我们一呆，原来木乃伊爪子上有毒！

阿诚踉跄退到墙角，蓝真真拿手术刀划开创口放出毒血，洒了些药粉在上面，突然点燃打火机，“滋”，创口燃起一层蓝色火焰，阿诚惨叫一声险些昏过去，蓝真真这才为他敷药、包扎。

木乃伊连续闪了二十多刀，似有怒意，手臂陡地伸到我胸口，尖利的爪子便往下刮，我顺势一跪，一头撞在它腹部！这本是无奈之下的动作，我在大学是校足球队的边后卫，习惯于头球解围。谁知竟起到出人意料的效果，木乃伊痛苦地咧咧嘴，右腿横扫将我踢到五六米外，同时松开郭项龙脚踝向后一退，自己倚在石棺边捂住肚子。

是啦，木乃伊没有肠胃，它的腹部全被掏空，只填了些香料等物，因此腹部区域是它的命门。

郭项龙摆脱束缚后并未趁势进攻，一瘸一拐退到墙边，脚踝一圈赫然有道乌黑的印痕，脚部也因淤血过度而呈青紫色。他双掌大力上下搓揉，恨恨地看着木乃伊。

石室里出现短暂而安静的僵持局面，我们这边一个中毒，一个轻伤，木乃伊则不知难受到何种程度，居然放弃一举制胜的机会，站在棺边揉肚子。

“接下来专挑它肚子打，打破为止！”阿诚恶狠狠说。

郭项龙道：“它肯定会重点防守，我们必须协同作战，找准机会给它来一下狠的。”

蓝真真道："还要防止它喷火。"

这是木乃伊复活后蓝真真说的第一句话，此言一出，木乃伊立即将脸转过去，闪电般扑向她，蓝真真惊叫一声蹲到墙角，阿诚离她最近，右手出刀，右腿扫向它腹部。木乃伊猛地一滞，身体急速旋转，阿诚力道用空栽倒在地，它抓起蓝真真搂进怀里，爪子直伸向高耸的胸部。

原来是个色木乃伊！

人影一闪，郭项龙掠到它背后，左臂早有准备地架开它反撩一爪，右手藏刀齐柄插入它后心！

木乃伊身体抽搐数下，显然这一刀对它打击不小，我趁机从侧面一脚蹬在它腰间，它又抽搐一下，搂着蓝真真急急后退——都生死攸关的时候了，还不肯放人！阿诚也豁出去了，躺在地上挡住它的去路，单脚向上一撩踢中它裆部。不料它下身的玩意儿早被摘除了，跟太监是一个路数，反倒腾空踩在阿诚腹部，阿诚一声哀号，抱着肚子滚到一边。我和郭项龙穷追猛打，拉住蓝真真的手拼命往回拉，郭项龙抽出柄藏刀奔袭它心窝，木乃伊居然不躲不闪，横臂抓向他胸口。情急之下我又使出铁头功，顶住它肘部向上一抬，郭项龙的藏刀也没能扎下去，因为它用蓝真真的头护住要害。

这一轮急攻双方都施出全身解数，木乃伊是抱着美人死不肯放，我们是担心蓝真真的安全，急红眼地全线压上强攻。

微微喘了口气，我和郭项龙再度冲上去死缠烂打，木乃伊抱着蓝真真行动大受影响，出手没先前那般狠辣，双方勉强打个平手。阿诚捂着肚子起身，冷不丁大叫一声：

"我进去啦！"

说着冲向石棺旁边的铜门，木乃伊一颤，一把将蓝真真甩出老远，身体旋风般冲向阿诚，阿诚早有提防，向后一缩，藏在手腕边的藏刀迎着它刺过去。

"呼"，木乃伊喷出一团火，阿诚猝不及防正被烧到肩部，忙不迭双手拍打，未料这火好像粘在衣服上似的，怎么拍也不行，反而越烧越深，越烧越旺。

"脱掉衣服！"郭项龙喝道。

“就地打滚！”我喝道。

阿诚毕竟经历过大风大浪，危急关头没有乱了分寸，一边后仰倒地，一边用藏刀割肩膀周围的衣服。木乃伊扑上去骑在他身上，十指箕张插向他咽喉。无奈之下阿诚双手顶住它左爪，右爪临近咽喉瞬间被郭项龙一脚踢开，与此同时我脱下湿漉漉的外套罩在阿诚肩上，总算将火扑灭。然而阿诚的危机并未解除，木乃伊干枯的双腿紧紧盘住他腰际，双爪疯狂地凌空下击，阿诚的双手、郭项龙的双腿轮番抵挡，在狭小的空间里展开激烈搏斗！

我接过郭项龙的藏刀绕到背后刺过去，木乃伊身体奇异地一扭闪开，右腿闪电般踢在我关节处，“哎呦”，我疼出一身冷汗，扑通倒地。紧接着郭项龙也闷哼一声退后几步，原来他脚踝上被刺破了一道血痕，黑血急涌而出。这一来阿诚只能孤军奋战，形势岌岌可危。

然而谁也没想到，包括木乃伊，蓝真真蹑手蹑脚绕到它身体内侧，刀光一闪，锋利的手术刀在它肋部划了道长长的伤口。木乃伊顿时跳了起来，看着明晃晃的手术刀，眼中露出惊恐万状的神色，向后退了几步，突然转身冲入铜门。

我们面面相觑，想不通小小的手术刀为何有如此震慑力，令木乃伊不战而逃，当下呻吟声不绝，有的疗伤，有的敷药，有的整理衣服歇息，一副伤兵满营的模样。过了会儿还是蓝真真触起灵感，说死者被制作成木乃伊时，就是用手术刀在身上切割，然后掏空内脏，因此木乃伊潜意识里对手术刀有畏惧感，担心又要受一次折磨，自然望风而逃。

阿诚疑问说几千年前有这么锋利的手术刀吗？蓝真真耸耸肩说你们都认为存在史前文明，如果真有，别说手术刀，恐怕激光刀都不在话下。我们被她诘住，一时无言以对，反正有了对付木乃伊的王牌，后面再碰到它就不怕了。

休整了好一会儿，大家重振旗鼓，在郭项龙的率领下进入铜门。里面是长长的甬道，地面平整光滑，好像用磨石机打磨过似的，走到尽头是间华丽精美的浮雕室，并不算大的石壁上排列了十多幅浮雕，彼此之间的间距只有两三厘米，但由于浮雕线条简洁流畅，让人不觉得拥挤。

前几幅浮雕与古堡中看到的一样，反映原始部落祭祀、向天祈福的场面，不过浮雕作者更专业些，将人物表情、神态、动作以及整个氛围刻画得栩栩如生，完全是真实场景的再现。直至第六幅浮雕才有了变化，画面上方出现两个长着翅膀的人，若隐若现在云端中，画面下方一位身材魁梧的男子站在悬崖绝壁上，手持金杖，仰头看着天空，满脸坚毅的表情。第七幅浮雕上出现了通天神树，手执金杖的男子站在树顶，额头几乎触及白云，树下围观的人群激动地挥舞双手，状若癫狂。后面几幅风格一变，走的是抽象派路线，看了半天如坠雾中，不明白所表述的含义；第十二幅又恢复到写实主义，画面中偌大的通天神树倒在地上，其他什么也没有；通向深处的圆拱铜门边是最后一幅浮雕，水波中矗立着一座金字塔，两个长着翅膀的人坐在塔尖展翼欲飞。

阿诚叹了口气："按说这么隐密的地方应该藏有谜底，可惜看了半天还是不懂。"

"真真，你参加过美术训练班，对绘画有点研究，谈谈你的想法。"我说。

她手指依次划过浮雕，来回看了两遍，沉吟良久道："有三点应该没有争议，第一，长翅膀的两个人象征着神仙；第二，按古蜀国的规矩，执金杖者即为君王，这个男子纵眉凸目，当是蚕丛无疑，前两点连起来是表示蚕丛有能力与天上神仙交流；第三，通天神树从竖立到被推倒是一种隐喻，暗示古蜀国人失去了与神仙联系的通道。"

我一拍额头："不错，真真说得不错，几天前我们经过烈焰熔窟甬道时也曾看到石壁上有类似的画，画中有云朵，云朵中有人向下张望；还有通天神树，蚕丛正准备踏上祭台，当时我隐隐约约悟出什么，又理不清头绪，现在终于想通了，其实浮雕与壁画表达的同一个意思，那就是蚕丛可以从通天神树上天，祈求天上的神仙降福于民间。"

"天啦，神仙，"阿诚半真半假道，"小郭，你以为呢?"

郭项龙平淡地说："我是坚定的无神论者。"

我自信道："你们，包括真真在内，不是探索古蜀文明密码吗，谜底就在眼前，你们却视而不见，岂非怪事。"

"什么密码?密码在哪里?"阿诚挺直身体问。

第三十六章　九阴蛾蛭

我反问道："你们想过没有，同在华夏大地上，三星堆青铜器铸造为何遥遥领先于中原地区，其独特的技术至今还未能解开奥秘？三星堆出土的一号坑、二号坑，又为何出现那样规模庞大的器物坑，仅仅是祭祀、内乱或是火灾？三星堆之后，除金沙文明出现短暂的繁荣外，到了弓鱼国时期青铜器铸造每况愈下，终于沦落到粗制滥造的程度，放眼世界文明史，有这样技术倒退的情况出现吗？"

蓝真真摇摇头："我理解你的意思，但我不同意你的论点。"

阿诚看看我，又看看她，皱眉道："你们在打什么哑谜？我怎么听不出来？晓飞，别婆婆妈妈的，说清楚一点。"

"古蜀文明的奥秘就在于他们得到天神帮助，从而铸造出精美绝伦的青铜器，巧夺天工的玉器，并开创了前所未有的繁荣，但由于某种原因——即我们看不懂的那几幅抽象画，天神决定中止与他们的联络，于是通天神树倒了，那些精美的玉器和青铜器也在天神的授意下付之一炬并掩埋，古蜀国从此走向衰落。"

蓝真真抢先道："我认为……"

我阻住她："你当然不认同我的观点，不过请平心静气想一想，除了天神难以接受外，整套思路对不对？"

阿诚想了想道："其实你说的天神理论还是史前文明的翻版，在那场地球大浩劫中，有极少数史前人类得以幸存，他们掌握有高科技和超能力，成为尚处在原始部落时代人类眼里的神仙，因此青铜器技术、玉器雕琢技术等等，都来自于他们的传授，这就是你认为的古蜀文明密码，是吗？"

"当然还有很多细节需要完善。"我说。

"偷工减料，偷换概念的想法，"蓝真真反驳道，"照你的观点，中国上古时期的黄帝、炎帝、蚩尤都是史前人类，他们坐的战车、用的武器都是史前文明的东西，甚至大禹治水也用了高科技，史学家们不必再孜孜不倦地考古、挖掘，反正一切都是史前文明的功劳。”

我辩道：“古蜀文明是个特例。”

“刚才阿诚说历史不存在巧合，同样历史也不存在特例，所有发生的一切都有源头，有其必然性。”蓝真真针锋相对。

“那你怎么解释古蜀文明现象，包括这座金字塔？”

“文明大迁徙。”

“文明大迁徙？”

这可是从未听说过的新论点，我们都盯着她的脸，她淡淡一笑：“其实早在几十年前就有学者提过了，不过相比你的史前文明论，文明大迁徙理论更是非主流外的边缘，原因很简单，因为它不符合已经形成已久的华夏中心论，伤害了某些人所谓的爱国主义热情。”

“哦，难道说华夏文明是外来文明？”阿诚好奇地问道。

蓝真真道：“有人认为，以地中海为中心的区域是世界文明的核心，由它向四周发散，一条路穿过直布罗陀海峡来到美洲中部，创建了神秘的玛雅文化；一条路从印度洋飘流到印度半岛，形成哈拉巴文明；再有一条便是经过中亚进入成都平原，因此你们看三星堆出土文物，许多细节与西方有共同之处，如金杖、青铜盔甲、青铜像，以及这座金字塔。”

“嗯，不管怎样，总比史前文明和天神靠谱，我决定加入真真的阵营。”阿诚是墙头草，哪边风大就倒向哪边。

我好奇地问：“你不顾性命地进古堡探险，就是为了证实文明大迁徙理论的正确？”

她微微颔首，眼中闪烁着晶莹的泪花：“我爸爸从小就做古玩生意，一直对古蜀文明有浓厚的兴趣，就是他率先从东南亚学者那边引入这个观点，并与国内学者展开激烈的争论，后来‘文革’中被扣上‘丧权辱国、里通外国’的帽子，被批斗而死……我这样做，算是让他在九泉之下得到一点慰藉吧。”

浮雕室里一片沉寂。

还是阿诚机灵，转移话题道：“晓倩既然掌握了古蜀文明密码，当然也知道悬湖湖底有座金字塔，把鞑石藏在这里可谓万无一失，或许它就在前面不远的地方，走！”

铜门后是条倾斜向上的甬道，坡度大概只有十五度左右，走在上面并不感到累，不一会儿来到十字路口，前、左、右各有一条幽深的甬道，路中心则是一块浑圆的大理石，石面打磨得十分细腻，纹理清晰婉约，隐隐有古代山水画的灵韵。蓝真真到底钻研过美术，蹲在上面看入了神。我们三人商量了一阵，决定按顺时针方向，从左边甬道开始探。

阿诚见蓝真真还蹲在那儿，过来拉了一把："别看了，快走。"

就这一下出问题了！

大理石陡地一翻，蓝真真毫无防备地尖叫着掉下去，阿诚一脚踏在大理石上，一脚踏在外边，眼疾手快抓住她的脚踝，自己也跟着栽下去。我离阿诚最近，一个前扑搂住他的腰，然而两个人的下坠力实在太大，也将我拖了进去，幸好郭项龙把守最后一道关，他强有力的手勒住我的小腿肚，总算止住坠势。但此时每个人的力量都用到极点，无力改变现状，只能保持僵持之势。

"下面是什么？"郭项龙问。

"尖石，全是尖尖的石柱，掉下去准没命。"蓝真真叫道。

"四围一圈是夜明珠，好大好亮的珠子，太漂亮了。"阿诚说。

这就是现实主义者与理想主义者的区别，阿诚永远只看到光明、灿烂的一面，而忽视面临的危机。我偏过头一看，洞内恰好是两人描述的组合：长方形石室，约二十多平米，地面竖着一米多高的石柱，顶部均锐利无比，好似长箭箭头一般，石柱分布的密度很高，每平方米约四五十根，人若掉下去必死无疑。石室四周墙上有一道光圈，原来镶嵌着鸡蛋大的夜明珠，每隔半米就有一枚，黑暗中绽放出浅蓝和橙红混和的荧光，美丽得好似仙境里的七彩霞光，淡淡的，又略带几分朦胧。毫无疑问，这是个压力陷阱，当大理石承受到一定重量时便会翻落，蓝真真身材纤细，体重达不到压力标准，等阿诚踏上一只脚则立即启动了机关。

"晓飞，你用肘部撑住坑口，坚持五秒钟。"

郭项龙吩咐道，我依言而为，双肘抵住坑口边沿，这样缓解了郭项龙的压力，他以我的小腿为轴心转了一圈，左手一松一握，抓住阿诚的脚踝，右手也转过来拉住他另一只脚，双臂发力向上提，就在这时中间甬道里蹿出一条黑影，速度快若闪电，才眨了下眼已来到我们面前：

是个猫脸蛇身、浑身布满坚硬的鳞片、两颗獠牙堪比铡刀的怪物！

“不好，九阴蛾蛏！”阿诚正好升至洞口，失声道，“食尸气而成，剧毒无比！”

不等他说完，郭项龙已松开右手，拔刀、侧身、迎敌一气呵成，正好在空中挡住它刚猛凌厉的一抓。阿诚失掉借力，身体又滑落几十厘米，引来最底下蓝真真尖叫，我赶紧用力撑着洞沿，情况真是危急到极点。

怪物——九阴蛾蛏脑袋后仰，“呼”地前冲，冰凉滑腻的身体瞬间在我和郭项龙腰间卷了一圈，郭项龙挥刀直刺过来，我喝道：“让它拖！”他会意，故意向后拉扯，引起它的恼怒，它的身体猛地收紧起来就地一滚，将阿诚和蓝真真拉了出来。蓝真真因为在最底层，不知冒出个怪物，还未爬起来就叫道：“这是什么？”

九阴蛾蛏大概也在纳闷怎么一下子多了两个人，当即口吐毒信扑过去，阿诚一个鱼跃挡在她身前，獠牙在他手臂上刮了道浅浅的血痕，随即伤口处一片乌黑，并迅速向上蔓延。

“毒气攻心！”

蓝真真惊恐地叫道，阿诚咬紧牙关举起藏刀准备切下手臂，郭项龙奋力一冲，挣脱九阴蛾蛏的缠绕来到他跟前，骈指在他手臂、肩部连点十多下，黑线游走到靠近肩关节处陡然停住，但依然向四周扩展，手臂转瞬黑了近一半。

“帮他放血！”郭项龙道。

九阴蛾蛏再度出击，挟着我横扫郭项龙，他脱下衣服扭成麻花状挡住它尾巴一击，身体踉跄退了四五步，而我陷在它坚硬的鳞片中，又窒息又刺痛，相当难受。

蓝真真扶着阿诚到墙边放血，他硬挺着叫道：“九阴蛾蛏阴气重，怕火，拿火烧它！”

我陡然醒悟，在兜里摸出打火机“咔嚓”点燃了凑近鳞片，霎时它全身鳞片全部张开，鳞片边沿锋利无比，将我脸上、身上刮出十多道伤口——幸好鳞片上没有毒，否则我命休矣。我索性将燃着的打火机往鳞片根部一塞，九阴蠖蛭吃痛后肌肉蓦地绷紧，将我甩出十多米外，蛇身在地面翻腾扭曲，整个空间充斥着腥味和毒信的呼呼声。我们各自拿了只打火机，它那凶恶丑陋的脸每冲到跟前时就打燃起来，见了火苗它迅速后撤，尾巴在地面反复摔打扫地发脾气。

阿诚已放了近两大碗血，但伤口处流的血还有些黑，见他的脸惨白如纸，蓝真真不忍心继续，郭项龙说你这样是害他，不把血放至鲜红色将前功尽弃。说话间九阴蠖蛭渐渐平息下来，在凹陷的洞口边盘成一团，虎视眈眈地盯着我们，很明显它忌惮打火机，但一旦被它觅着机会将会发动最猛烈的打击。

“阿诚，九阴蠖蛭除了怕火还有哪些特点?”我问。

他有气无力垂着头，良久才答道：“没有了……我只是听说过，并未真正遇到过，不过……九阴蠖蛭对尸气的依赖很深，普通古墓都不够级别，除非，除非道行高深的术士刻意营造的养尸地。”

“养尸地?”这对我又是新课题，“什么意思?”

阿诚嘴里嘟囔了两句，含含糊糊听不清，我大声道：“说清楚一点!”

蓝真真怒道：“他流这么多血，真的很累。”

郭项龙沉声道：“晓飞是对的，此时只有让他不停地说话，保持清醒。”

“对不起。”她沉默片刻道。

我心里一阵酸楚，想说的话哽咽在喉间说不出来，也懒得再说。郭项龙看出我的难受，主动接过话头道：“阿诚，你见过养尸地没有?”

阿诚精神略为振作一下：“当然见过……很多尸体，一层叠一层，形成一个封闭法阵……产生的尸气浓浊浑厚，死者日夜吸取尸气，五百年成为魈，千年以上成为魃，法力堪比天神……”

我不安道：“如此说过，金字塔里有可能存在魃?”

“如果遇到魃……你们学我放血而亡算了，免得受苦。”都到这个份儿上了他还有心情开玩笑。

我正待说话，突然右侧甬道里传来低沉的嗡嗡声，声音并不大，但持续时间长，有一种慑人心魄的魔力，听了涌起一股既难受又痛苦的情绪，觉得人生了无乐趣，死才是唯一的解脱。

连九阴蛾蛭也萎靡下来，高昂的脑袋一点点耷拉下来，身体慢慢向洞口移动，敢情它也不想活了？

第三十七章　法老元婴

嗡嗡声还在持续，这是一种低频噪音，与高频噪音遭遇障碍物迅速衰减不同，低频噪音声波较长，递减慢，能轻易穿越障碍物，具有长距离奔袭和强劲的穿透力，令人避无可避，烦躁欲狂。

郭项龙摇摇晃晃站起身，撕了两块布堵住耳朵眼，一步捱一步走到我面前，大声道："不能这样下去，否则我们都得死！"

"怎么办？"我大声问道，对面阿诚已支持不住晕倒在蓝真真怀里，她抱着他楚楚可怜。九阴蠛蛏也在洞口滚来滚去，嗡嗡声使它不胜其扰想一死了之，但求生的本能又让它与噪音作最后的较量。

郭项龙举起藏刀，朝里面晃了晃，示意循声进去看看，我一咬牙点点头，也学他撕了碎布塞住耳朵——其实低频噪音能穿透厚厚的石棉墙，这点布条根本无济于事，权当心理安慰而已。

两人手挽着手，扶着墙努力进入右侧甬道，走了两步便是一道弯月形石拱门，门楣和门框上绘着百花争艳的彩图，门内有个九扇石屏风，分别画着虎、豹、狼、狮子、大象等九种猛兽，此时嗡嗡声已深深渗透到脑髓深处，感觉有千万只蚂蚁在咬噬神经，恨不得将头皮抓破，挖出这些该死的蚂蚁！不过郭项龙稳定的大手使我维持着一丝灵智，不断提醒自己一切都是幻觉，不能上当。

绕过屏风，眼前乍然一亮，原来是间金碧辉煌、豪华程度堪比皇宫的宫殿式大厅，金镂玉、铜香炉、红木椅、波斯地毯，每件器具都十分精美考究，四壁全是美轮美奂的彩绘，大厅正面有张华丽尊贵的青铜宝座，宝座上端端正正坐着一个人——

不，一具木乃伊！

它头戴菱形王冠，身披金色斗篷，手握象征着王权的金杖，额头上刻着神秘的圣蛇。

这……这不是法老的打扮吗？古埃及的法老怎么会跑到万里迢迢的㽏山，葬身于古堡悬湖底的金字塔里？

它双目紧闭，面颊一阵青一阵黑，嘴唇微微颤动，无疑，慑人的嗡嗡声就是它发出的。刚才张牙舞爪，威风凛凛的色木乃伊活像卑微的仆人，低首垂手站在一边，随时听从主人的命令。宝座后面站着一排排木乃伊，均身裹亚麻布，只露出黝黑狰狞的面目，粗略一算至少有三十个以上。

莫非这就是阿诚所说的养尸地？法老依靠吸取尸气修炼成神通广大的魃，并准备复活于世。

想到这里我攥紧刀柄，大声道："上！"

郭项龙却拉了拉我的手，朝两边努努嘴：不知何时，大殿两侧各多了一排黑衣木乃伊，双臂平伸，面无表情地逼了上来。我见了头皮发炸，忙不迭大叫道："真真，真真！"

唯有蓝真真的手术刀能使它们产生畏惧。

然而这点声音淹没在低沉的嗡嗡声中，连半步之遥的郭项龙都听不清我在叫什么，冲我做了个询问的表情。就这阴差阳错的工夫，两个木乃伊已从石屏风后面转过来，堵住我们的退路。

郭项龙永远是行动高于一切，二话不说拳脚齐下，出乎意料的是黑衣木乃伊并不经打，顷刻之间被撂倒三个，我也士气大振，将逼近身侧的两个木乃伊放倒。黑衣木乃伊数量众多，潮水般涌来四五十个，一层层把我们围在中间，它们身手虽不高，但抗打击能力强，打倒之后还能爬起来加入战斗，这样一来我们面临的对手越来越多，活动空间也被一再压缩，最后几乎施展不开手脚。而黑衣木乃伊攻势如潮，一浪接一浪展开冲击，一时间眼前全是黑乎乎的爪子，砍倒一茬又来一茬，没完没了。乱战中我记不清自己中了多少拳，挨了多少爪，幸好这批木乃伊爪上无毒，不然起码死一百回。郭项龙与我背靠背抵御对方进攻，但随着它们推土机式的压迫，局势每况愈下。

"我顶不住了！"

我叫道，郭项龙充耳不闻，或许他听到了但无能为力。我双臂已软绵绵没有一丝力气，被两个黑衣木乃伊从正面一撞栽倒在地，刹那间七八只爪子如利刃般刺向我咽喉，我单脚一扫，谁知两边黑衣木乃伊直挺挺压到我身上，然后垒罗汉似的一个接一个倒下，瞬间将我压在最底下。

郭项龙见状一脚横扫踹开三个，不料转眼又压了五六个，最靠近的木乃伊张开大嘴獠牙利齿咬向我咽喉，郭项龙正好瞥见，甩手掷出一柄藏刀刺入它嘴中，它喉间嗬嗬数声，竟硬生生将匕首咬成几截。郭项龙面露无奈，嘴里似乎说了句什么，可惜我一个字都没听清，大概是说他也无力回天，只能认命之类的话吧——不过事后他压根不承认。

我长叹一声，看着几十只黑爪如乌云般压下来，暗道阿诚说得不错，早知道死在木乃伊爪下，还不如让蓝真真把血放干呢，好歹死在最心爱的女孩手里……

"呼啦"，密密麻麻的黑衣木乃伊陡地急速后退，不出两秒钟散得干干净净，我迷惘地抬起头，却见蓝真真举着手术刀站在身后。郭项龙将我扶起，大声问道："阿诚呢?"

"毒血已放尽，正躺在外面睡觉。"

我正待说话，耳边突然清净下来，恼人的嗡嗡声终于停止了，我们同时看着宝座上的法老，心里充满莫名的震撼。

"王冠，金杖，圣蛇，真是法老。"蓝真真说。

我说："也许……文明大迁徙理论是对的，几千年以前古埃及文明流入四川盆地，古蜀国效仿他们建立了国家制度，并学会青铜器冶炼、雕琢玉器等等，君王下葬时也模仿法老葬礼仪式进行……这位法老，大概是鱼伯的某个后代吧。"

她苦笑着摇摇头："不，此时此刻我倒有点认同你的观点……鱼伯后人效仿法老葬礼仪式是说得通，可凭他们能建造出金字塔吗？别说这班残兵败将，恐怕倾弓鱼国乃至古蜀国全国之力都做不了，何况还在水下，简直……非人力所能及。"

郭项龙在一旁乐了："刚才还争论得面红耳赤，怎么一个法老就让你们改变了主意?"

"因为它的确非同寻常……"

蓝真真才说了半句，法老身边的色木乃伊突然急掠而至，尖利的爪子直抓她心口。蓝真真惶惑之下竟然忘了闪避，被郭项龙一把拖开，夺过手术刀刺向色木乃伊。

奇怪的是原本对手术刀畏如蛇蝎的色木乃伊居然全然无视，听任刀刃在胸口划了道口子，抓住郭项龙手腕，指甲便往肉里刺。郭项龙顺着它的力道向前一推，手臂反卷，巧妙地挣脱控制。它不依不饶右臂横撞，重重顶在郭项龙胸口，“哇”，他张嘴吐了一大口血。我一脚踹在它后背上，不料这厮反应、力气比刚才长了数倍，闪电般转身一手握住我一只脚踝，双臂大幅度张开，打算将我撕成两半！

郭项龙和蓝真真急了，扑上来紧紧抱住它手臂向内推，双方僵持不下，我用力回抽，它的手掌如铁箍似的无法撼动半分，而且力道不断加重，像一圈钢刀，欲将我脚踝齐根切断。

“它的力量还在增长，快，不然……”我急切大叫道。

“确实很怪……”

郭项龙才说了四个字，色木乃伊陡地双臂一抡，将蓝真真甩到七八米之外的石柱上，郭项龙下盘功夫稳，也蹬蹬蹬退了两步，一屁股坐到地上。接着它的头转向我，目光冰冷而无情，没有半点人类情感，抬起我双脚向两边一分！

人影一晃，郭项龙弹簧般从地上蹦起身，抢前一步冲到色木乃伊面前，手术刀扎入它腹部，再一绞，将它腹腔完全打开，“呼啦”，里面流淌出一大堆花花绿绿的东西：没药、泡碱、锯末、桂皮等等，一时间异香盈室，空气中飘荡着各式各样的粉末。

色木乃伊也似呆了，表情痴呆地看着腹部，好像反应不过来发生了什么事，我趁机挣脱它双爪，退到石柱边扶起蓝真真，郭项龙也急速退了四五米，目不转睛地盯着它。

色木乃伊突然意识到什么，面露痛苦之色，双手捂着肚子原地转了不下二十圈，冷酷凌厉的眼神渐渐涣散，全身骨骼“格格”作响。

“再往后退，小心它爆裂！”蓝真真提醒道。

色木乃伊体内发出“噗噗噗”的脆响，嘴里飘散着淡淡的青烟，原本狰狞的面孔更加难看，又转了几圈猛地双膝跪地，脸对着宝座上的法老口唇蠕动，仿佛在做祷告。

蓝真真霎时嚷起来："它在念咒语，快阻止它！"

话才说了一半，郭项龙就腾身冲过去，将色木乃伊踢飞到大厅顶部，又重重落下，"哗啦啦"，骨骼散得到处都是，头颅骨碌碌滚到我脚下，我厌恶地飞起一脚把它踢到别处去了。

"好险，"蓝真真道，"要是被它念完咒语，我们大概都不能活着出去。"

我暗想以目前一塌糊涂的局面，活着出去的概率也低到几乎忽略不计，当下道："金字塔里通常布有法老的诅咒，图坦卡蒙墓里就写着，'谁要是干扰法老的安宁，死亡就会飞到他头上'，后来凡参与挖掘此墓的科学家与学者陆续暴亡；加上挖掘图坦卡蒙墓时一连串的不幸事件，使法老的诅咒成为笼罩在人们心头的阴影，也在相当程度上制约了后期对金字塔的研究工作，但仅仅是对法老而言，你怎么判断出这具木乃伊也有能力念咒语？"

"你不觉得这位法老很怪异吗？"她反问道。

我脑中打了个转："它是金字塔的主人，任何入侵者都将受到它的诅咒与打击，然而除了发出低频噪音，它始终端坐在宝座上，无视手下接二连三败北，其中必有玄机。"

郭项龙随即下了断语："它根本不能动，或者说它受到某种约束，不能离开宝座。"

"但是……"蓝真真好像想到什么，欲言又止。

"喔，你认为它能遥控其他木乃伊？"

"刚才你们也注意到了，门口那具木乃伊的战斗力明显强了许多，而且也不怕手术刀了，这很奇怪，因为手术刀对它确有克制作用，可它根本不注意保护要害，一味进攻，再联系到它面向法老祷告的样子……这恐怕不单是遥控的问题，而是……某种形式的附体。"

我和郭项龙对视一眼，都觉得她说得太过玄虚，令人难以置信。

这时石屏风后传来脚步声，大家心头一紧，不约而同做出戒备的架势。人影一闪，原来是阿诚，他头发蓬乱，两眼血红，脸上似笑非笑，整个人看起来怪异之极。

第三十八章　附体恶灵

“阿诚？”

蓝真真试探地叫了一声，阿诚打了个激灵，迟迟疑疑地看着她：“你是……真真？”

“伤口不疼了？”她的声音温柔得不能再温柔。

他怔忡片刻，好像又陷入迷乱之中，突然扭过头冲我一笑：“我认识你，你叫晓飞。”

我被他弄得遍体生寒，倒吸一口凉气道：“怎么回事，莫非是毒血没放清，侵蚀到大脑了？”

郭项龙指着阿诚的手臂道：“瞧，伤口还在滴血，是鲜红色，与中毒无关……”他收起藏刀，向前走了两步道：“阿诚，我是小郭……记得吗？郭项龙。”

阿诚歪着头想了想，笑嘻嘻道：“认——识——”

说着冷不丁扑向郭项龙，张开十指抓过去，我注意到他手心发黑，指甲发出冷冷的蓝光，喝道：“小心，手上有毒！”

郭项龙对敌经验十分丰富，忙乱中侧身后撤，并抬腿踢向阿诚肘部，这一下连打带消，动作干净利落之极。不想阿诚狂性大发，根本不顾身体遭袭，拼着肘部挨了一下，却团身抱住郭项龙往地上一按——以郭项龙的身手和应变，竟没挡得住他的偷袭，被按倒在地。接着阿诚又做了件让人瞠目结舌的事，他张开大嘴咬向郭项龙咽喉！

“你疯了！”

我怒吼着冲上来阻止，郭项龙比我快了半招，双手扼住阿诚的脖子，死死顶住。阿诚头也不回一脚将我踢到石柱边，我捂着肚子吃惊地看着他：这一脚力量之大，竟比刚入堡时郭项龙蹬在我身上的力道还大几分，他怎么会突然间拥有如此刚猛强悍的力量？

蓝真真想从后面拉他，却被阿诚反手一掌打得在地上滚了四五下，面颊高高肿起。郭项龙还在拼命支撑，但阿诚鼓起脖子一点点向下压，虽然被勒得双目齐凸，舌头也伸了出来，牙齿却越来越靠近郭项龙咽喉。我一咬牙再度扑上去，右拳猛击他太阳穴，左手在右臂的掩护下持刀刺向他后颈大动脉。

“不可……”蓝真真失声叫道。

叫声使阿诚若有所悟，刻不容缓间低头躲过一刀，拦腰狠狠击在我腰间，我惨叫一声滚出三四米远，冲蓝真真喝道：“都是你，坏了大事！”

她泪流满面：“他虽丧失理智，可毕竟是阿诚啊。”

“小郭一死，我们都完蛋！”我咆哮道。

她跪在地上缩成一团：“那我宁可死在他手下。”

简直不可理喻！我气得浑身发抖。郭项龙却利用刚才的空隙拉开与阿诚的距离，身体也骤然发力，想通过腰部力量将他甩开。阿诚好像吃定了他，双腿生了根似的纹丝不动，任凭我扑过去拳打脚踢，他只用单手迎战，每招每式带着呼呼风声，轻描淡写化解我的攻势，风度像煞了臻至化境的武学宗师。

蓝真真突然抱起身边一只双耳凸肚青铜罐，径直冲向大厅尽头，离法老宝座还有四五米时投掷过去，“咣当”，青铜罐飞到法老额前几厘米时仿佛被无形的墙隔阻住了，坠到地面发出响亮的声音。她一不做二不休，又拔出香炉后面的旆旗杆——此物长约三米，青铜打制，顶端是雪亮的尖刃，直直向法老刺去，与刚才一样，刺到法老身前几厘米时便停滞不前，无法再进半寸。

“还不帮忙？”她头也不回地喊道，我如梦初醒，顺手捧起只粉彩开光花觚掷过去，紧接着什么铜香炉、缠枝立件、金刚杵、青铜面具，看到什么扔什么，法老面前“叮叮当当”堆了一大堆东西。这时阿诚喉间“咯”地一声，脸上迅速腾起一层青紫色，“扑通”栽倒在地。郭项龙捡回一条命，赶紧翻身而起，又是掐阿诚的人中，又是探脉搏，抬起他的手一看，掌心骇人的黑团已经不见了，指甲上的蓝光也渐渐隐去。

“咦，怎么会这样……”

郭项龙看看昏迷不醒的阿诚，又看看我们，似有所悟，又没能理清头绪。蓝真真陡地撤手，拉着我退到阿诚身边，凝视他良久，道："明白了吧？"

"似乎跟法老有关，不过……"

我抢着说："真真说得不错，附体，阿诚被恶灵附体了。"

郭项龙眉头一皱，好像说你刚才还表示不可能，为何转眼间又同意她的观点？

蓝真真肃容道："古埃及传说中曾有过法老吸取尸气，修炼成邪恶的附体恶灵的例子，即阿诚所说的魃，魃具有极高的法术和灵力，但真正复活还需三十六个活人的灵魂，否则只能以附体的形式寄在木乃伊或人身上……"

郭项龙打断她的话："也就是说此刻法老的恶灵仍在大厅游荡？"

"是。"她简洁地说。

我们不禁四下张望，全身上下每个毛孔都透出森森寒意，都担心自己成为下一个附体对象。

"怎么对付？"郭项龙问。

蓝真真沉重地说："在古埃及，不是每个法老都能葬入金字塔，也不是每个金字塔都能设置养尸地，这本是微乎其微，可以忽略不计的概率，谁知竟被我们遭遇上了……"

"那只有硬上？"

我一拭阿诚的额头，热得烫手，问道："传说中有没有挽救被附体者的办法？"

"法老恶灵附体同时，就将附体者的灵魂收归己有，为复活打下基础，因此若要救醒阿诚，唯一的办法是让法老解体，灵魂才能回归他体内……"说到最后她泪光盈盈，显然以目前的情况，我们三个能自保就不错了，哪里敢奢望打败法老？

郭项龙略一沉吟，背起阿诚就往外面走，蓝真真连忙追上去："你……要干什么？"

"这里是法老的地盘，既然找不出对付它的办法，只有暂时避其锋芒，何况，我们进金字塔的主要目的是找鞁石。"

“不!”她的情绪几乎失控了，“我要救阿诚!”

郭项龙目光灼灼：“找到皱石克制住乔龙，阻止它的鳞片化为毒烟，大家才有生还的可能，阿诚也有救活的希望，把精力放在救阿诚身上是死路一条，否则他醒了，大家却要一起完蛋，明白了吗？这是次序问题。”

蓝真真又转向我：“晓飞，你说话呀，阿诚是你最好的朋友，怎能在最关键的时候丢下他不管？你说对不对，对不对?”

我避开她的目光，硬是咽了口气道：“小郭说得对，重要的是次序。”

“那我一个人去对付法老!”

她一甩长发毅然转身，就在转身瞬间郭项龙单掌拍中她颈部，又闪电般在背后连点几大穴道，抢在她软绵绵倒地前托住腰际，往我面前一送道：“给你。”

我不敢直视她悲愤欲绝的眼睛，背着她和郭项龙一起出了法老神厅回到岔路口，九阴蠛蛭已失去踪影，陷阱里没有它的尸体，大概退回了中间甬道。我们也不打话，一前一后进入左边甬道。

甬道两壁雕刻着精美绝伦的彩色壁画，群山、悬崖、白云、月亮、湖泊、花朵……就是没有人，几十幅壁画中看不到一个人物形象。正疑惑间，迎面走进一间狭小的石室，左侧有扇铜门，石室正中位置墙壁上挂着一幅画和一个铜镜，右侧有张书桌……

书桌?

不错，如假包换的书桌!

走到跟前一看，紫檀木质，桐花漆面，桌面下有两根骑缝条，是标准的明朝晚期书桌，我松了口气道：“应该是吴琪运进来的。”

“他也曾进过金字塔?”郭项龙惊异道，“由此看来，吴琪知道的远比我们想象的还要多……不知他有没有遭遇到法老，还有九阴蠛蛭和木乃伊。”

“吴琪将毕生心血都用于研究古蜀文明，哪像我们到处乱闯，必定懂得哪儿能进，哪儿属于禁地……”说到这里我长长叹了口气，若阿诚早听我劝说不进古堡冒险，想必这会儿正坐在家中看着电视喝着啤酒，说不定还能到歌舞厅泡泡小妞，怎会如此狼狈？

郭项龙倒不想这些无关紧要的事，抚摸桌面道："这么大的桌子，从底层是不可能运进来的，说明金字塔另有一条捷径……即便如此，把它运到这儿也非易事，他有什么用意？"

我用袖口将桌子抹了一遍，把阿诚和蓝真真放在上面并排躺下，自己舒展舒展腰际道："我关心的倒不是书桌，而是吴琪什么时候进入金字塔，是入堡之后，还是晓倩将皲石藏入塔之后？这关系到皲石是否被转移，倘若那样我们就前功尽弃了。"

郭项龙好像没兴趣和我讨论，围着桌子上上下下研究了几遍，狐疑道："很普通的桌子，没有夹层，没有暗格，也没有图案或文字，搁在这儿做什么？"

"可能躲在这里写写东西。"

我随口道，话一出口两个人都霍然一惊：对，也许吴琪的窑洞笔记只是个幌子，实际上将真正想说的话藏在金字塔，因为这里隐蔽而安全……

"走，继续前进！"郭项龙兴冲冲道，"没准有对付法老的记载呢。"

我应了一声，和郭项龙分别背起真真和阿诚走到铜门面前，我却又刹住脚，眼睛一眨不眨地盯着墙上那幅画。刚进门时我就心有所动，后来被书桌转移了注意力。表面看这幅画并无出奇之处，颜料是岩粉混合而成，画面上全是抽象的线条，风格与甬道里的壁画相仿，看不出含义。然而不知为什么，总觉得这幅画不对劲。

"有问题吗？"郭项龙问。

"嗯，不过……"

郭项龙见我为难的样子，骈指在蓝真真背后揉了数下，她当即从我背上跳下来，劈手给了我一个耳光，我被打懵了，捂着脸讷讷说不出话来。

"阿诚的事责任在我，要打你打我好了，"郭项龙先将矛头引到自己身上，然后话锋一转，"你也听到我们的对话了，晓飞觉得画有问题，你以为呢？"

蓝真真脸上露出抗拒的神情，但只持续了几秒钟，冷着脸朝画看了会儿，又跑到甬道转了一圈，回来道："它与壁画不是同一个时期，属于高仿画。"

"高仿？"郭项龙来了兴趣，站到画前仔细琢磨起来，"怎么看出来的？"

"同样是线条，外面壁画都是一气呵成，中间没有起承转合，而这幅画犹豫不决，迟迟疑疑，明显有造假的痕迹，"她道，"再看颜料，唐朝以前北方游牧民族喜欢用岩粉调和，由于没有黏合剂，颜料容易风化脱落。唐朝之后，经过五代十国的动荡内乱，民族出现大融合趋势，游牧民族懂得了在岩粉中加入黏合剂，既牢固，又增添了色泽感，就像这幅……"

"哦——"郭项龙恍然大悟，由衷地说，"看来要成为真正的考古专家，需要掌握的知识太多太多。"

我不失时机奉承道："真真年纪轻轻就掌管苏州最有名气的德隆古玩店，没两下子哪行？"

千穿万穿马屁不穿，蓝真真"哼"了一声，神色稍霁，道："很明显，画是吴琪假冒的，他煞费苦心地弄了岩粉造假，将画挂在醒目之处，到底想达到什么目的？"

郭项龙突然笑了起来："艺术鉴赏我不及你们，可论起情报工作就是我的强项了，依我看他的意图很简单——"

他大步上前，双手一捧，将画取了下来！

第三十九章　移魂灵镜

画框背后果然露出马脚，是用明朝才有的槿檀木做的撑架，撑架内侧是个方形木框，里面镶着一块墨绿色水晶，做工精细考究，一看便知出自名家之手，水晶正面写着五个镏金小篆：吴琪吴栩君。

栩君是吴琪的字，这块水晶想必是在桐州时制作的。

郭项龙用力一抽竟没抽出来，水晶被两边铜塞卡在中间。蓝真真说让我来，两指按住铜塞，右手一旋一拔水晶就落在手中。

“这叫璇矶结，明朝士大夫收藏珍宝时经常使用的保护性装置，”她说着，将水晶掂了掂，“货真价实，一块上好的水晶。”

我伸出手掌在画框背后摸了一圈，失望地说：“就这些？吴琪兴师动众就为了把一块水晶藏起来？未免太不符情理了吧。”

“问题还应该在这块水晶上。”

郭项龙一边说一边拿过水晶，眼睛盯着在手中转了两圈，道：“里面有字！”

顺着他的视线看去，水晶中间果真隐隐约约有四个字，第一个字好像是“不”字，最后一个字是“镜”，中间两个字因为角度关系看不清，正是吴琪笔记中飘逸脱俗的楷书，然而整块水晶浑然一体，无隙可寻，看不出有拼凑凿穿的痕迹。郭项龙翻来覆去研究了半天，我看得不耐烦，道：“干脆砸了它！”

“等等！”蓝真真将水晶夺过去摩挲数下，又道：“明清两朝有种密藏技巧，叫‘镜花技’，就是将密函或重要情报藏匿于水晶、玻璃之中，让人依稀看到点影子，但无论用什么办法都解不开，若砸碎，里面的东西也随之销毁，故而民间俗称为‘逗你玩’，不知吴琪用的是不是这个技巧……”

“你会解吗？”我急切地问。

“听说而已，不过，”她沉思良久，“有本古书上简单提过‘镜花技’的解法，只有四个字，‘通梯走窍’，当时也就这么一看，并没往心里去。”

“通梯走窍？”郭项龙喃喃念了两遍，苦笑道，“我十八般武艺样样都会一点，唯独文化水平拎不上台面，还请你们多费点心思。”

我耸耸肩：“我对古文也是七窍通六窍……吴琪既然将最重要的记载藏于画架后的水晶里，首先是防止被对手发现，也就是小木屋的人，其次说明他其实有满肚子话想说，只是碍于种种原因不能说，因此用当时最流行的‘镜花技’，就是想让有缘人进入金字塔后解开所有秘密，我的想法是，破解‘镜花技’的诀窍就在这间屋子里。”

三个人四下搜索，然后同时将目光投在铜镜上。对这间既非书房也非卧室的普通石室来说，墙上孤零零挂着铜镜未免有些突兀，而且它与画挂在一起，画框后水晶里又有个“镜”字，种种迹象表明，铜镜与水晶似乎存在某种关联。

“不什么镜……”蓝真真凝神苦思，“吴琪是否在提示什么？”

她嘴里念念有词，缓缓踱到铜镜面前抬头一看，蓦地神情一呆，仿佛瞬间被万年寒冰冻结一般，僵在原地一动不动。我有些诧异，上前搭住她的肩头道：

“真真，你怎么了？”

她的身体僵硬而冰凉，毫无生气，我心里“咯噔”一下也抬头看铜镜，镜中有个影子冲我招招手，当时神智一迷糊，身不由己飘然离地，径直飞入镜中，就在进入铜镜霎那，我回头一看，却见我的身体还站在原地！

我的魂！

站在那儿的才是我，此时的我只是我的魂！

念及此，我当真是吓得魂魄出壳，不知如何是好，刚才引我入镜的影子也不知躲到哪去了，只留下我在茫茫云海里飘飘荡荡。

我要回去！我要回去！

我心里呐喊道，身体却不受控制地忽上忽下，宛如大海中出没的一叶轻舟，就这么飘啊飘啊，不知飘了多久，蓝真真突然从云层中冉冉现身。

“真真，你还好吗?”我又惊又喜，“我们只剩下魂魄了，也不知在什么该死的地方。”

她比我冷静多了：“高级巫师修炼到一定级别，能以自身修为结合巫术炼成移魂灵镜，此镜只需照着对方正面，便可瞬间摄去其魂魄困入镜中……唉，我现在总算猜到吴琪写的四个字，其实是‘不可照镜’!”

“这么说我们的魂魄就永远困在里面了？有没有办法脱身?”

“魂魄与肉身有联动关系，若肉身被毁或失去生机，魂魄自然灰飞烟灭，永绝人世了。”她轻飘飘地说。

我看着她，目瞪口呆：“你，你好像不在乎?”

她凄然一笑：“我知道，阿诚两次陷入困境，你和小郭对我的表现很不满，认为我一心系在他身上，完全不考虑你们的死活……其实，如果阿诚换作你，我同样会这么做，这么说，你可明白?”

我叹息道：“你认为两个魂魄有谈论人类情感的必要吗?”

她忍不住微微一笑，垂下眼睑道：“我是个充满矛盾的人，貌似理智，实质经常做出疯狂的举动……老实说，你和阿诚两个人，我更爱的是你，然而却把处女身给了他；正当我定下心准备和他在一起时，又在酒后与你欢爱一场；我喜欢和阿诚在一起的激情和新奇，又时常怀念在你身边的安宁和温馨……老天，真不知道怎么处置这种荒唐的三角关系，也许我注定要在矛盾中孑然一身，孤独到老……”

“真真!”我一把将她搂在怀里，惊喜地发现魂魄之间也能感受到实体，感受到她的柔软，她的纤细，她的颤抖。

她神态安详躺在我怀里，梦呓似的说：“晓飞，你说实话，会不会永远爱我?”

“会，当然会，”我抚摸着她的长发道，“你也说实话，那次酒后欢爱，你到底知不知道是我?”

她脸上泛起淡淡的红晕，嗔怪道：“人家上回就承认了，还问……”

“再问你一个问题。”

“嗯。”

“两个魂魄可不可以……那个?”我坏笑道。

她更是羞不胜羞，娇弱无力地在我胸口打了一拳，我趁机捉住她手腕，另一只手从她衣领口滑进去，她呻吟一声，慵懒地迎了上来……

“嘻嘻!”

一个细细微微的笑声灌入我耳际，声音虽低，却无比清晰，好像贴在身边发出似的，我霍然抬头张望，只见不远处云层间有个朦朦胧胧的白色影子。

“谁?”我喝道，蓝真真也从我怀中跃起，警觉地注视着对方。

白色影子忽前忽后，忽左忽右，声音也忽近忽远：“你坏我一次好事，我也坏你一次好事，这样大家就扯平了。”

“好事?”

我没听明白，蓝真真却恍然大悟，俏生生笑道：“你是晓倩!”

“好聪明的女孩，幸会。”

“幸会，不过你忘了一点，你是百年冤魂，不可以与凡人交合，我呢是他的女朋友，不管做什么都不受制约，所以我们之间的账扯不平。”

白色影子也轻笑道：“这句话原本说得通，可在镜子里大家都一样了，何况我们本是同类……看来呀，这场官司还得打下去。”

蓝真真似乎被噎了一下，竟没应答。

我赶紧岔道：“不必不必，既然都困在镜子里，还是和睦相处为好，在下不才，能与两位美女为伴，实乃三生有幸……真真是我的初恋情人，晓倩呢，与我也有缘，若无反对意见，我打算一起笑纳……”

“呸！想得美!”蓝真真柳眉倒竖。

白色影子“扑哧”一笑：“男人呐，真没一个好东西！实不相瞒，之所以搅二位的春梦，其实是救你们，因为一旦交合，精气外泄，魂魄凝滞，即使有外力相助也出不去了。”

“还能出去?”蓝真真惊喜地问。

我却想到另一个问题：“那你为何留在镜里几百年，难道曾经交合过……”

“吴琪害我，”白色影子语气黯然道，“当时我与巫师激战正酣，眼看已占了上风，不出十招可将巫师毙于剑下，未料吴琪突然冒出来，手执移魂灵镜叫我的名字，我猝然不及回头一看，就被摄入镜中，巫师趁机一剑刺死我的肉身，幸好飞离瞬间我咬破舌尖以自身灵血护住魂魄，才避免灰飞烟灭的下场，但从此无法返回人世，只能在幻界飘荡。”

“不对呀，阿诚在石丘洞里看过你的肉身，那里的场面显示你与巫师同归于尽。”我道。

“哼，都是吴琪老奸巨猾，趁巫师力竭之际出其不意杀死了他，真是一出一石二鸟的好戏，同时除掉了两个心腹之患。”

“他早就想杀巫师？”

“巫师是小木屋的人，若非这些人日夜守在外面，吴琪早就带领整个家族逃出去了。”

我越听越糊涂：“可你在蜡丸遗书里明明写着吴琪不想走？”

“我想得太简单，远远不及他老谋深算，事实上古堡的情况非常复杂……”

蓝真真不愿与她攀谈下去，直截了当地问：“我们怎样才能出去？”

“晓飞，愿不愿意留下来陪我？”

“对不起，我想真实地活着。”我坦率道。

晓倩笑了笑，悠悠道：“可惜你们俩只能离开一个。”

“什么？”我和蓝真真惊讶道。

“移魂灵镜蕴含数千年邪恶之灵和上古玄力，具有相当强大的能量，想摆脱它的控制逃出灵镜，必须同时满足三个条件：第一，肉身不死，魂魄精气不散；第二，镜外有纯阳体质的人发功叩关；第三，魂魄在高速离心力的助推下破镜而出。”

“高速离心力……怎么获得？”蓝真真似乎意识到什么，脸色严峻起来。

晓倩轻轻叹道：“问题就在这里，你们俩中必须有一个人作出牺牲，燃烧真元来释放强烈的高速离心力，真元燃烧的结果是彻底切断与肉身的联系，使得肉身死亡，自己则永远留在灵镜里。”

蓝真真试探道：“如果请你出手相助呢？”

“我已没有真元，要产生高速离心力，唯有燃烧自身魂魄……”

我抢着说：“真真，你走，我留下，男女搭配干活不累，以后我陪晓倩在灵镜里做神仙夫妻。”

"不，应该我留下，"蓝真真冲晓倩一笑，"至少我们俩有个共同思念的男人，对不对?"

"还是我……"

我刚说了半句，天际间突然传来一个洪亮粗犷的声音："晓飞，真真，你们在哪里?"

我兴奋得跳起来："小郭，郭项龙!"

蓝真真连忙拢起手掌喊道："小郭，我们正等着你搭救呢!"

晓倩淡淡道："这是我说的第二个必备条件，不过他的纯阳气流真的很强。"

外面的郭项龙似乎没听到我们的声音，接着喊道："我已打通灵镜生死玄关，时间有限，赶紧发力逃出来!"

看来他已掌握了助我们出去的诀窍，也知道只能活着离开一个，因此故意省略了"你们"。

"真真，做好准备!"

"不，你走，我留下!"

两人彼此推让，谁也说服不了谁，晓倩在对面面无表情道："聚神光，炼无极，交乾坤，呵呼唛嚅哐嗒！这是燃烧真元的秘诀，集中意念连说四遍即可，我去也。"说完消失在云雾中。

蓝真真还待争执，我突一指她身后："咦，小郭来了。"她一回头，被我狠狠一拳打晕。

看着倒在怀里的她，心中说不出的伤感和忧伤，我怜惜地抚着她的脸颊，喃喃道："我曾经错过很多，但无论如何，这一回绝对不会再错，出去吧，好好活着……聚神光，炼无极，交乾坤，呵呼唛嚅哐嗒！聚神光，炼无极……"

第四十章　自毁元神

“聚神光，炼无极，交乾坤……”

当我念至第三遍时，感觉全身像一团烈火，喷射出刚猛雄浑的火焰，心脏剧烈跳动，仿佛下一秒钟就会爆炸一般，眼眸蒙上了一层血红色，已看不清前面的景象。

蓦地一只柔若无骨又清凉温软的手贴到我额头上，轻轻一抹，我如中定身法，身子僵硬，体内燃烧的大火一点点熄灭，紧接着一个细细弱弱的声音在耳边说：

“好痴情的男子，我被你感动了，古堡覆亡已经注定，再待下去无甚意义，索性成全你们吧……聚神光，炼无极，交乾坤，呵呼唛嘴哐嗒……”

我一惊，意识到是晓倩的声音，想拼命挣扎，哪里动弹得了半分？只能就这么半呆半傻地听着她念了一遍、两遍、三遍、四遍——

轰！

瞬间身体被推山倒海的力量裹挟着直冲云霄，速度之快，连脸上的肌肉都被扯得突突突向四周散开，裸露在外面的皮肤因高速摩擦而迸出零星火花，这种难以忍受的状态大概持续了几十秒钟——或许没有，总之我已彻底丧失了时空概念，猛然间仿佛飞入真空，没有声音，没有景物，没有方向，整个人停滞在空中，像个毫无生气的木偶。

“晓飞，啊，真真，你们……都回来了！”

混沌间陡地身子一紧，好像从高空坠落似的跌落到郭项龙怀中，他看着我们又惊又喜，脸上绽出鲜有的笑容。

我急切地想说话，喉间却似被堵住了，憋了半天迸出两个字：“晓倩！”

“原来她也在里面？是她帮助你们冲关出镜吗，她是否毁了自己的元神?”郭项龙一叠声问。

我喘了口气，述说了事情的原委，感慨道：“不过数面之缘的女子，竟牺牲生命救我们出镜，如果她是鬼魂，一定是世界上最善良最可爱的鬼魂……”

郭项龙默然不语。

他是坚定的无神论者，然而晓倩的存在和灭亡却动摇了他的信念，使他感到迷惘和不安。

“对了，你怎么知道如何破解移魂灵镜?”

郭项龙递过一卷淡黄色丝绢，上面正是吴琪的笔迹，他解释道：“我见你和真真都是面对铜镜后失去知觉，猜到此镜必有古怪，便避过视线将它取下来覆到地上，却无意中发现这卷丝绢，应该是吴琪最真实的笔记……”

丝绢开宗明义说移魂灵镜是巫师留下的杀手锏，歹毒邪恶，因难以销毁，不得不挂在这里，算作最后一道考验，有缘者应该能从水晶中间看出“不可照镜”四个字，否则只好被摄入灵镜。

看到这里我气怒道：“好歹毒的吴琪，这种事能闹着玩儿吗?”

郭项龙含笑道：“不过他也说了破解之术……”

吴琪说的与晓倩完全相同，即必须同时满足三个条件，其实最麻烦的要数高速离心力。郭项龙意识到问题的严重性，但他必须尽可能减少损失，无论谁活着出镜都是最好的结果。

正准备往下看，郭项龙陡地神情一紧：“有人!”

我赶紧将丝绢揣入怀中：“谁?除了我们还会有谁?你会不会太紧张了?”

“二十米之内，我能听出猫走路的声音，”郭项龙冷冷道，“刚才绝对有人从甬道经过，但他没有进来。”

“那……找个安全的地方，我要看完这卷丝绢。”

“还是别看为好。”

“什么意思?”

郭项龙没有回答，淡淡一笑推开左侧铜门，门后是一间空旷的石厅，对面有扇两米多高的双扇对开大铜门，上面刻着彩雕，里面有隐隐的轰隆隆的声音，好像……正在生产的车间。

“有古怪，有古怪。”郭项龙盯着彩雕铜门喃喃道。

我一个劲地追问：“为什么我不能看这卷丝绢？说清楚点。”

他无奈地说：“只是建议，不作为你行动的依据……里面很古怪，要不要进去看看？”

“当然，我们还有退路吗？”

打开彩雕铜门，热腾腾的气浪扑面而来，我们以为是毒气，吓得连退数步，然后才发现是水蒸气——里面居然是水汽氤氲的浴池！

浴池呈正方形，长宽约二十米，四周全是大理石砌成，不像普通浴池那样平整，中间做出凹凸不平的形状，可用于浴后按摩和休息。浴池中间有两个转动的大齿轮，高五米，长宽六七米，不停地旋转咬合，我们在门外听到的轰隆隆声就是它们发出的。

郭项龙憋了半天冒了一句：“死人还要浴池干嘛，难道真想让法老复活后在里面洗澡？”

“说不定木乃伊们闲着无聊时扑通扑通一个个跳下去享受一番。”

“池中间两个大齿轮是干什么的，挺怪异，它对浴池本身并没有作用，相反齿轮锯齿又尖又薄，稍不留神还容易伤到人。”

“管它呢，我们又不下去洗澡，不过可以坐在池边享受桑拿浴，顺便研究研究吴琪的内心独白。”我心里始终惦记着丝绢。

郭项龙耸耸肩：“随便你。”

他将阿诚倚靠在浴池边，这时蓝真真悠悠醒来，听着移魂灵镜里一波三折的生死经历，看着雾汽弥漫的浴池，眼睛亮晶晶格外明媚，然后轻轻吐出四个字：

“我想洗澡。”

“什么？”我和郭项龙对视一眼，这会儿当然不好说木乃伊洗澡的玩笑，但无论如何，在一个全然陌生，又摸不着深浅的地方洗澡，有过于冒险之虞。

蓝真真嘟着嘴，双手拨弄长发：“你们看，入堡十多天，除了在河里泡过几分钟，身体根本没沾着水，脏兮兮难过死了，还有头发，头皮痒得不得了……我保证以最快速度洗完，不耽搁你们的时间。”

“小郭，你认为呢?”

郭项龙紧绷着脸：“看来你又被说服了……好吧，不过还有个附加条件，洗澡时不准关门，必须在我们视线之内。”

“啊!”蓝真真涨得满脸通红，“不行，我不可能在两个大男人面前脱得一丝……我抗议!”

“抗议无效，在这里安全高于一切。”郭项龙不肯让步。

“那我宁可不洗。”

“我同意。”

看着两人剑拔弩张的架势，我赶紧打圆场：“我有个主意……真真到最里面洗，我守在外侧，小郭守在门外，反正浴池里雾气很浓，这样既不使你春光外泄，又能保证彼此呼应，行不行?”

我推了推蓝真真，言下之意我对你的身体知根究底，早在大学时就探索过全身每一寸领土，何况两年前还有一次疯狂，跟我有什么好保密的?无非是防止郭项龙而已。

“嗯——那你们得保证要把脸背过去，不准偷看。”她只好又退了半步。

郭项龙眉头皱成深深的“川”字，显然并不满意这个方案，但蓝真真态度坚决，我又站在她一边，遂勉强答应。

蓝真真入池后，郭项龙扶着阿诚，眼睛半眯半睁地打盹，我则急不可待掏出丝绢看起来……

吴琪说，他早猜到自己死后留在窑洞的笔记会遭到儒生涂改，即使如此，他还是认真地写了，一来习惯动笔的人如果不留些文字于世，反而不合情理，儒生势必要千方百计到其他地方搜寻，二来儒生似乎恪守某种规矩，不会擅自销毁、移动、藏匿古堡里的一切物品，换而言之儒生发现笔记后最多是将文字全部涂抹掉，但不能烧毁、转移它。有笔记作幌子，他才能安心在丝绢上写下所有的心里话，算是对父亲、对吴氏列祖列宗和晓倩一个交代。

吴琪说，吴家从桐州千里迢迢迁入古堡当天夜里，儒生与自己彻夜长谈。儒生首先对此举表示歉意，其次表示自己只是执行者，并非事件的决策者，儒生本人也不情愿出现这种状况，因为这意味着要永远镇守在小木屋，不得出剪山一步。吴琪趁机询问儒生的身份，为何这么做？儒生避而不答，只说了四个字，“难以想象”。儒生建议他入堡后多看看，潜下心来做些研究，说不定能悟出点什么。

吴琪说，鱼伯后人留下的资料很少，加上没有文字，研究工作进展缓慢，不过他有的是时间，通过十多年努力，终于发现一个惊人的秘密：古堡并非鱼伯后人所建，在此之前就已经存在；鱼伯后人也非自愿入堡，而是被逼迫的……

正看得入神，郭项龙冷不丁问：“真真还没好？”

我头也不抬：“女人有三慢，化妆、洗澡、购物，碰到这三桩事，任你怎么着急也没用。”

“我是不着急，但她洗澡连水花声都没有吗？”

我一惊，霍地站起身喊道：“真真！真真！”

池面上一片朦胧，看不清人影，也没有应答。我慌了，急忙冲到她入池的地方，却见她已穿好衣服，背对着我坐在池边，低头不知在想什么。

“真真，你还好吧？”我站在她身后问。

她扭过头冲我一笑，我惊恐地发现已不是蓝真真，而是——小木屋杀手，中年人！

未等我来得及呼救，他左手闪电般扼住我咽喉，右手持刀狠狠刺向我心窝。

换在两年前的四川蚕洞，我肯定闭眼挨这一刀，而今经过数次鬼门关前的徘徊挣扎，我从郭项龙、阿诚那儿学到很多，最重要的一点就是，不到最后绝不放弃。

“哧”，我借助滑湿的地面向前一滑，身体失去平衡，躲过必杀一刀，同时两指急插向他眼睛。中年人扣住我手指，双臂一用力将我掀入浴池中。短短一个回合工夫，郭项龙已听出不对劲，悄悄掩至附近，猝然扑上来将中年人按倒在地，两人在过道地上摔扭锁擒，战成一团。我在浴池里游了一圈，没找到蓝真真，正急得满头大汗，眼角突瞥见两个齿轮中间飘着花衣服，连忙游到右侧：她果然被吊在齿轮中间狭小的空隙里，垂着头，双臂反缚在背后一动不动，看样子是陷入昏迷状态。

我尝试靠近齿轮，很快发现这是徒劳的，齿轮上尖锐锋利的锯齿和严密节奏的防守圈无时不刻不在运转，要想突破进去，除非在两秒钟之内从四只移动的锯齿中间飞身跃入，而且要把握得相当精准，稍有不慎便会命丧黄泉。

只有郭项龙才能做到这一点。

刚想到这里，“扑通”，郭项龙被抛入池中，溅起一大片浪花，接着咕噜咕噜连喝几大口水，身体直往下沉。我游过去托起他，他已奄奄一息，几乎失去了行动能力。

中年人站在池边，双臂抱肩傲然看着我们，道：“还有个家伙哪去了?”

他没发现阿诚!

我脑筋一转，道：“你说呢?”

中年人虽说身手高强，又怀有诡异莫测的特异功能，但独自在山里住得太久了，不善于斗心眼，当即顿足道：“他去了麻醪密室?不对，麻醪密室是此塔的核心，处于法老元婴精神控制下，凭他一个人……”

他陡地意识到自己泄露太多，赶紧刹住口，脸色难看地瞪着我。

“麻醪密室，”我笑道，“多谢指点。”

中年人懊悔地叹了口气，道：“你们都是快要死的人，何必老在这里折腾?”

“反正是死，还有什么害怕的?”我回敬道。

他沉吟片刻，眼睛连续眨了十多下：“这样好不好，你交代出同伙的下落，我透露一点金字塔的秘密，接下来大家再各凭运气较量，行不行?”

第四十一章　生命之舟

我道："我怎么知道你是否遵守诺言？"

中年人庄重地说："如果你了解小木屋的风格，就应该知道我们最注重诚信，否则吴琪家族早就死在桐州，还要后来那么多麻烦干甚？"

"好，成交，你先说。"

"不，你先说，"中年人态度坚决，"你们多次说话不算数，缺乏应有的诚信。"

我又好气又好笑："换作你是我们，也会这样做。"

"绝对不会！"

我一盘算，反正阿诚就在他眼皮底下，被发现也是迟早的事，索性说出来还能套到金字塔的秘密，何乐而不为，当下道："说就说，他嘛，就在三十米之内。"

中年人有些不信，沿着池边走到门口，一眼看到倚在铜门上的阿诚，不由咂咂嘴，显然觉得这笔交易不划算，沉默会儿道："他的魂被法老摄走了，三天之内必死无疑。"

"这是我们的事，现在轮到你了。"

他低下头，在池边慢慢踱了十多步，冷不防问："你知道世上是先有蛋后有鸡，还是先有鸡后有蛋？"

我被问得瞠目结舌："这……这是生物学家和哲学家伤脑筋的事，我从没想过。"

"那你知道是先有古堡还是先有湖底金字塔？"

"不知道。"

"金字塔修建在前，为了避免被人发现，才以它为中心建成这座古堡。"

"塔的作用是什么？仅仅为了埋葬法老吗？"

“当然不是，法老不过是看守金字塔的奴仆，防止擅入者破坏里面的设施。”

“那么……”

中年人目光炯炯：“这座塔真正的作用是载体。”

“载体？对不起，我越听越糊涂了，能不能说得清楚点。”

“别贪心，我已说得太多了，”中年人说，“再说一句话我们之间的交易就告结束……一旦我们完成使命，就将永远离开，载体便是金字塔。”

我斟字酌句地说：“你的意思是，金字塔是一种交通工具，能载着你们回到家乡……那么埃及呢，那么多金字塔都承载着运输功能？你们的终极目的地是哪儿？”

“对不起，刚才我就说过，交易结束了。”

中年人边说边挽起衣袖，我心中一紧，一场生死搏斗又要展开了，可这回我处于前所未有的劣势，阿诚昏迷不醒，蓝真真被擒，郭项龙生死未卜，我，我又岂是他的对手？

我托着郭项龙游向池边，准备将他安置好后与中年人决战，未料中年人根本不给我一点机会，蹬蹬蹬连跑几步，飞鱼般跳入池中，正好截住我的去路。我忙不迭向池中心游，刚游了几米就被他追上，单臂一伸抓住我肩头，我甩了一下没甩脱，这时郭项龙突然出手，一刀斩断中年人左臂！

——我跟中年人聊了这么长时间，目的就是拖延时间，让郭项龙尽快恢复。

中年人一呆，右臂急伸要捞起断臂，郭项龙以身体挡住，我迅速将断臂抢在手中，飞快地往门口方向游。中年人急起直追，却被郭项龙死死缠住，中年人怒不可遏，连下毒手，然而水中力道、招式威力远不及陆上，又只剩下独臂，发挥方面大打折扣，全力以赴之下不过勉强与郭项龙打成平手。

眼看我已搭住池沿准备上去，中年人猛地变招，连续抢攻数招逼退郭项龙，身体后仰，箭一般蹿出数米，以一个漂亮鲤鱼跳龙门，电光火石间通过转动的齿轮，一把扼住蓝真真的脖子，道：“想要她的命么？”

我脱口叫道："想，想，我拿断臂跟你交换!"

郭项龙叹了口气，想必是怪我沉不住气，轻易亮出底牌。

中年人微微一笑："很好，你把断臂扔进来我就交人。"

"你先交人。"我坚持道。

他亮出匕首在蓝真真肩上比划了一下："也可以，我先卸条手臂给你。"

"不行，不准伤她一根毫毛!"

中年人停住手，胜券在握地看着我。我暗暗懊丧，知道自己把谈判搞砸了，可是有什么办法呢，蓝真真是我心中最爱，我不容许出现任何伤害到她的可能。

我慢腾腾游过去，游到郭项龙身边时他将我拦住："让我来。"

我顺从地把断臂交给他，中年人警觉地喝道："慢着，你们玩儿什么花样?"

"他扔不准。"

郭项龙解释道，稳健地游到齿轮面前深吸一口气，浮沉之间骤然发力，把断臂扔到我怀里，同时身体一跃，精准地从锯齿间穿过，直扑中年人。中年人没料到对方竟会置人质生死于不顾强行突破，一时间不知如何处置蓝真真，撂开她猛攻郭项龙中路，想趁他立足未稳之际将他打落锯齿间。郭项龙早有防备，两脚像生了根似的钉在不足三寸的铜管上，顶住中年人急风骤雨式的狂攻。

两人激战正酣，我游到齿轮附近试图穿越过去，徜徉了几回终究下不了决心：锯齿太锋利、运转太快了，我实在没有成功的把握。

激烈搏斗中，郭项龙渐渐取得优势，开始转守为攻，中年人脸上露出焦急之色，突然拖起蓝真真拦在身前，郭项龙不由一缓，被中年人一脚踹在胸口，身体失去平衡，坠入明晃晃的刀口之中!

好一个郭项龙，我的惊叫声还未出口，他已用脚踝勾住锯齿上口，身体倒悬，刻不容缓间避过杀身之祸，然后腰部回荡，一掌击在中年人心口，中年人摇晃两下也栽倒下去，同样勾在锯齿上，两人沿着齿轮旋转起来。

这不是搭救蓝真真的最佳时机吗?

我的心怦怦乱跳，终于说服自己冒一回险，遂将断臂放到池边，平抑紧张不安的情绪在水中做了几个起伏，陡然冲出水面，瞅准锯齿运转的空当穿进去！

砰！正好压在蓝真真身上，中年人见了大惊，身体跃跃欲试打算往下跳，我赶紧抱着她向下攀行，本来是想爬到齿轮轴心位置，从比较宽敞的地方跳出去，谁知中年人快如疾风赶上来，单脚在我手背上一踩一铲，我惨叫一声，不由自主松手，两人直往锯齿上坠落。郭项龙刚好转到附近，抬腿托住我们往轴心一推，“咚”，两人撞在轴心中央三根交叉的铜轴上，铜轴突地分散开来，中间裂开个黑洞，我来不及收势，搂着蓝真真一头栽进去。

所幸洞内是个斜坡，两人沿着坡骨碌碌滚到底，又在平地上冲出七八米才停住。定睛一看，原来是间金碧辉煌、布置考究的密室。墙壁一律贴着金箔，地面则是水青硐窆石——汉白玉大理石里的上乘石材，一千立方米里难得采到一立方米，密室左侧有只两米多高的水晶观赏架，内嵌珍珠玛瑙，看上去晶莹璀璨，摇曳生辉，观赏架上错落放置着古陶、玉器、青铜器等物。我顺手拿了只古陶，摸在手里细腻温润，竟有玉的质感和材质，以我考古专业高材生的眼光，居然看不出用的什么陶土，采用的什么技术。右侧墙边有个青铜大立人，两米多高，双手伸向前方，头戴双层圆形头盔，顶部还竖了两根小天线，面部表情坚毅镇定，颇有大将风度。

密室右墙角有个半米左右的方孔，可能是通向外面的出口。出口旁铺着厚厚的毛毡，一摸之下居然是虎皮所制，好像还是几乎灭绝的华南虎。

顺着斜坡爬到顶部，怎么敲击都打不开，不知郭项龙在外面战况如何，此时蓝真真依然昏迷未醒，我孤身一人不敢擅自行动，一想不如等她醒了再商议，遂将她平躺到毛毡上，掏出丝绢坐在旁边看起来。

吴琪提到鱼伯后人并非自愿，而是被逼入堡，然而话锋一转讲到大祭司。大祭司来自遥远的国度，高鼻蓝眼，卷曲头发，说话带有浓浓的卷舌音，具备神秘莫测的灵力，能与天神交流为国家祈福消灾，并用巫术为民众治病，指点冶炼术、铸造术等技术，因而获得普遍拥戴和支持，取得与君王相同的至高无上的地位，是古蜀国人心目中的神，并形成以他为核心的神权阶层。

王权阶层虽享受神权阶层带来的国家强盛和经济繁荣，却不愿与大祭司分享富贵，暗中搞了许多小动作，极力排挤神权阶层，使他们在古蜀国中进一步边缘化。大祭司感到非常失望，决定离开四川到更远的地方云游。消息传开后民意沸腾，人们涌到王宫前大声抗议，要求君王下台，让大祭司执掌王权。这一来反使大祭司处于尴尬的境地，好像他以退为进图谋王权似的，无奈之下只得自断心脉，以死明志。

大祭司去世后，只有极少数巫师参与了他的葬礼，按照他生前遗愿，尸体秘密葬于远方一座隐秘的石塔内。大祭司肉身虽死，灵魂却永不湮灭，在石塔的庇护下夜以继日地修炼，数千年之后就可修成超脱于尘世的元神圣婴。元神圣婴复活需要三十六个活人的灵魂，否则只能永远附在木乃伊体内，无法走出金字塔。

所谓大祭司就是我们遭遇的法老吧，我心里怦怦乱跳，暗想吴琪知不知道破解恶灵附体的办法呢？当下心慌意乱地继续看。

吴琪说，大祭司的复活计划引起古蜀国王权阶层的忧虑，不乐意看到若干年后的子孙再受到神权阶层约束，正如天上不能有两个太阳。在君王的授意下，个别被买通的巫师在葬礼中做了手脚，一方面将殉葬的三十六个童男童女秘密处死——原本是令他们处于假死状态，等大祭司修成元神圣婴时提供活人灵魂；另一方面偷偷藏起本该烧毁的大祭司裹尸布，留待不时之需，因为裹尸布可以克制大祭司，使元神圣婴魂飞魄散，永无凝聚的希望。

裹尸布！我兴奋地站起身，仿佛迷航的船只在茫茫黑夜中看到一点渔火。

吴琪说，裹尸布藏在塔内某个密室，与大祭司生前使用的生活用品放在一起，他亲眼见过这件裹尸布，质地甚是奇怪，不像普通蚕丝、棉、麻等纺织材料，总之前所未见。

古蜀国君王利用种种手段获取了大祭司与天神交流的秘密，等他死后依样画葫芦，居然也骗得天神信任，王权阶层进而铲除驱赶了神权阶层，形成独统江山的格局。然而好景不长，天神很快察觉到异常，当即销毁祭器，砍倒通天神树，中断与王权阶层的联系，从此古蜀国一蹶不振，日益走向衰落。

弓鱼国灭亡后，鱼伯后人为了谋求复国大业，潜入古蜀国故地，寻访老人、翻阅资料、勘察旧址，试图重新与天神建立联系，获取天神的帮助。这一行径很快引起巫师注意——神权阶层被驱逐后，一直潜伏在四川境内，阻止古蜀国人与天神联系，便施展巫术将鱼伯后人逼至绝境，迫使他们同意迁入古堡，永远不与天神联系。

迁居时巫师们百密一疏，让鱼伯后人偷运了许多祭器包括通天神树进入古堡，在堡内重新建立与天神联系的通道。然而他们忽略了一点，那就是古堡的千年之劫！

第四十二章　密室游魂

接下来吴琪详细介绍了乔龙出世的劫难，内容与晓倩的述说基本一致，其中专门指出龙鳞灰散布范围包括石塔，躲在塔中也逃不过一劫，当然也提到皱石能克制它，但只一笔带过，并未具体阐述。

鱼伯后人历经数百年，仿效前人建立起通神之道，正准备实施时乔龙出世了，一夜之间整个古堡蒙上一层龙鳞粉末，人们陆续病倒，慵懒无力地躺在床上、路边、街头，最终成为一座死城。

巫师们并没有撤出小木屋，因为仍有大量祭器和通天神树散落在民间，万一被古蜀文明研究者们发现，依然有可能找到通神之道。不久，吴浩进入观察范围，经过周密的调查分析，他们认定吴氏父子颇具威胁，必须予以控制。

于是吴氏家族继鱼伯后人成为第二批古堡居住者。

吴琪说，其实他早知道晓倩来历不凡，更确切一点说，从她入堡那一刻起他就识破了她的身份，她来自一个叫"璋叶社"的豪门世族。"璋叶社"早期活动于成都平原，其先祖是噶野苗人，是古蜀国几大部落之一，蚕丛建国后逐渐清洗外族贵族，树立本部落权威，到鱼凫统治时期，噶野苗人在王权阶层中的势力所剩无几，部落成员也被驱赶出都城，在偏僻、荒无人烟的山区生活。为夺回统治权，"璋叶社"一度与同样失势的神权阶层结成联盟，后来在王权阶层的打压分化下解体。正由于这段合作，"璋叶社"学会一些巫术，也掌握了一些古蜀文明的核心秘密，进而世代相传，孜孜不倦探求通神之道。

吴琪之所以收容晓倩，是想通过她了解自己没有掌握的资料，也希望在"璋叶社"的帮助下摆脱小木屋主人，也就是巫师的控制。暗中观察之下，他失望地发现她对古蜀文明根本一无所知，不过是"璋叶社"楔入的一颗棋子而已，此后便没有多加防范。然而令他始料不及的是，正是这颗棋子打乱了古堡的平静，将他推到矛盾的浪尖……

“我在哪里?”

蓝真真嘤咛一声醒来，诧异地看着密室，当得知裹尸布能克制法老，解救阿诚魂魄，她表情一松，拉着我直奔密室出口——墙角方孔。

方孔后是一段圆管形地道，爬至一半时光线渐渐暗淡下来，到了尽头眼前一片漆黑，伸手不见五指。蓝真真在身后点燃打火机，我依稀瞅见前面影影绰绰站了个人影，心中一怔，就听到“噗”，耳边掠过一股凉气，打火机应声熄灭。

“你把火吹掉干什么?”蓝真真嗔道。

我没敢说实话，一边暗中掏出藏刀，一边道：“再打一次。”

“咔嚓”，打火机再次点燃，火苗刚晃了一下，“噗”，又被吹灭。这回蓝真真猜到不是我恶作剧，颤声道：“谁? 谁搞的鬼?”

“再打!”我恶狠狠道。

打火机第三次燃起时，我身体向前一蹿，藏刀也悄无声息刺出去，在空中分上中下连砍三下都扑了空，耳边还是“噗”一声吹掉火苗。

“晓飞，你在哪里，你在哪里?”

蓝真真伏在管道里惊慌地喊道，我站落在地，心中稍稍安定，安慰道：“无妨，你尽管下来。”

话才说了一半，颈间被吹了口凉气，森森寒意迅速蔓延到全身，瞬间仿佛置身于万年冰窖，从手指开始麻木，然后电流般通向五脏六肺，转眼间只剩下头脑还能思维，其余部位全都失去了知觉。

“晓飞，晓飞……”

蓝真真还在叫我，我心忧如焚，心里一个劲地喊：别进来，别进来!

她听不到回音，意识到情况不对劲，语气中有了畏缩之意：“晓飞，你没事吧，为什么不回答?”

咔咔咔，漆黑中传来扳打火石声，不知是紧张还是什么缘故，总是打不燃，蓝真真泣声道：“怎么办，怎么办? 小郭生死未卜，阿诚魂魄被摄，如今你又……我该怎么办?”

见她有了警觉，我心中稍安，只要她不进来，大概不会被吹成冰人，否则真有可能全军覆没……

刚想到这里，“咚”一声她居然跳进来，大声说：“晓飞，我宁可和你一起死！”

“你这个傻女孩……”我心中默默骂道，骂了一遍又一遍，直至泪流满面。落地后她微微向前挪了半步，靠在我右臂旁，然后便没了声息，显然和我一样，也被那股奇寒无比的凉气冰冻起来了。

黑暗中有人站在面前审视着我，好像欣赏一件工艺品似的，看得很细致，使我有种绝望中的毛骨悚然，就像即将被肢解的青蛙，明知将死却无力改变。我可以清晰感觉到细细的气流从脖子向下，沿着胸口、腹部、大腿，一直游走到脚踝，随后又移到旁边，估计蓝真真也得遭受相同的经历。

这家伙该不会是法老元婴吧？

我闪过这个可怕的念头，但法老元婴只会摄取活人魂魄，恐怕对肉身没兴趣，更不会像刚才那样从头品到脚；若是其他幽灵鬼怪，早被法老元婴收为己用，哪容得它在此作恶？

正在胡思乱想，身体突然飘浮起来，离地两尺时慢慢转而横卧在空中，背部有道力量托着我移动，走，不，是飘，飘了大约五六米又穿过一道门，进入另一间石室。石室顶部镶了十多颗大小不一的夜明珠，柔和的荧光将室内装扮得有几分温馨，也让我安定了不少。然而当我看到门对面墙壁上的布置，心里骤地一紧，感觉大祸临头。

墙上倚了一具人形冰棺，棺盖半敞，里面腾出袅袅白雾，棺盖上画了个奇形怪状的图案。毫无疑问，这是古埃及祭祀的一种仪式，利用活人施法达到某种目的，因此意味着要有一个人躺进去。

我和蓝真真并排悬在半空轻轻晃动，彼此看不到对方，但可感觉到对方的存在。背后有双眼睛在注视着我们，或许他（它）在权衡选哪个入棺。

良久，蓝真真身体移到前面，转过身面对着我，衣服如剥笋般一件件飘落，最后露出洁白无瑕的胴体。尽管之前我已多次见过她的裸体，却从未有过这般惊心动魄的感觉：在刺骨奇寒之下，她的肌肤如千年冰川晶莹剔透，折射出眩目的白光，她的玲珑曲线在冰冻中更加曼妙无比，胜过雪山巅峰荡气回肠的雪线，她的长发、她的睫毛凝结成优美的造型，若远若近衬托着胴体的雪白。

我定定看着她，她也定定看着我，目光中充满依恋和不舍。

如果冰棺再大些，或者有两具多好，那么我就能和她同葬于这里，所谓生不能同衾，死也要同穴，了却我人生中最大的遗憾。

蓝真真悄然落到冰棺里，胴体与冰晶浑成一体，组成一幅绝美悲壮的图画。棺盖仿佛受到感应，“砰”地合上，她无限柔情地看了我一眼，从容闭上眼睛。

棺盖上怪异的图案发出刺眼的金芒，金芒越来越亮，蓦地高速旋转，发出“呜啦呜啦”难听嘶哑的声音。噪音中金芒如荡漾的水波，一圈圈向四周延伸，几十道光圈重叠交替在一起，渐渐地，光圈中心隐出个淡淡的人形，只有手掌大小，形似婴儿，双臂舒展，好像在伸懒腰似的。

不知何时，冰棺前站着一个影影绰绰的人影，就是我在圆形管道里看到的，背对着我，身体像钟摆似的左右摇晃，一点一点地靠近光圈。不多时已经融入光圈内部，每旋转一圈就离中心婴儿人形近一些，如此七八圈之后，两个影子的距离触手可及。蓦地它长啸一声，闪电般扑向中心婴儿人形。

就在电光火石之间，又一条人影冲过来，高举亮晶晶的盆钵大喝道：“六合精炼希声真！”

光圈中两个人影即将交汇瞬间，影影绰绰的人影陡然改向，“嗖”地钻入盆钵之中，随后光圈迅速消失，只剩下后来闯入的人影——

郭项龙！

他倒转盆钵，麻利地在上面封上黄绢，又变戏法似的掏出只毛笔在黄绢上写了一连串符咒，吐了口气，目光一凝，这才看到冰棺里的蓝真真。

我暗暗奇怪：他不是从来不信鬼鬼神神的一套么，从哪儿学会天钵镇妖大法，又怎么会那句咒语，以及镇压妖魂的符咒？

冰棺面前，郭项龙似乎被蓝真真的美惊呆了，久久伫立着不动，目光直直盯在她活色生香的胴体上。蓝真真似有所悟——女孩子在这方面总是特别敏感，睫毛微微颤动，双目紧闭，一副不知所措的样子。

我暗骂道：好一个郭项龙，平时看起来道貌岸然，不近女色，关键时候就露出真面目了！这会儿还不赶紧设法救我们，莫非要让我们活活冻死？

正想着，他转过身来，眉头紧皱，好像遇到什么难题，倒背双手在室内踱了两个来回，陡地一抬头，表情紧张地看着我身后。我心一沉，老天，又有新情况了吗？就在转念间，他一个箭步冲到我身前，藏在背后的手飞掠而出，一道白光从我额头一直切到脚踝，“呲”，宛如拉开夹克衫上的拉链，我长长松了口气重获自由，身体向前冲了半步，跪在地面。

郭项龙眉头一扬，露出欣慰的神情：“还好，虽然险了点，总算先救了一个。”

我有满肚子问题要问，急急道：“那么……”

他止住我，沉声道：“诸多细节后面再说，目前当务之急是真真，这具冰棺叫‘坤灵七窍棺’，她的魂魄精神俱被锁住，倘若强行解救，必定会使她魂魄飞散，因此不能轻举妄动……”

“你有什么方法？”

“唯一的办法是……”他压低声音道，“刚才我已打下伏笔，但此事需得你配合，只有这样才有救活她的希望。”

“没问题。”我迫不及待说。

他凑到我耳边好像要说话，冷不防一掌打在我心口，我下意识跳起身劈手甩向他面颊，被中途捉住手腕一扭推到两步之外。我指着他破口大骂，再一次和身扑上去，他轻蔑一笑，轻松从中路突破揪住我衣领，一脚踹在肚子上，我惨叫一声翻滚着出了屋子，一动不动仰卧在甬道里。

郭项龙若无其事抖抖衣袖，又站到冰棺前面。蓝真真显然已见到我们打斗的一幕，聪明如她者当然能悟出怎么回事，神情更加紧张，眼睑剧烈地抖动，胸口也大幅起伏，更增添了几分撩人的羞态。郭项龙眼睛一眨不眨地盯着她，整个石室都是他粗重的呼吸声，过了会儿他呼地推开棺盖，蓝真真不好再装下去了，只得睁开眼看他。郭项龙冷酷地笑了笑，然后做了个谁也想不到的动作——

脱衣服！

第四十三章　裹尸灵布

他脱得很慢，动作坚定而连续，一看便知是深思熟虑的决定。每脱一件，蓝真真脸上便多了一层恐慌，等他脱到只剩下裤衩，露出一身精壮结实的肌肉时，她简直要羞得晕过去。

若能动弹半分，我估计她宁可嚼舌自尽，也不会接受即将而来的羞辱。

我挣扎着要爬起身，无奈那一脚实在厉害，踢散了我全身力道，连一根小指头都动不了。不知之前郭项龙到底经历了什么，但有一点可以肯定，他可能中了某种惑人心神的巫术。

郭项龙的眼里好像有无数只小手，来来回回在她胴体上摸来摸去，过了会儿终于忍不住了，一双大手伸向她胸前傲人的双峰！

蓝真真绝望地闭上眼睛，就在刹那间，郭项龙手中变魔术般多了只盆钵，重重扣在她肚脐上！

蓝真真诧异地睁开眼，随即身体重重一震，脸上由白转黑，又由黑转白，眼睛里渐渐有了神采。郭项龙双手按在盆钵底部，肌肉像吹气球般鼓了起来，头顶冒出腾腾热气，几秒钟后大喝一声揭开盆钵，同样封好黄绢，写上符咒，蹬蹬蹬一直退到门口，瘫倒在地。

我一骨碌翻身而起，到冰棺边扶起蓝真真，她身体已恢复弹性和温软，胡乱穿好衣服，一时间石室静悄悄，大家都不知如何开口。

这时我已猜到郭项龙变身色狼是为了救蓝真真，可其中到底有什么缘由，依据是什么？我们在等他开口，他却有点无颜面对蓝真真的意思，低着头不吱声，刚才那副色迷迷的模样早抛到爪哇国去了。

还是蓝真真打破沉默，大大方方说："小郭，可以问个问题吗？"

"嗯。"

她一掠额前碎发，从容道："你老实说，我的身材好不好？"

我哈哈大笑，郭项龙没忍得住也跟着笑了起来，刚才的尴尬在笑声中一扫而光。

郭项龙讲述了他独自行动的经历。

我和蓝真真坠落轴心黑洞后，中年人如梦初醒，奋不顾身扑过去。郭项龙知道他必有所忌，拼死挡住。中年人毕竟少了条手臂，无论怎么搏杀终究形不成威胁，反被打落到锯齿之间，身体活生生被绞成两截，坠入浴池。

郭项龙休息片刻，觑准时机从锯齿间跳出去，背着阿诚再度纵入，打开轴心洞口进入密室，再爬入圆形管道，正好瞅见我和蓝真真被冻结的一幕。他沉住气，悄悄退回密室将阿诚放下，回忆起丝绢上看到的内容。

吴琪说，由于法老生前精心部署的种种设置遭到破坏，复活已基本无望，后来反成为巫师用来看守石塔的工具，只需完成某项使命，他们就能借助石塔升天。随着法老元婴的控制力越来越强，一度强至令巫师担心的程度，为了牵制它，巫师将它入殓前的裹尸布藏在石塔内一个密室，一旦法老元婴的精神力量突破划定的红线，裹尸布便会爆发出反制力，逼迫它退回原处。两股力量较量了数百年，终于被法老元婴探到裹尸布所在位置，忍痛切下一块元神专门用于镇守裹尸布，这块元神就成为游荡于密室之外的游魂。

密室游魂虽脱胎于法老元婴，却有独立的意识和精神，同样野心勃勃寻求复活之道，它另辟蹊径，在密室附近找到“坤灵七窍棺”，想利用此棺能分离魂魄、使灵魂脱窍肉身的法力，探索出一条新的复活术，即将活人困于棺内，然后以法力激活棺盖上的“拘魂印”，等活人灵魂出窍后，再运起上乘巫术，使自已的元神强行进入“拘魂印”，与活人灵魂两者合一，这样等于借助肉身复活。

刚才影影绰绰的人影在光圈中扑向中心婴儿人影，就是密室游魂准备与蓝真真的灵魂融合。

此法虽然恶毒奸滑，却有个致命的缺陷，那就是密室游魂进入“拘魂印”后，将暂时失去所有法力和灵力，意味着从它进入光圈到与肉身合体，这段时间异常脆弱，完全没有防御能力和反击能力。密室游魂虽在精神方面取得独立，毕竟曾是法老元婴的一部分，先天受制于母体，因此只需在它极度虚弱时祭出法老生前用过的法器，大声念一句咒语便能收伏它。

巫师找到制伏密室游魂的办法后，不知是怕忘了还是告诫它不得胡作非为，将具体步骤以及咒语、符压的手法都画在墙上。后来被吴琪发现，遂详详细细记了下来。

这段内容写在后半部分，我没来得及看，但郭项龙看过，当下凭借超群的记忆力将记载内容过滤了一遍，按指点在密室里找到法老最喜欢的“铉若波罗弥芥碗”潜伏在暗处，直至密室游魂快要与蓝真真灵魂合体瞬间才骤然出手，将它收入法碗之中。然而事情并没有结束，因为它对我和蓝真真施展“寒冰固魂术”时，有少量元神残余在我们体内，这厮煞是难缠，与我们自身魂魄纠结在一起，一荣俱荣，一损俱损，尤其蓝真真，残余的元神势力颇大，弄不好被它反噬，轻则丧失意识，重则神智被夺，变成密室游魂的替身。

关于这一点，吴琪记载中没有提及，但郭项龙懂。

特种部队培训时心理学是必修课程，其中也涉及意志力控制和催眠术的知识，“卢特理论”认为，人格分裂的原因是大脑同时发出截然不同的指令，久而久之使人变得不自信、焦虑、低沉，继而产生心理变异和精神错乱。卢特教授据此提出“心理诱导”的方案，即采取暗示、引诱甚至催眠等手段，诱导患者将注意力集中到某一方面，然后不失时机告诉他，你也可以做到。

郭项龙判断元神入侵灵魂，与人格分裂的原理基本一致，因此故意做小动作吸引我注意，诱引我自身心神集中到他身上，然后猝然出手破解“寒冰固魂术”，巧妙地将它残余的元神与我的元神分离。但对蓝真真而言，情况稍稍复杂些，因为她体内残余元神比较强势，纠结程度更深，不是普通诱导术所能分离，只得铤而走险，用女孩子最怕的色狼骚扰术！

为了演得更像，他不惜下重手将我打倒在地——如果我知道真相，无论怎么努力终究会露出马脚，唯有与蓝真真一样蒙在鼓里才能达到意想中的效果。果然，在他几乎乱真的表演下她羞耻悲愤到极点，元神连同热血全部拥至头部，而残余密室游魂则郁结在肚脐一带，被逮个正着，全部收入“铉若波罗弥芥碗”中。

听完郭项龙的述说，蓝真真但笑不语，我打趣道：“能把这出独角戏演得如此成功，起码证明你是个优秀的演员，关键是容易入戏，而且投入感强。”

郭项龙听了头更是抬不起来，还是蓝真真替他解围：“少玩儿你那明褒暗贬的春秋笔法，刚才要不是小郭，我们俩早成了密室游魂的猎物，哪里还能坐在这里说说笑笑……对了，小郭说裹尸布能克制法老，到哪儿找？”

“金字塔里密室很多……”郭项龙沉吟道，“可惜吴琪并没有更详细的介绍。”

我想了想道：“在浴池里与小木屋杀手对垒时，他不慎漏出庥麿密室四个字，并说它是此塔的核心，处于法老元婴精神控制之下，再联想法老使用过的法器、生活用品，我怀疑就是我们经过的那一间。”

蓝真真眼睛一亮：“不错，密室游魂脱胎于法老元神，自然能算作法老精神控制的一部分，而且正因为密室里藏有裹尸布，法老才会忍痛切割元神来镇守，这本是互为因果的关系。”

“可是我们都在密室待过，里面陈列很简单，应该没有裹尸布。”郭项龙道。

“再回去看看，带着问题找答案，没准能有新发现。”蓝真真果断地说。

重回密室，阿诚还处于深度昏迷中，幸好呼吸匀称，脉搏平稳。看着琳琅满目的观赏架、虎皮毛毡和青铜立人，想到这些都是法老生前把玩使用过的东西，不禁有种穿越历史的沧桑感，仿佛几千年前的一刻跨越时空呈现在眼前。

郭项龙在地面用力跺了几下，站到青铜立人面前，道：“只有两种可能，一是埋在大理石下面，一是藏在青铜立人体内。”

我说：“巫师打算把它作为镇压法老的武器，藏匿的位置既要隐蔽，又要取得顺手，不至于临阵关头撬大理石。”

“我也这么想。”

郭项龙边说边在青铜立人上摸索，蓝真真提醒道："当心，可能有暗器。"

"就算有暗器，经过几千年腐化侵蚀也没用了。"话虽如此，郭项龙还是留了几分小心，把青铜立人移到墙角，这样即使有意外也能减少威胁。从头部一直搜到腰间，腰带中缝微微突出一块，四下扭了扭，没有动静，再向下一按，"噗"一声脆响，我们全吓了一跳，接着"铮"，青铜立人小腹处弹开个三四厘米见方的小门，里面赫然有个亮晶晶的物体，没等我们看清是什么，"嘭"，腹内炸开一团银光，成千上万根银针如雨点般暴射而出，范围笼罩了整个密室！

一连串的异响，使大家都有了防范，郭项龙身体唰地折成两段，伏到青铜立人背后，我则随手拖起地上的毛毡挡在前面，正好将我、蓝真真和阿诚护在后面，只听见"沙沙沙"响了好一阵子，估计短短几秒钟内至少发射了四五千根银针。等到银针雨终于停止，郭项龙先将青铜立人面朝地面放倒，再小心翼翼翻过来一看，里面是个银制匣子，正面布满细密的圆孔，打开匣子盖板，里面是复杂精巧的弩括、弹道和机簧，均是青铜所制。青铜立人腹部中空，但除了银制针匣什么也没有，好像它的任务就是发射银针，致入侵密室者以死地。我们又仔细搜索了青铜立人其他部位，一无所获。

蓝真真不解道："奇怪，密室里放一具装满银针的青铜立人，假如没人碰它，满满一匣子银针不就白费了吗？"

我说："因此设计者算准了会有人碰。"

她说："他凭什么这么肯定？吴琪来过这儿，他就没碰；之前我们三人都在密室待过，也没有碰。"

"对，这就是关键所在，如果在密室里寻找东西，十有八九会碰青铜立人。"我说。

蓝真真将我的话咀嚼了一遍，颔首道："有道理，吴琪之所以没碰，因为他不需要找裹尸布，而我们需要。"

"也就是说，裹尸布绝对不在青铜立人身上。"

蓝真真忍不住笑起来："推理了半天，结论是已经证实的结果。"

"不，晓飞的意思是说裹尸布确实在这里，但藏在一个让人难以想象的地方。”郭项龙说。

蓝真真道：“就这点大的地方，难道要挖地三尺？”

郭项龙摇摇头，突然踱到虎皮毛毡面前，轻轻将它揭起来。

第四十四章　琊麽七魂

毛毡抬到一半，“叮叮当当”掉下数百根银针，再一抖，落下的银针更多。郭项龙眼睛发亮，大手从上而下一撸到底，道：“正常情况下，银针连虎皮毛毡都穿不透吗？”

“有古怪。”我说。

蓝真真道：“虎皮软而柔韧，不惧刀剑，不过以银针的尖利，又有这么强的弩劲，至少应该扎进去一半，一根都不中不符常理。”

她十指叉在毛毡里来回抚了两遍，又拎在手中晃了晃，皱眉道：“我十多岁时曾在黑市见过真正的虎皮，感觉毛质、重量、成色与它一模一样，几乎没有分别。”

“我在动物园喂过虎，所以……”郭项龙皱着眉头没说下去，无疑他也认可蓝真真的判断。

蓝真真茫然四顾：“难道……裹尸布真埋在大理石下？巫师身怀法术，挖一块石板不成问题，再说未必要硬来，也许地面有比较巧妙的设置。”

“唔——”

这倒符合工程兵出身的郭项龙的胃口，他应了一声眼睛四下搜索，似在寻找可以活动的石板。

我看着虎皮毛毡呆呆出神，就在郭项龙俯身试图揭石板时脑中灵光一闪，大叫道：“虎皮！”

两人不解地看着我。

我将毛毡铺在地上，用藏刀切割边缘皱褶处，蓝真真叫道：“你疯了，这是法老生前用过的遗物，文物价值不可估量。”

“是阿诚重要还是文物重要？”

我边说边沿着割的小口子划开边缘缝隙，用力一掀，夹层里隐隐可见灰褐色的布料，蓝真真一眼瞥见，狂喜道："裹尸布！裹尸布在里面！"

"等等。"

郭项龙戴上手套，捏住衣角轻轻一抽，原来是块不规则椭圆形、上面布满斑斑点点油污、四周隐隐发黄的亚麻布，并没有想象中那么大，长不足一米，宽半米左右，下端还有道裂缝，不知干什么用的。

郭项龙失望道："这就是裹尸布？我们乡下老太太的裹脚布也比它长得多。"

"阿弥陀佛，不得亵渎神灵，"我急忙捂住他的嘴，"阿诚的小命全系在它身上，岂能胡说八道？"

他讪讪一笑，自嘲地轻轻打了自己一个耳刮。

蓝真真道："木乃伊身上有两层裹尸布，内层紧紧包裹尸体，防止药料外泄和水气渗入，外层则是象征意义，上面写着法老咒语或各种咒文，包在胸腹部，打个简单的结就行了。一般来说，外层裹尸布都蕴含某种灵力，也有的附有法老诅咒，西方盗墓者进入古墓，第一件事就是解开外层裹尸布，装入灌有野獾尿的皮囊，然后用金丝带扎紧，等出去后埋到古橡树下，最好在周围种一圈野蓬子花，以防止灵力外泄。几百年来关于耶稣裹尸布的下落屡有传闻，究其原因就是其蕴含举世无比的灵力，谁拥有它就能拥有整个世界。"

郭项龙嘴张得老大："拥有整个世界？未免太……太夸大其词了吧？"

"信则灵，否则说再多也没用，"蓝真真道，"其实耶稣裹尸布是否存在还是个疑问，不像法老裹尸布，明明白白摊在面前，触手可及。"

她这么一说郭项龙倒不敢碰了，道："对付它也需要什么……尿吗？"

"那倒不必，法老裹尸布属性为木，金克木，因此只需……装入金属匣子内即可，"她一掠室内，"架子上的古玩大都是玉器、陶器，好像没有能装东西的金属容器……"

我眼珠一转："有了！"快步走到青铜立人面前，捧起银制匣子一抖，将弩括、弹道、机簧等全部倒到地上，郭项龙仔细叠起裹尸布放进去，怪事，大小刚好，好像这个匣子专门为裹尸布打制的似的。

蓝真真抚着银制匣子道："麻磨密室果然环环相扣，不冒险领略银针齐发，怎能发现裹尸布？换而言之即便一开始就发现虎皮毛毡的秘密，没有容器装也没用，这种设计确实高明之极……快从原路返回，找法老算账去！"

"原路不通，"我说，"浴池洞口是单行道，只能进不能出，要不再等会儿，让我静下心把吴琪的记载看完，没准能得到启示。"

郭项龙飞快地说："我都看过，没有这方面提示，时间不等人，还是边走边摸索。"

"好，到前面看看。"

蓝真真立即同意，我心头生出一丝疑惑，不由瞥了他一眼，这一瞬间明显感觉他眼中惊鸿般隐过些许不自然，虽然一闪而过，还是被我捕捉到了。我暗暗后悔，之前应该提高阅读速度，把丝绢上的内容快速浏览一遍。

出了密室，左边石室存放着"坤灵七窍棺"，右边是条狭窄的甬道，走到尽头又岔出两条路，一条曲折向下，一条地面上闪烁着星星点点的磷光。郭项龙说法老宫殿与浴池处于同一水平线，而麻磨密室明显在浴池下方，因此往下走的话会愈行愈远。于是选择磷光甬道，走在上面才发现地面铺着一种叫"鳔荧石"的鹅卵石，这种石头富含磷晶体，能在黑暗中闪闪发光。大约十多米后坡度向上，进入一间圆顶石厅。石厅并不高，四周各有类似罗马柱风格的石柱，柱面雕刻着美女头像，正面墙壁上是一幅浮雕，浮雕上隐约刻了些房屋、人头和河流。

郭项龙对绘画不感兴趣，我和蓝真真则想从中找出点线索，便凑到石壁前观看。

浮雕刻画的线条非常简约，但寥寥数笔即画出精髓，让人浮想联翩。不知不觉间浮雕上的河变成了繁华富贵、如梦如幻的秦淮河，河上明灯万盏、画舫凌波，无数商船往来河上，浆声灯影间构成一幅动人美景。两岸金粉楼台、鳞次栉比，古色古香的建筑群飞檐镂窗、雕梁画栋。原本朴实无华的房屋也变成飞檐出甍，四面皆窗的木楼，顶楼东侧有位美人坐在窗边凭栏眺望，双手托腮，眼波流转，神情似喜似嗔，欲迎还拒。

这不是蓝真真吗?

我注视良久，不觉神摇意夺，恍惚间她樱唇微动，好像悄悄叮嘱什么，我情不自禁上前一步聆听，刚踏出半步，耳边传来一声断喝：

“晓飞!”

我神智一清，赶紧定住身体，扭头看正是郭项龙，脸一红掩饰道：“好画。”

他沉声道：“画是好画，但把蓝真真摄进去了。”

“啊!”

我一看蓝真真果然不在了，大惊失色道：“怎……怎么回事?刚才她还好端端站在我旁边。”

“具体情况我也不清楚，我把阿诚放在墙边喂了两口水，突然听到她念叨着‘阿诚、阿诚’，回过头看，她人影一闪就不见了，我赶紧跑过来，又听到你念叨着‘真真、真真’，才出言将你喝下。”

“因为我看到她出现在画里……”

我转身一指，突然和郭项龙双双“啊”了一声，都僵在原地：浮雕中间居然多出个头像，容貌与蓝真真完全一致!

“这，这，他妈的怎么回事?!”从不说脏话的郭项龙破例骂道，“她确实……不单单被摄魂，整个身体都被吸进去了。”

我六神无主地转了两圈，掏出丝绢道：“吴琪提过会吸人的浮雕没有?”

“这个……”郭项龙想了会儿，猛一拍大腿，“对了，琊麽七魂画!他是这样说的，此墙表面看平淡无奇，实质每样东西的方向、大小、色彩都经过精确计算，内蕴藏龙卧虎之势，暗合天道玄机，可伤人七魂，摄人入画……”

“怎么救人?”我打断他的话，问出最关心的问题。

“因幻而生，由幻而解，唯一办法是入画追本溯源，里应外合消除危机。”

“入画……”我吃吃问，“怎，怎么入?”

他嘴边泛起一抹微笑：“刚才我若不阻止，你不就进去了吗?”

“可，可既然要进去救她，你又何必阻拦？”我想不出理由反驳，便胡搅蛮缠起来。

“当然不同，”他取过我手中的丝绢翻到后面，指着其中一行说，“喏，吴琪写得很清楚，要想入画后保持清醒并能自由活动，唯一的办法是披上法老裹尸布，其灵力可抵消琊麽七魂画的魔力。”

“裹尸布……”想到它脏兮兮的样子，上面的污渍也很可疑，不知沾的什么东西，我不禁打了退堂鼓，“你身手好，胆大心细，要不辛苦你一趟，我留在外面接应。”

他哈哈大笑：“我确实很想进去看看，那可是难得的人生境遇，可惜根据吴琪记载，对留在外面的人要求很苛刻，我拥有的你已经失去了，但却是必不可少的。”

我半信半疑：“什么拥有、失去，莫非你害怕了？”

他也不申辩，翻到后一页，指着上面的内容给我看，吴琪写道：入画之人须身披法老裹尸布，凝神定心，抱元守一，进去后救回被吸者即可，不能因好奇扯到别处，否则将沦入万劫不复的境地；守在画外者须是童身……

看到这儿我也忍不住笑了，道：“好缺德的条件，万一进来的人都破了身，就没办法救人？”

“这就是机遇，”他一本正经道，“是蓝真真的运气。”

我一声不吭从银制匣子里取出裹尸布披上，又要了两柄藏刀插在腰间，想了想从他手里取回丝绢，重新面壁而立。

“开始？”他问道。

我点点头，深吸一口气，定定看着浮雕。石墙上涂了一层荧光粉，整个画壁有一层淡淡的荧光。柔和朦胧的光线下，蓝真真更透射出醉人的质感，从头到脚，从神态到气质，每一分、每一寸都透着精致与美丽，古人形容“销魂蚀骨”不过如此。

我痴痴看着她，渐渐又忘却了自我，她眼睛绽放出迷人的光彩，脸部表情也鲜活起来，抿抿嘴唇，似乎要与我说话。我向前迈出一步，脸几乎贴近画壁，她笑意更浓，眉目间却有一股说不出的幽怨，楚楚可怜的模样令人怜惜不已。她微微侧过脸，似在期待，又似在困惑，吹气如兰地贴过来。我忍不住伸出手去摸——

就在一刹那，一双洁白细腻、柔若无骨的手搭在我手腕间，轻轻一拉，在一股奇异而有黏性的力量下我整个身体不由自主腾空而起，火箭般向前疾冲，耳边全是呼啸的风声，迎面而来的凛冽狂风如刀割般刮得我遍体生寒，然而真真那张宜喜宜嗔的笑脸却始终在眼前晃动，使我浑然忘了所遭受的痛苦，飞速冲向无边无际的黑暗。

不知飞了多长时间——在这条神秘的隧道里根本没有时间概念，速度慢慢降下来，眼前也愈来愈亮，紧接着骤然一黑，仿佛有人在后面重重推了一把，身体失控似的直往下坠，我想叫喊，张大嘴却发不出声音，四肢在虚空中徒劳地挣扎几下，“扑通”，落到坚硬的地面。

第四十五章　幻由心生

不知是否有裹尸布护体的缘故，并不感到疼痛，我一骨碌爬起来，发现眼前正是浮雕上所画的那条河，碧波荡漾、清澈见底，两岸垂柳如林，轻风吹过发出沙沙的声音。

沿着河岸一直向前，突然间眼睛一花，前面不远处凭空冒出一位头戴斗笠垂钩钓鱼的渔翁，怡然自得的样子好像已在那里坐了很久。

我深深吸了口气，看着渔翁一字一顿地说："你还没死。"

渔翁闻言仰头大笑，摘下斗笠扔到河里，我猜得不错，果然是被郭项龙打下齿轮，遭到锯齿分身的中年人，他道："早知今天会有收获，不想竟连续钓了两条大鱼。"

我淡淡道："你在刍山守了一辈子，就为了坐在河边钓鱼？"

他叹息道："坦率说，日子确实难捱，所幸我快熬到头了。"

"我明白你的意思，乔龙出世，人畜尽亡，只要古堡以及山腰以上断绝生机，就意味着你的看守任务已经完成，可以通过金字塔离开了。"

"一开始我是想放你们一条生路，所以才出手制伏复活的恶魂煞瓶，把其余几只转移他处，谁知你们非但不领情，反把事情越闹越大，几次三番致我于死地，最后竟然摸到塔里来了，"他摇着头说，"我不得不启动上古玄器，彻底与你们做个了结。"

他一边说一边逼上来，缓缓举起手掌，我拔出藏刀严阵以待。

"轰"，陡然间一声巨响，地动山摇，我应变不及栽倒在地，他也踉踉跄跄退了几步，恼怒地大吼道："怎么回事！"

"轰"又一声响，破坏力比刚才更甚，他半蹲于地才稳住身体。我一下子悟过来，大笑道："有人在外面凿墙，哈哈哈，完蛋的应该是你！"

仿佛要证实我的话，又"轰轰"连响两声，中年人反而镇定下来，紧握双拳笑道："凿墙毁画？哼，休想！琊麽七魂画是集天地人之精华的千古玄器，任何外力都甭想动它一根毫毛……"

话虽如此，当"轰轰"声愈演愈烈时他也沉不住气，一闪身消失不见了。我四下张望，前方是一望无垠的麦田，呈波浪状向远方伸展，与碧蓝色的天空在地平线上交融，染织出一层淡淡的青紫水色。走过麦田尽头的大石桥，一大片红色不容分说映入眼帘，原来是绵延百亩的梅花林。

来到梅花林边，枝头花团簇放，花朵千姿百态，清清爽爽，还有股淡淡的香气，微风吹过，花瓣纷飞，柔柔地贴到脸上、颈间。轻轻抖掉花瓣，踩着绿草茵茵的土地，身边全是姹紫嫣红、千姿百态的梅花，我却没有赏花的心情，只想赶快找到蓝真真脱离浮雕。

然而不知怎么回事，不管走到哪儿周围的景色都一样，始终是草地、梅花，仿佛是永无休止的循环。我警觉起来，在几棵造型别致的树干上刻下记号，并记下枝头花朵的数量，走出一段后停下来查看，树干上没有记号，但造型、花朵数量甚至颜色都一模一样。我摇摇头继续前行，走了足有半个小时再看，情况依然如此，树还是树，花还是花，只是摇曳的枝头间似乎多了几分杀机。

我额头渗出细细密密的汗珠，一下子陷入混沌，这时天空中传来洪亮清晰的声音："向南九步，再向东四步，最后绕树三圈。"

郭项龙在画外看出我处于困境，出言指点。我精神一振，按指点一步步走下去，绕了三圈后眼前一亮，前面出现一小块空地，蓝真真正躺在草丛里，神智不清。

我急忙冲过去将她拥在怀里，急急对着天空大声问："接下来怎么办？怎么出去？"

"不知道。"

我气结："什么？你让我进来，却不知道如何出去？"

他似有歉意："吴琪也没说清楚，只写了八个字，'幻由心生，幻由心灭'。"

我顿足道："该死的文人，每到关键处就卖关子，这种人命关天的事岂能掉包袱？"

"这样吧，你一直向前，左七右四，然后横走六步出梅花林，前面石丘右侧有个山洞，进去试试。”

我哼了一声，这时蓝真真苏醒过来，两人一起前行。一路上她告诉我，她在浮雕上见到阿诚大声呼救，声音非常凄厉，她浑然忘了他就躺在身后，竟生起冲过去相救之意，然后便被吸入画中。

出了梅花林，不远处矗立着一座小山丘，转到右侧，果然有个一尺见方的洞口，一道石阶蜿蜒而下。两人蹑手蹑脚沿着台阶走了十多米，拐弯后是条笔直的走廊，尽头又是楼梯，前面黑乎乎一团。黑暗中摸索着前进，突然手心一凉，摸到两扇铜门，再探至中间铜环轻轻一拉，门悄然打开，里面是间宽敞的大厅，正面墙壁上镶嵌着一幅巨幅镏金浮雕，正是我们进来前看到的琊麽七魂画！

大厅内空无一人，墙壁上的夜明珠散发出淡淡冷光，将镏金壁画映衬得愈发诡异。

我们一步步挪到壁画前，一股阴寒之气扑面而来，两人忍不住打了个寒噤，退后半步。目光投向浮雕，上面赫然显示着我和蓝真真的头像，才瞧了一眼便有天旋地转之感，赶紧又退后半步。蓝真真心细，发现浮雕右侧河面上，几道细细的裂纹隐在波浪里。

为什么有裂纹？

我琢磨了半天终于想通其中关节。

这是郭项龙在画外撞击后形成的，镏金浮雕就是它的背面，两幅浮雕互为阴阳，连体同身。

我快步走下台阶捧起铜香炉，拼尽全力重重撞在浮雕上，“砰”，浮雕被砸掉一小块，我胸口也宛若被铁锤重重一击，“哇”，我和蓝真真鲜血怒喷，两眼发黑。

我们俩被吸入浮雕的同时精魂也揉合在其中，因此每撞一次自己都遭受同等力量的打击。

我连喘几口气，使劲揉揉胸口，举着香炉再撞一次……

“住手，你这个混蛋！”

中年人撞开铜门，发指眦裂，身体因极度愤怒而急剧颤抖，怒不可遏地喝道。

我身前已吐了一大滩血，脸色煞白如纸，惨笑着看了他一眼，奋起全身力量用香炉第三次撞到浮雕上——

霎时感觉天塌地陷一样，恍若置身于无可着力的虚空，强大的离心力和失重使我几近昏迷，不断地坠落，坠落，再坠落……

“晓飞！晓飞！”

昏昏沉沉中听到郭项龙的呼喊声，我含糊不清应了声，突地脑中一个激灵，翻身坐起来道：“真真！她怎么样了？”

蓝真真站在我身边，泪光涟涟道：“多亏了你，不然……”

“他呢，小木屋杀手哪去了？”

郭项龙道：“没看见，刚才浮雕突然裂开个大洞，接着你们俩滚了出来，满脸鲜血，好像经历了一场苦战，我赶紧跨到洞后，里面还是一堵石墙，墙上光溜溜什么也没有，嘿，真是邪门。”

“琊麽七魂画……”我出神地念叨道。陡然我想起中年人的话，问道：“今天是第几天？”

蓝真真算了算：“可能介于第八天至第九天之间，离乔龙鳞片化为粉末最多只剩下三十多个小时。”

我急红了眼：“那还不快走，先制伏法老救醒阿诚，再设法找到鞑石，挽救我们自己！”

这一刻我分明看到郭项龙又犹豫了一下，虽然不知什么原因，但绝对有某种抗拒的情绪。我直觉是丝绢后面的内容有问题，真想坐下来把吴琪的记载好好研究一番，可眼下变故一桩接一桩，时间又如此之紧，就算我能沉住气，蓝真真也没耐心等。

接下来几个人在迷宫式的地道里打转，相同结构的甬道、石室弄得我们几乎迷路，幸好郭项龙不停地做记号，而且他记忆力好，又在深山荒野做过工程，始终维持着向下的大方向。

这些石室大都贮藏着生活用品和古蜀国人常用的物品，有绫罗绸缎，有铜柜铜箱，有古陶土坯，还有少量已锈得发烂的铁兵器。蓝真真推测是法老为了使自己的陵墓更有生活气息刻意布置的，也有一定的象征意义。

我提到中年人所说先有蛋还是先有鸡的问题，蓝真真说近年来研究古埃及史的学者逐渐倾向于先有金字塔的理论，法老们发现金字塔群后，陆续选用作为自己的陵墓，至于未完工的，那是金字塔用完后古埃及人的仿制品，因此无论做工、用料还是结构、规模，均逊色得多。从这一点看，与中年人所说不谋而合。不过很难想象，这么大的建筑居然能作为飞行器，倘若真飞上天得占据多大空间，要撞飞多少在空中穿梭的飞机?

郭项龙冷不丁插了一句："他没说飞行器，用的是'载体'这个词，可见金字塔本身不一定要飞，不过是提供传输、飞行的功能，就相当于——西昌卫星发射中心，具备发射卫星的必备条件，但并不意味发射卫星必须在那儿进行。"

"有道理，不过我想不通的是，"蓝真真歪着头说，"小木屋杀手为何玩命似的追杀阻截，即使我们制伏法老、找到鞁石、阻止龙鳞化为粉末，他依然能在古堡外、石像阵进行堵截，不至于如此穷凶极恶吧?"

郭项龙意味深长地看了我一眼，道："也许他有难以言说的苦衷。"

"其实每个人都有苦衷，关键是不能伤害到别人，影响大家的利益，小郭，你说呢?"我突然将了郭项龙一军。

他显然缺乏准备，仓促之下竟有些狼狈："是……是啊。"

蓝真真奇怪地看了我们一眼并未深究，一指右前方回廊，道："那边从没走过，过去看看。"

拐过回廊，眼前出现一段汉白玉砌成的甬道，地面洁白如雪，干净得让人不忍心踩。郭项龙担心地面有古怪，一步步探过去，到了一半才招呼我们。走到尽头是堵石墙，左侧有个暗门，郭项龙用力拉开铜把手，一眼看到端坐在宝座上的法老!

原来我们绕了一圈，从宫殿右侧暗门进来了。

郭项龙和蓝真真同时闪出一条道，我才记起裹尸布还披在身上，遂硬着头皮率先进去，慢慢向法老逼过去。

两侧木乃伊泥塑木雕似的站着一动不动，法老也像睡着了，完全没有反应，双目紧闭，表情凝固成一张黑板，显得高深莫测。

若它有所动作倒也罢了，这副模样反而让我惴惴不安，感觉要发生什么大事的，仿佛惹了祸的学生站在班主任面前，班主任偏偏不说话，一个劲地批改作业，让人心里没底。

第四十六章　秘中有秘

正在惴惴不安之际，郭项龙放下阿诚，让蓝真真守在一边，快步走到我身后道：“快上，慢则对我们不利。”

我“嗯”了一声，一手揭起裹尸布挡在身前，一手执着藏刀，三步并作两步跨过台阶来到离法老两三米处。法老猛地睁开眼，眼中金光大盛，金芒瞬间笼罩了整个大殿，而且越来越亮，强烈的光线照得我们睁不开眼。

“上，上！”郭项龙催促道。

我稳住心神，眼睛勉强眯开一条缝向前迈出一大步。就在这时，一股前所未有的懈怠和疲蹋侵袭到全身，这是我从没体验过的感受，它来势汹汹快如闪电，瞬间控制了我的大脑、我的意识和所有器官，肌肉完全松驰，连手指头都慵懒得抬不起来，所有毛孔全都张开，好似酷暑时节猛吃几根冷饮，舒坦得无以复加。

刹时脑中竟生出想法：生死有命，富贵在天，阿诚魂魄被摄是命中注定的事，反正已尽过努力，实在不行就算了，没必要继续折腾，不如寻找皲石才是要务，能活一个是一个。

随后我又自责起来：晓飞啊晓飞，你跟阿诚是开裤裆的朋友，两人从用弹弓打路灯泡到泡妞、逛洗头房、K歌，始终是同一个战壕里的战友，号称世界上最铁的哥儿们，怎能在关键时刻掉链子，把他丢下不管？

然而那股无法抗拒的感觉越来越强烈，膝盖发软、四肢乏力、眼皮发涩，脑子里晕沉沉的，恨不得找个僻静、黑暗的角落大睡一场。

怎么会这样？我挣扎着瞟了瞟郭项龙，他也好不到哪儿去，眼睛半眯半睁，面色潮红，两只手不停地哆嗦，两腿也原地打着晃儿，随时有摔倒的可能。远处蓝真真似乎在朝我们嚷嚷什么，可惜一个字也听不见。

我再也支持不住了，暗想：我需要休息，哪怕只歇一小会儿，闭上眼打个盹……这样想着，我慢慢往下蹲，才至中途肩膀被一只手托住，紧接着郭项龙在我耳边一字一顿地说：

“挺住！这是法老的鬼把戏。”

我何尝不想挺，可它的魔性实在太强大，已控制住我的心神，使我凝聚不起对抗的勇气……我真的累了……

朦胧间我身体一歪，倒在郭项龙胳臂上，他正如风中残竹摇摇欲坠，我这一撞尤如压垮骆驼的最后一根稻草，“扑通”，两人都栽倒在地。

“保持清醒，不能睡!”他挣扎着叫道。

我接连打了四五个呵欠，像抽大烟的人烟瘾发作，眼泪鼻涕一起流下来，连话都没力气说，只懒洋洋点点头，却不由自主地合上双眼。郭项龙好像在我腿上掐了一把，我迷迷糊糊想他真难得，这会儿还有掐人的力气，此念一闪而过，并未因为疼痛而摆脱浑浑噩噩的状态。

我有种可怕的预感，一旦闭上眼，或许就永远睁不开了，然而此时此刻满脑子尽是荒唐的念头：死就死吧，与其没完没了地折腾，不如舒舒服服地死掉，人总是要死的，不过是迟早的问题。我越想越有道理，准备心安理得地停止努力，好好大睡一场。

这时肩头被重重压了一下，郭项龙撑在上面爬起身，踉跄向前冲了半步，随即痛苦地捂住心口，如泰山压顶砸在我腰间。

“啊!”剧痛之下我惨叫一声，灵智随之一清，顿时想到一个至关重要的问题：吴琪明明说裹尸布可以克制法老，为何穿在身上抵挡不住它的精神力？一定是我穿得不是地方，因此无法发挥它的威力。

郭项龙伏在我胸前，吃力地伸手掰我双眼，用微弱的声音说：“裹尸布!”

他跟我想到一块儿了，裹尸布成为我们扭转局势的唯一希望。我挤出残余的最后一丝力气，解下系在胸口的裹尸布——谢天谢地，幸亏打的活结，不然绝对死路一条。将它抽出来后罩在两人脑袋上，顷刻间仿佛被人用冷水从头浇到脚，脑中一片清明，刚才那些荒诞不经的想法一扫而光，全身慢慢恢复了力气。再看蓝真真，已伏在阿诚怀里睡着了，脸上安详而甜蜜，像只快乐的小猫。

我犹豫着是否先去救醒她，郭项龙说裹尸布一离头部就没用，还是先解决了法老再说。两人遂顶着裹尸布，缓缓向前移动。

我们每进一步，法老眼中金芒就弱一分，等逼到它宝座边时，金芒只剩下两团幽幽的火苗。它似乎知道大限将至，颓然垂下头，微微向座位后面缩，似对裹尸布非常畏惧，我二话不说，掀起裹尸布盖过去——

"小心!"

郭项龙喝道，然而晚了半步。就在我双手高高举起门户大开之际，法老陡地抬头，森森目光与我对了个正，我不禁打了个寒噤，接着它枯萎黝黑的爪子猛地插向我胸口。"嚓"，郭项龙右臂横扫，刻不容缓间将爪子撞歪，但还是有两个指头插入我肩窝上。郭项龙右腕回切，锋利的藏刀唰地砍掉几个指头，但法老行动煞是神速，身体迅速下沉，膝盖顶在郭项龙小肚子上。岂料他乃特种兵出身，腹部肌肉异于常人，有扎实的横练功夫，居然硬生生受了它这一下，藏刀顺势向前刺中它的右眼。法老也强悍无比，丝毫不受影响地单腿反撩，踢在我腰间最柔软的地方，我闷哼一声向左栽倒，郭项龙左手扶起我，右手抽出藏刀又在它脑门上来了一下。

兔起鹘落之间双方交手七八个回合，我手中的裹尸布始终悬在半空，未能有机会罩下去，可见战况之激烈，法老临死挣扎之顽强。

郭项龙施展出精湛的贴身短打功夫，几招过后就卸掉它半条手臂，切断右腿膝盖以下部分，还打断它七八根肋骨。法老抗打击力超强，这种情况下依然顶我双臂，使裹尸布迟迟落不下去，同时以残肢抵御郭项龙猛攻。此时想必它也很清楚——假设它有思维的话，对它来说失败是早晚的事。

在郭项龙的暴力下它胸腔连遭重击，整个右半身疮痍满目，差不多成了徒有其表的骨架。"格喇喇"，它右肋以下全部垮掉，左臂也因此露出空当，我觑了个空，将裹尸布往它头上一盖——

霎时它似蜕了皮的蛇，萎缩成一团，软弱无力地从宝座上瘫软下去，原本黝黑的皮肤更是黑得发亮，全身上下皱褶丛生，如风蚀残年的老人。

我稍微松懈，想坐到宝座上歇息会儿，郭项龙劈手夺过裹尸布将法老的脑袋紧紧勒住，这一下是致命的。法老身上的皮肤开始皲裂，瞬间撕开一条条十多厘米的裂口，然后迅速蔓延到全身，黑不溜秋的皮肉宛若剥落的油漆，先是翘了起来，接着纷纷剥离身体，不久便见到白森森的骨头。再往后连骨头也开始崩裂，发出劈里叭啦的脆响，我和郭项龙不得不连续后退，以免被飞迸的骨头碎片溅着。“哗——”法老骨骸轰然倒地，只剩下一堆白惨惨的骨头碎片。

就在我们以为大功告成之际，裹尸布突然燃烧起来，桔黄色的火焰冉冉升起个灰黑色人头，头戴王冠，双眼圆瞪，神色间充满凛然不可侵犯的桀傲。人头在宫殿天花板上飘来飘去，眼睛一眨不眨地盯着我们。

“法老!”我和郭项龙惊呼道，下意识攥紧藏刀，准备作殊死反击。

但它并未有进一步举动，只是无限留恋地围绕大殿转了一圈，黑烟渐渐消散，人头随之化为乌有——确如吴琪所说，在裹尸布的作用下，法老元神圣婴魂飞魄散，而且永远不可能再凝聚。

我们松了口气，飞奔过去看蓝真真与阿诚。掐了会儿人中，蓝真真苏醒过来，阿诚嗓子里咕了一声，却没有醒，郭项龙探探脉搏说可能昏迷时间过长，体内缺水。蓝真真赶紧到浴池那边取水，郭项龙则运起内力拍打阿诚心脏等部位，为他舒筋活血，我吐了口气，迫不及待取出丝绢看起来。

吴琪说，大约晓倩十九岁那年，一天晚上突然闯入他的寝室，神色激动地问他是否知道乔龙出世，人畜尽亡？吴琪答道不但知道，还知道千年轮回的期限不久将至，乔龙出世的第十天鳞片化为粉末，古堡所有生灵将遭到灭顶之灾。晓倩咄咄逼人地问，你既然对此事了如指掌，身为一堡之主，吴氏家族的顶梁柱，为何坐视不管？难道想坐着等死不成？

吴琪没有回答，反而唤来贴身仆役将她赶出去，并警告说下次不经他许可不准晓倩踏入此门半步。晓倩又气又急，含愤而去。

吴琪猜到晓倩接下来想说什么，她能查到乔龙出世，必定也知道鞑石能阻止这一切，因此会要求他设法找到鞑石，挽救古堡。

然而这却是吴琪最不愿意做的，因为此事涉及到一桩更深层次的秘密。写到这里吴琪又玩儿起了悬念，笔锋转到晓倩身上。

我叹了口气扭头看阿诚，却与郭项龙的目光撞在一起，他一直在观察我阅读丝绢的反应。我心一动，继续看下去。

晓倩确是有气魄、有决断、有手段的女子，不知用了什么手段劝得古堡一名邱姓子弟自愿弄瞎双眼，然后选择漫天大雪的冬夜成功闯出石像阵，到山下向“璋叶社”通风报信，假称需要皲石打开最后一道机关，便可破解古蜀文明最核心的秘密。“璋叶社”自然全力而为，费尽心思找到皲石，并驱使百余具尸体千里迢迢运至古堡。皲石入堡那天夜里，吴琪接到心腹报告后大惊失色，没想到晓倩竟有这等能力、这等决心，之前他认为她不过是一时冲动说说而已，何况皲石只在传说中有过，可以说举世难觅，然而她真的做到了。

吴琪当下准备带人到古堡外阻截，转念又想，若动了手势必传遍古堡，此事自己理亏在先，心里最深的想法又上不得台面，闹大了只会使古堡惶惶不安，更加提高晓倩的威信。左思右想还是忍下这口气，仿佛没这回事似的，听任她将皲石运入堡中。他暗想把石头运进来反而是好事，更便于监视，怎么动手都行。

谁知他又失算了——晓倩总有出人意料的招数，使他难以琢磨，疲于应付。

入堡时她将皲石藏在古堡宫殿前的池塘里，接着趁风雪交加的寒夜，居然独自转移到悬河下的石塔之中。吴琪起先不知道，后来在池塘里找不到皲石才慌了神，赶紧暗中搜索，从古堡地面建筑到堡底之堡，从烈焰熔洞到地下河，最后步入悬湖石塔时他心都凉了——

她将皲石藏在这儿，说明掌握的讯息比自己想象的还要多，他苦心孤诣要维护的一切，很可能会毁在她手上。

一入石塔吴琪就看到那块石头，在法老宫殿左侧密室，由九阴蝼蛭朝夕看守。九阴蝼蛭在养尸地聚尸气而成，极阴极毒，世上没有克制它的法术，唯有利用法老元神吸取其阴气，使它脱阴而亡——石塔之内设置乃相生相克，环环相扣，因此正确的解法是，先用裹尸布降伏法老，拘住它的元神对付九阴蝼蛭，等九阴蝼蛭脱阴而死后，再完全灭杀法老元神。当然取出皲石也有讲究，它是女娲补天时遗落的五色石之一，发出的无形之光能使人皮肤皲干、血管爆裂而亡，唯有用裹尸布将它裹住，方可顺利出塔。

看到这里我的心也凉了，仿佛置身于极寒之地，几个镜头反复在眼前回放：每当提到寻找皲石，郭项龙便流露出奇怪的眼神；他从我手里夺过裹尸布，死死勒在法老头上，然后裹尸布燃烧起来；刚才窥探我的神情。

毫无疑问，郭项龙出于某种目的阻止我们寻找皲石！

第四十七章 暗起波澜

我的肺快气炸了，真要跳起来指着他的鼻子大骂一通，最好能正正反反给他几个大耳刮子，才解我心头之恨！

但我很快遏制住情绪，假装继续看丝绢。

眼下的形势是：一方面法老元神魂飞魄散，裹尸布也烧得一干二净，再无制伏九阴蠖蛭的武器，也无法将鞑石运出去；另一方面阿诚昏迷未醒，即使醒了以三人之力也不是郭项龙的对手。因此无论怎么算，此刻都不能翻脸，唯有装糊涂骗得他跟我们对付九阴蠖蛭，争取最后的生机。

想到这里我心念一动：郭项龙明知只有鞑石才能阻止乔龙龙鳞化为灰烬，还千方百计从中阻挠，这种不要命的做法倒与吴琪有几分相似，莫非他们都出于相同的原因？我一翻丝绢，只剩下最后两页，索性看完再说。

刚将目光投到上面，蓝真真取了水回来，一点点灌入阿诚嘴里，我也守在旁边观察他的脸色。过了会儿阿诚身体一动，迷迷糊糊道：

"他娘的，渴死我了！"

蓝真真兴奋得流下泪来，赶紧给他喂水，喝了大半杯下去，阿诚脸上有了生气，慢慢睁开眼扫了一圈，叹道："还好，都活着。"

我心里说不出的欣慰和喜悦，嘴上却骂道："你倒舒服，安安稳稳睡了一大觉，不知道我们为你玩儿了多少回命，快点起来！"

蓝真真埋怨道："着什么急，让他歇会儿。"

"还有多长时间？"阿诚突然问。

"十……十多个小时……"蓝真真吞吞吐吐道。

阿诚一跃而起："那还磨蹭什么，快走啊！对了，有没有探出鞑石的位置？"

蓝真真茫然道："好像没……"

郭项龙面无表情看着法老骨骸，一副与己无关的模样，我沉声道："就在附近……由九阴蠖蛭负责守护。"

阿诚见识过九阴蠖蛭的厉害，他就是中了它致命一击后被法老恶灵附体，才昏迷这么长时间，害得大家兴师动众兜了个大圈子，不过我们也因此找到裹尸布，成功制伏法老。

"可有对付它的办法？"

"……没有……"我嘴边迸出两个字，心里恨得咬牙切齿，本来我们可以顺顺当当拿下这一役，可郭项龙却在最后关头倒戈一击，把制胜的法宝——裹尸布烧了，如今我也不知怎么办才好。

阿诚"噢"了一声，沉思片刻问："小郭，你想到办法没有？"

郭项龙脸色平静如昔："九阴蠖蛭阴气极重，身蕴奇毒，行动快如闪电，虽然有些畏火，但不能对它造成致命打击……我看，确实很困难。"

这是他入堡以来第一次打退堂鼓，以他的性情着实有些反常，阿诚和蓝真真都诧异地看了他一眼，而我则是意料之中，安之若泰。

"大凡后天形成的妖魔鬼怪，总有先天畏惧的东西，金木水火土，必定有一种能克制它，"阿诚道，"否则晓倩怎么把铍石藏到它的住处，又怎么把铍石取出去？"

我心念一动：阿诚说得不错，九阴蠖蛭并非法老的随葬品，而是养尸地的附产品，巫师们发现后，特意在裹尸布里注入克制它的灵力。从裹尸布的发现过程以及法老元婴的状态看，晓倩将铍石运进塔时，并没有使用裹尸布，更谈不上拘起法老元婴对抗，因此她应该有更简单、更实用的妙计。

蓝真真道："你看过晓倩的遗言，上面有没有这方面的记载？"

"如果有我怎么会受伤？"阿诚双手一摊道，"她的遗言中对九阴蠖蛭只字未提……是根本没把它当回事，还是她身怀的巫术可以克制它，所以在她看来并不值得专门提及？"

"晓倩所学巫术与巫师源出一门，巫师能应付的怪物她自然也不在话下。"我同意他的猜测。

郭项龙固执地一言不发，蓝真真偏过头问："小郭，你是主力队员，你认为呢？"

他抿着嘴沉默片刻："坦白说……没有把握。"

大家都静了下来，过了会儿阿诚说："这样吧，我们双管齐下，小郭负责扎火把，真真配合，我和晓飞找些水来，水火齐攻。"

"左边甬道后就有个大浴池。"我说。

"那好，行动！"

阿诚一挥手说，郭项龙带着蓝真真在大殿四周寻找木料，我们则出了门直奔左侧甬道，拐过弯他陡地站住，回头道："郭项龙出了状况？"

"你怎么知道的？"

"两个异常，第一在困难面前说不，不是他的风格；第二你目光游离不定，话中有话，显得心事重重。"

我点点头，遂从我和蓝真真被摄入移魂灵镜，郭项龙在镜子背后发现吴琪记载的丝绢说起，接下来每当我提到寻找鞑石他就表现异常，一直说到大战法老元婴时他从我手里夺走裹尸布使法老元婴魂飞魄散，裹尸布也付之一炬，使我们无法制伏九阴蠛蛭。

阿诚听了默然无语，单手叩击墙壁想了足有四五分钟，冷不丁问："你认为他阻挠我们寻找鞑石的动机是什么？"

"这个……"我苦笑道，"我想不通的地方就在这里，找不到鞑石，即使他武功再高，也不可能在短短几小时内闯过重重关卡、突破石像阵，他会跟我们一起死。"

"再问一句，如果他怀有恶意，为何一边阻挠，一边还煞费苦心地救你和真真？"他说，"他完全可以坐视不管，丢下我们三个独自逃生，至少有一丝生还的可能啊。"

"这个……"我又一次哑口无言，摸摸脑袋道，"难道是我多心冤枉了他？须知在这种极其困难的情况下，人的心理和情绪容易产生波动，说不定……"

他严肃地说："晓飞，你没听懂我的意思……从种种迹象看，郭项龙有问题是毫无疑问的，但我们必须弄清楚他突然转变的原因，这样才能对症下药，没准还能使他回心转意，要知道他的身手始终是我们取胜的保证，没有他，我们几个一事无成。”

“我何尝不知道这个道理，然而事出仓促，哪有工夫琢磨?”我说，“万一说崩了他翻起脸来，吃亏的是我们，因此只能装糊涂，骗着他一起对付九阴蠛蛏，天大的事也得等看到皲石再说。”

阿诚又来回转了几圈，皱眉道：“真搞不懂，上回去四川蚕洞时都好好的，才两年时间就变了呢？人还是这班人，价码却提高了一倍，我待他不错了，为何关键时候在背后耍花样?”

“其实我一直对他抱有疑心……眼下说那些也没什么意义，重要的是团结一致，哪怕是虚假团结，我们要抓住他是性情中人的特点，以情动人，用友谊、感情、义气这些乱七八糟的东西打动他……”

“怎能说乱七八糟?”阿诚一本正经道，“我也是性情中人，也相信哥儿们义气，喂，你有没有拿这些玩儿我?”

我哭笑不得：“我们在商量正事，你扯不沾边际的话干什么?”

“因为你不小心露出了狐狸尾巴……”阿诚嘀嘀咕咕随我来到大浴池，取水时我提到齿轮上的那场搏斗和密室游魂的经历，他大感兴趣，强迫我带他从齿轮间隙下去进入密室，饶有兴趣地四下查看，见他忙忙碌碌的身影，我脑中微有所动，鬼使神差将观赏架上的一只陶碗揣进怀里。匆匆从法老宫殿折回，郭项龙和蓝真真已各执几支火把站在中间甬道口等候。

“怎么样，有没有信心?”阿诚问，清清嗓子准备做战前动员。

郭项龙还是沉默，然而奇怪的是蓝真真也不回应，垂下眼睑看着地面。这是标准的心虚和逃避反应，难道，难道郭项龙利用刚才短暂的机会说服了她?

我不露声色试探道：“真真，你认为皲石会不会就是具有强烈放射性的石头?”

她张开嘴想说话，同时眼角极快地瞥了郭项龙一眼，迟疑了几秒钟说：“也许吧，它是一种特殊材质。”

我和阿诚同时注意到这个细节，心凉了半截，直后悔不该让蓝真真和他单独在一起，可若非如此，我和阿诚又没有交谈的机会，唉。

阿诚到底社会经验丰富，打了个哈哈道：“管它是什么，反正必须打败九阴蠖蛭，否则连影子都看不到……前一阵子大家都很辛苦，只有我呼呼大睡，也该舒展舒展筋骨了，这样吧，我先上，晓飞在旁边掩护，小郭一边保护真真，一边协同作战。”

蓝真真第一个反对：“不行，你刚刚脱离危险，生命机能还没有充分恢复，不可以打头阵。”

“真真说得对，还是我上吧。”我说。

郭项龙稍一犹豫，此时的情势不容他再沉默下去，张口道：“探路是我的义务，你们谁都别跟我抢。”

我上前一步搂住他的肩头道：“小郭，虽然你的职责是保护大家安全，可阿诚、真真、我都没把你当保镖使唤，大家平等相处，是出生入死的好朋友，好兄弟……入堡以来，每次遇到危险困难你都抢着上前，不管谁受了伤或身临绝境，你都挺身而出全力以赴，这些我们都看在眼里，记在心里……从目前看，九阴蠖蛭也许是最后一役，也是决定生死的战斗，作为我们这个团队的核心，你不能有半点危险，因为你肩上的担子最重，你要负责带领我们制伏乔龙，平平安安逃出古堡！让我和阿诚做先锋吧，我们会成功的！”

郭项龙愣住了，不知所措地看着我，这时阿诚又一把握住他的手，诚恳地说：“哥儿们，我这人不会说话，但爱交朋友，特别注重经历生死考验的朋友，”他环视一圈，“能不能打败九阴蠖蛭，顺利取到皲石挽救大家的命运，我心里没底，所谓谋事在人，成事在天，可有一点，有你们这一班铁哥儿们陪在身边，死又何妨，死有何憾!?”

郭项龙看看我，又看看阿诚，腮边肌肉抖动个不停，显得内心十分纷扰繁乱，蓝真真也激动得迸出眼泪，大声说：“你们说得很对，可是……”

我截住她的话：“可是我们明知希望渺茫，还要尽最大努力!”

“对，”阿诚拉过蓝真真搂在胸前，语气激昂道，“我们四个不能同年同月同日生，却要同年同月同日死，情如金兰，坚贞不渝!”

郭项龙深深吸了口气，用力握住我和阿诚的手道：“好，有你们这席话，我郭项龙赴汤蹈火，在所不辞!”

“可是……”

蓝真真还想说什么，阿诚赶紧支使她调整火把手柄，又喋喋不休地问起密室游魂企图魂魄合体的事，她被扰得心烦意乱，再也无心提起刚才的话题。

第四十八章　生死决斗

沿着中间甬道走了七八米，前面是个葫芦形圆门，我轻轻推开铜门还没来得及朝里面看，一道凌厉的劲风呼啸而至，我忙不迭关门后撤，劲风撞飞铜门横扫过来，郭项龙大喝一声，绞起衣服猛劈下去，双方一触即分，它嗖地缩了回去。郭项龙一脚踹开门，连扔两支火把。

我们紧跟着冲进去，只见石厅正中矗立着一根又粗又圆的石柱，九阴�盘旋于其上，凶恶可怖的怪脸冲我们呲牙咧嘴，口中若隐若现吞吐着一团青白色烟雾。

石柱背面有个木箱，体积与皲石大小正好相符，我们心里怦怦乱跳，胜利唾手可得，可怎样才能打败这只麻烦的九阴�呢？

阿诚道："晓飞，我们从两侧进攻，试探一下它的底细。"

我还没回答，蓝真真蹙眉道："等等，有点不对劲，上次遇到它时嘴里不喷烟雾的，这回好像不一样。"

"或许它见我们居然闯进它的老巢，恼羞成怒了。"

阿诚随口应道，甩过去一只水袋，九阴蠷蛭用尾巴在空中拦截，鳞片戳破水袋，水"哗啦"流到它身上，九阴蠷蛭打了个寒噤，整个身体好像小了一圈，畏缩地向外退了几米。

"它怕水！"我惊喜地喊道，快速冲到离它四五米处再抛出一只水袋，这回它都不敢拦截，身体闪电般从石柱松开，退到木箱后面。阿诚趁机从另一侧逼上前，左右开弓扔了两只水袋。

由于我们前进得太快，郭项龙和蓝真真不得不追上来，郭项龙吩咐道："小心有诈。"

"它只是没有智慧的怪物，能有什么诈？"

阿诚不屑说，举着水袋正准备投掷，无意间朝后面瞟了一眼，躯体一震，脸色发青，顿时僵在原地。

在我们刚进来的铜门之上，盘旋着一只张牙舞爪的九阴�蛭！

蓝真真说得不错，这才是咬伤阿诚的那只，它与石柱上那只的区别是一个会喷烟雾，一个不会。

郭项龙说得也不错，九阴蠼蛭确实会使诈，假装怕水诱引我们深入，却让同伴堵住退路，好一网打尽。

阿诚面如土色，喃喃道：“他娘的，上当了。”

我一咬牙掷出两只水袋，九阴蠼蛭尾巴在空中一卷，水珠四溅，若无其事抖抖鳞片，表情好像在淋浴下冲了澡一般惬意。

“他妈的混蛋！”我也忍不住骂道。

两只九阴蠼蛭同时昂起头似乎打了个招架，突然双双跃起恶狠狠扑过来。郭项龙当即将蓝真真护在身下，右手挥舞衣服，左手摇晃火把，逼退铜门边九阴蠼蛭。我看它冲过来，慌忙将火把一扔，它在空中灵巧地避过，尾巴挟着风声横扫，我急急往地上一伏，只觉得巨大的黑影从后背一掠而过，险些擦到头皮。阿诚迅速跑过来一手掷出火把，一手掷出水袋，试图引开九阴蠼蛭的注意力。它好像认定我似的，对阿诚的挑衅不理不睬，在空中折过身体再度扑上来。仓促之下我也学郭项龙将衣服绞成麻花状迎头阻拦，但他的臂力、腕力和应变比我何止高出数倍？甫一交手双臂猛震，一股大力将我高高抛起，在半空划了个抛物线重重坠落在地，幸好我双臂护住头部，只肘部和关节受了点伤。抬头一看，九阴蠼蛭第三次冲上来。

它的目的不是打败我，而是要致我于死地！

阿诚虽没命似的跑过来，也来不及救援，我只得勉强爬起来再一挡，胸部被尾巴末梢扫了一下，虽侥幸没被割破皮肤，又被甩出七八米远，“哇”吐出一大口血，捂着心口再也无力动弹。九阴蠼蛭在半空盘旋两圈后俯冲而下，这回阿诚终于赶到，与它战在一起。

那边郭项龙与另一只九阴蠼蛭激斗正酣，饶是他臂力过人，训练有素，在它强有力的冲击和横扫下也连连后退，还得分心照顾蓝真真，没出三个回合就被打倒在地，不过他及时射出机簧飞梭，虽没有造成致命打击，也让九阴蠼蛭有了顾忌，不敢过于靠近。

经过短暂交锋，阿诚撑不住了，被它头部顶了个满怀，在地上滚了十多下“咚”地撞在墙上，抽搐两下昏了过去。我喘息着扑到阿诚身前护住他，九阴蠛蠓身体倒转，如巨石般砸在我肋间，“啊——”我惨叫一声，在空中翻腾时连吐两口血，头重脚轻栽倒在地。

再抬起头时，迷离间看到郭项龙捂着脑袋踉跄几步倒下，而蓝真真也被抽得满地打滚，伏在郭项龙身边一动不动。

眼看两只九阴蠛蠓腾空而起，盘旋在石厅上空，而我们都奄奄一息伏在地上无反击之力，不由悲哀地想：全军覆没！这是一次彻头彻尾的失败！在强悍凶狠的九阴蠛蠓面前我们没有半点机会，即使郭项龙竭尽全力也无力回天。

如果郭项龙不毁掉裹尸布，就能拘来法老元神狠狠打击它们的嚣张气焰……

郭项龙……

法老元神……

纷乱的思绪中突生起隐隐光亮，等等，要冷静，我好像捉摸到一点头绪了……郭项龙用裹尸布杀死法老元神，使之魂飞魄散，然而——

然而金字塔里还有残余的法老元神存在！

密室游魂！

密室游魂用“寒冰固魂术”制住我和蓝真真，以法力激活“坤灵七窍棺”上的“拘魂印”，运起上乘巫术，想让元神强行进入蓝真真体内，与她的灵魂两者合一，达到它借助肉身复活的目的。不料被郭项龙用“铉若波罗弥芥碗”猝然出手，将游魂镇压在碗里，用咒语和符压封住。

密室游魂实质上是法老元神的一部分，是法老为了制约裹尸布灵力忍痛切割下来镇守密室的。

密室游魂就在“铉若波罗弥芥碗”中；“铉若波罗弥芥碗”就在我怀中。

这是我陪阿诚进密室时随手拿的，当时匆匆忙忙并没有想许多，现在看来与其说是侥幸，不如说是预感和直觉吧。难怪九阴蠛蠓一个劲地盯着我搏杀，原来它感觉到我身上带有某种极其有威胁的东西。

此时两只九阴蠛蠓似乎察觉到什么，在石厅上空会合后调整一下姿势，然后双双向我扑过来！

我来不及细想，掏出“铉若波罗弥芥碗”往地上一砸——

一股黑烟袅然升起，黑中带着诡异的紫红色。

九阴蠖蛏如遭电殛，顿时刹住去势慌忙往铜门方向冲，谁知黑烟似长了眼睛，箭一般射过去，瞬间将它们笼罩其间。九阴蠖蛏不甘心束手就擒，仿佛渔网里的鱼拼命挣扎翻腾，黑烟则像一张富有弹性的无形巨网，牢牢黏着，使它们不能摆脱半分。

阿诚苏醒过来，在我的搀扶下倚在墙边，那边郭项龙也坐了起来，静静地看着这场邪恶与凶残之间的决战。

渐渐地，九阴蠖蛏的动作幅度越来越小，力道越来越弱，黑烟的颜色更加浓烈，厚重得好似蘸饱了水的海绵，稍稍一碰就能挤出墨来，更诡异的是黑烟深处有微光闪动，一亮一熄，有如人呼吸一般。大概过了半盏茶工夫，九阴蠖蛏急剧收缩，转眼间十多米长的蛇身收缩到不足一米，最后“叭嗒”两声，像被抽了筋的蛇落到地上死了。

郭项龙不知何时燃起两支火把，腾身而起将火把扔到黑烟中间，立刻传来令人牙碜的“滋滋”声，霎时黑烟由浓转淡，化作一股青烟散得无影无踪。

“快看石头!”阿诚的伤似乎好了，皮球般蹦起来冲向石柱。

我赶紧拉住他说：“你疯了！铍石具有极强的辐射，某种程度上不亚于核放射，这样过去无异于送死。”

“那怎么办？总不能眼睁睁看着救命石头摆在那儿，却碰都不能碰，时间不等人啊。”阿诚顿足道。

我瞥了眼郭项龙，他正蹲在蓝真真身边检查，对我们的行动不闻不问，遂说：“阿诚，越到最后越要保持冷静，办法总会有的，否则晓倩怎么把它运出去?”

阿诚点点头：“对，对，晓倩很重要……她巫术再高也是人，人就抵挡不住辐射……然而她始终不曾提到运输问题……说明什么?”

他若有所思猜到什么，一时无法用语言表达。

“我们从头想起，‘璋叶社’通过百尸抬石运输，可见晓倩家族畏惧其辐射，入堡后先藏匿于宫殿池塘，即使如此晓倩还担心对古堡人不利，继而转移到金字塔内，”我说，“关键问题是，她通过什么办法转移的？不惜生命危险双手抱进来？还是借助特定的工具？”

“可以肯定一点，她做出这个决定之前已经到金字塔来过，所以……”阿诚拧着眉毛想了会儿，猛然说，“工具就在金字塔内！”

我也跳起来：“对，而且是一眼就能看到的，所以晓倩未专门提及，她认为理所当然。”

“赶紧想想，一路上我们见过哪些东西可以盛放这么大的石头，而且能阻止辐射外泄？”

“防辐射的不外乎两种材料，一是细密的不锈钢丝加玻璃，二是镀有导电吸波的金属离子布料，都是六十年代后才研制出来的高科技，金字塔里不可能有，因此……应该从法老生前使用的物品方面考虑，它们蕴有法老灵力，也许同样能达到防辐射的效果。”

阿诚飞快地瞟了郭项龙一眼，本来这类军工技术的问题由他解答最恰当不过，可眼下他不捣乱就不错了，哪里谈得上出谋划策？

“我见过密室里的观赏架，全是小容积的瓶瓶罐罐，根本放不下皲石……其他呢？你还去过哪些地方？”阿诚追问道。

我脑中飞快地将进入金字塔后所有场景过滤了一遍，最后目光停留在蓝真真身上：“如果可能的话……它应该是最后的希望。”

“什么？”阿诚额头上都急出汗来。

我一字一顿道：“坤—灵—七—窍—棺！”

阿诚愣了半晌：“大小嘛是差不多，密封性能方面也没有问题，而且它本是法老下葬的棺材……走，把它抬过来。”

我们俩迅速跑出去，经过郭项龙身边时他没有出言询问，我们也没有叫他，彼此保持着微妙的回避。来到密室游魂施术的石室，掂了掂冰棺，并不太重，若不是体积太大一个人就能抬起来。两人抬着冰棺回到石厅，蓝真真已经醒来，脸色苍白地坐在石柱前不远，目不转睛盯着皲石。郭项龙坐在墙角，专心致志包扎伤口，对冰棺视而不见。

阿诚打开棺盖，两人抬着冰棺缓缓靠近石柱，原计划是等冰棺挨到木箱时竖立起来，然后找根铜杆把木箱推进去，然而离石柱还有四五米时情况突变——冰棺居然脱开我们四只手自动竖起来，接着木箱仿佛受到强大的吸力，旋转着从石柱后面转出来，不偏不倚落到冰棺里，“咔嚓”，棺盖又自动合上。

我和阿诚狂喜地对视一眼，狠狠一击掌，叫道：“我们成功了！”

一双大手搁到我们肩上，郭项龙站在身后说：“不过，还不是庆祝的时候。”

他说得很慢，很坚定，与平时的语气完全不同，让人打心眼里产生一种莫名的战栗。

第四十九章　人类之秘

我心里明白，郭项龙不会坐视我们继续下去，摊牌的时候到了！

阿诚遇大事反而沉得住气，平静地说："现在当然不能庆祝，我们得设法把冰棺运出去制伏乔龙，阻止龙鳞灰化。"

郭项龙轻轻叹了口气，道："对不起，你们不可以这样做。"

"为什么?"我和阿诚同时问。

蓝真真爬起来走到我们身侧，说："我来解释，因为这么做会毁了古堡，毁了金字塔，古蜀文明遗址是人类宝贵的财富，我们不能为一己之利而使它荡然无存。"

阿诚用力眨眨眼睛："我没听懂你的意思，说清楚点。"

郭项龙道："如果你们看完吴琪记载的丝绢就明白了，他在上面说得非常详细……"

乔龙是地心熔岩经万年产生的灵物，聚天地之灵气，集熔岩烈焰之精华，与地心熔岩此消彼长，相辅相成。乔龙每隔千年出世一次，实质是地心熔岩内部热量积聚到最高峰的缓释，若没有它出世，便会形成火山爆发，吞没整个古堡。另一方面，乔龙已成为地心熔岩的核心，倘若它被鞑石所克而亡，回不了地心熔岩，地心内部失去平衡，便会引发可怕的天崩地陷，整个㟃山都将毁于一旦！

——小木屋杀手盯在后面追杀不休，原因就在于此。

吴琪经过十多年摸索研究，也弄清其中的奥妙，因此当晓倩提出用鞑石制伏乔龙，拯救古堡时，他断然拒绝。

他宁可牺牲吴氏家族所有人的生命，也不愿看到古堡被毁！

为此他不惜屈尊让小木屋儒生请来巫师对付晓倩，经过一番苦战，晓倩凭借变化多端的巫术取得上风，吴琪见势亮出取自金字塔的移魂灵镜，将她的魂魄摄入其中。

这天夜里乔龙出世了，它在古堡上空盘旋腾挪，威风凛凛。堡里的人都跑出门看热闹，欣赏这难得一见的壮观景象，殊不知大祸即将来临。

第九天夜里，吴琪独自跪在悬湖边泪流满面，对着桐州方向不知叩了多少次头，直叩得额头青肿，鲜血淋漓。接着怀着无可诉说的悲痛进入金字塔，把所有发生的一切都记载下来，最后泅出塔外，晃晃悠悠飘向鲻鱼王——他自认无颜到九泉之下面对列祖列宗，索性葬身鱼腹。

“就这样，吴琪用吴氏满门数百口性命换来古堡安然无恙，神秘而又独特的古蜀文明遗址得以保存。”郭项龙总结道。

阿诚冷笑道：“所以你也想效仿他，是么？”

蓝真真抢白道：“难道不应该吗？古蜀文明有明显史前文明的烙印——晓飞，我承认你的猜测是对的，假以时日，人类会从遗址上找到灵感，促进科学技术出现飞跃式进步……岂能因为我们几个微不足道的生命而破坏人类发展进程？”

我和阿诚瞠目结舌地看着她，过了会儿我说：“真真，这次古堡之行是你率先发起，我不过中途巧遇陪你们进来玩玩的，把‘破坏人类发展进程’的帽子扣到我头上，未免有些过分吧？”

她的脸微微发红：“对不起，我……不过赎罪也好，忏悔也罢，总之为了古堡长久保存下去，我愿意付出自己的生命。”

阿诚瞪着郭项龙道：“哼，我向来自诩擅长做思想工作，不曾想你技高一筹，把真真洗脑成这样，以前我真是小看你了。”

“不是他……”蓝真真还替他说话。

我打断她道：“郭项龙，事到如今不妨亮明身份，其实我怀疑你很久了。”

“身份？怀疑？”蓝真真吃惊地说。

阿诚轻蔑道：“一个为了钱甘心做保镖的特种兵，怎会突然崇高起来，以生命的代价捍卫古蜀文明——他甚至连古蜀文明的真正含义都没搞清楚。”

郭项龙不为所动：“我已说过对不起，其他无可奉告。”

“好一个无可奉告……”

阿诚话音未落，右手蓦地抽刀反刺，左膝盖撞向他裆部，与此同时我也猝然发难，十指箕张伸向他眼睛，右腿横扫阻住他的退路。

刚才我和阿诚利用说话的机会达成默契，约定一齐动手。

郭项龙好像早有防备，右拳一抡扫开所有进攻，右掌附影而上，如雨点般落在我们颈部、胸口、腹部等要害，我和阿诚栽倒在地，心有不甘地连连喘息。

郭项龙静静看着我们，脸上毫无表情："我会和你们一起死。"

旁边的蓝真真突然叫起来："我明白了，你是'猬鼠'！"

郭项龙一呆，慢慢转向她，双拳握得格格直响。蓝真真不管不顾地叫道："几年前古玩圈里就有关于'猬鼠'的传说，说一批身怀绝技的人采取各种方式渗透入古玩圈，参与黑市倒买倒卖和盗墓，掌握圈子里最核心的隐秘，目的在于保护国家文物古迹，阻止珍稀古玩流出境外。因为这些人身份极其隐蔽，又从事秘密工作，圈子里叫他们'猬鼠'！"

"小郭，可敬的保镖同志，请问是谁派你来的？你出生入死跟在我们后面，就想了解古蜀文明，保护古堡安全吗？"阿诚饶有兴趣地问。

我挑衅道："还有，谁授权你用四名公民的生命换一座毫无生机的古堡？宪法里面有没有条款规定公民必须舍身保护国家财产？"

郭项龙冰冷的目光在我们脸上扫来扫去，声音仿佛从牙缝里迸出来的："这件事，我没有选择。"

"既然这样，一路上你何苦拼死救我们？早点让我们见阎王得了。"阿诚怒笑道。

郭项龙眼中掠过一丝复杂的情绪："在你们拿到皱石之前，我的身份是保镖，我必须尽自己的义务。"

我转向蓝真真说："听听他的话，他已承认是'猬鼠'了。"

她怔忡良久，缓缓道："可我认为他是对的，正如吴琪，在关键时刻选择牺牲自我。"

"疯子，你们都是疯子！"

阿诚大叫道，陡地飞身扑向郭项龙，郭项龙单脚一蹬将他踢飞三四米远，我趁机连滚两下冲到石柱边，郭项龙悟出上当，旋风般回追过来。

“你输了!”

我朝他笑了一下，双手猛地按在石柱中部凸起的地方，石面顿时一陷，几乎是同时郭项龙指尖触到我咽喉。

他竟想将我一招毙命!

“轰——”

石柱顶部石壁蓦地裂开个大洞，水流在强大的压力下暴倾而入，不过眨眼工夫就注满整个石厅。我和阿诚起先被水流压在地面无法动弹，等水势趋缓后才挣扎起身，正好看到冰棺晃悠悠向上浮，忙不迭跃起紧紧抓住冰棺边沿。

湖水继续往塔里倒灌，冰棺却逆流向上，在飞瀑般的水流中劈波斩浪，跃升出洞口后继续上浮，转瞬便冲出金字塔尖。一路上只见大批箭鱼围着金字塔乱纷纷游来游去，均被突然的变故惊得不知所措。

我心里暗暗得意：如果不被郭项龙逼上梁山，我还想不起吴琪说过的一句话，“一进石塔就看到那块石头”，说明金字塔上端入口就在这间石厅，而石厅里除了石柱别无长物，机关只能在石柱上。因此伙同阿诚冒险一搏，居然一击得手。

“哗啦啦”，冰棺带着我们冲出湖面，阿诚长长舒了口气正待说话，突然看到郭项龙、蓝真真就在对面，两人也是抓着冰棺浮上来的。紧接着冰棺微倾，底下又钻出个人来——中年人!

阴魂不散的小木屋杀手!

我嘲弄道：“事到如今，阁下还有什么需要告诉我的?”

中年人恨恨道：“你惹祸了，塔尖开关在石柱背面，正面是法老灵柩升天通道，你贸然开启升天通道却没有法老灵柩填充，导致湖水倒灌，不出五分钟石塔就会被水压冲垮!”

“啊?! 我根本不知道什么正面背面!”我大惊失色。

“不知道你乱按什么?”中年人更恼火，双手拍着冰棺道，“你们把它带出来干嘛?”

阿诚飞快地说：“没有它大伙儿能逃出来吗?”

他本想一言掩过，谁知郭项龙接着说：“皲石就在里面。”

中年人脸色大变，围着冰棺拳打脚踢，却无法憾动它半分。蓝真真提醒说游到岸边再说，中年人哼了一声，冷不防抽出匕首向她刺去。郭项龙捉住他手腕，沉声说我和她都站在你这一边，都不愿古堡毁掉，但我们希望尊严地死去。中年人冷冷说我不相信人类很久了。两人一言不合随即扭打在一起。

我和阿诚交换一下眼色，此时倘若弃冰棺上岸，以我们的水性可以顺利逃脱，但乔龙鳞片灰化在即，若无鞁石制伏还是死路一条，不如坐山观虎斗，等他们分出胜负再出手。

正盘算间，蓝真真居然游过来，凝视我们的眼睛说："晓飞，阿诚，你们是我最好的朋友，感谢你们多年来对我的关心和爱护……还有三四个小时乔龙鳞片就开始灰化了，快离开这儿，以最快的速度出堡下山，或许还有一线生机，但不要阻止我和郭项龙的计划，好吗？"

面对她真挚诚恳的眼眸，我又动摇了，望望阿诚说："我……"

阿诚斩钉截铁说："不好！我早就说过，我们四个人一起进来，还得四个人一起出去，少一个都不行！"

说话间那边已分出胜负，郭项龙右胸中了一刀，整个人泡在鲜红的水花里，看不清状况。中年人也不好受，右眼被打得肿起老高，处于半睁半闭之中。我和阿诚唿哨一声，推起冰棺奋力往岸边游。郭项龙与中年人见了不顾伤势扑上前阻挡，顿时水花四溅，四个人围绕冰棺展开一场混战。

突然间头顶上红光一闪，一股灼烈的热浪滚滚而来，抬头一看，乔龙正生龙活虎地盘桓在悬湖上空，它好像发现了我们，不停地调整姿势，准备凌空下击。

中年人脸色灰白，焦急地挥舞手臂大喊："别过来！别过来！"

蓝真真和郭项龙也瞪大眼睛紧张万分，担心乔龙不知轻重冲上来，正好被鞁石所制。

阿诚恨不得跃出湖面，也像中年人一样挥舞双臂，喊的内容却是："快过来！快过来！"

我悄悄转到棺尾推动棺盖，不料盖子似铆紧了似的纹丝不动，任凭我使出吃奶的力气也不行。中年人见状冲过来就打，阿诚以身体死死挡住，郭项龙想绕到我身后偷袭，湖底突地剧烈抖动数下，湖面上掀起滔天巨浪，浪花间的漩涡霎时将郭项龙卷到十多米之外，我们均停止动作紧紧抱住冰棺，闭着眼听任咆哮的巨浪冲击。

乔龙瞅准时机猛扑而下，大家齐齐钻到冰棺底下，未料它有股悍劲，竟用尾巴卷起冰棺飞到十多米的高空，我双手死死抓住冰棺底端边沿，只听见耳边呼呼的风声，还有蓝真真尖利的叫声，忍不住睁开眼一看，顿时天旋地转，强烈的晕眩感差点让我脱手而飞。陡然间乔龙在空中如过山车般连续两个起伏，中年人抓的地方最浅，吃不住力，惨叫一声被甩了下去。乔龙再急速爬升至二十多米的高空，骤然折身下冲，蓝真真惊叫道我撑不住了，我撑不住了！说着双手慢慢脱离冰棺，我和阿诚强忍不适同时伸手救她，一个抓住她腰际衣角，一个揪住她胸口衣领，然而巨大的惯性还是将她甩了出去。

只剩下我和阿诚了。

我们不约而同向上攀爬，想抓到冰棺上部深凹的槽边，乔龙卷着冰棺在空中做出各式各样的动作，竭力要将我们甩掉。恍惚间我抓住一道深凹边，另一只手也赶紧移过去，刚平衡好身体，乔龙迅猛地在空中翻滚，奇异的旋力使我和阿诚的身体全部悬挂在半空，蓦地手臂一震，棺盖在两个人的大力拉扯下被抽开半截！

我们也因为力道用空双双坠落下去，“咚！”重重砸在湖面上。

乔龙还卷着冰棺，棺里射出千万道绚丽多彩的霞光，乔龙似乎被吸引住了，将头伸进去看，越看越着迷，火红色的龙身却在一点点变暗，原本张开的鳞片也慢慢合拢，粘合在一处……

“扑通！”乔龙连同冰棺掉入湖中。

此时悬湖如锅里煮开的水，到处都在沸腾，到处都是漩涡，还不时泛起巨大的水泡。我和阿诚相互搀扶着奋力游向岸边，水淋淋上岸后才发现湖面已下沉了三四米，而且还在急剧下降，山坡上的岩石也四分五裂，脚底下摇摇欲坠，像地震似的。

“乔龙既死，地心熔岩失去平衡，接下来就是天崩地陷，整个㟃山将毁于一旦！”阿诚叫道，“快走！”

“还有真真和小郭……”

阿诚跺了下脚，两人围着悬湖转了一圈，什么都没有发现，就这短短工夫湖面又降了两三米，我们不敢耽搁，匆匆下山沿原路返回。

一路上地表开裂，岩层崩坍，山体滑坡，鱼伯后人居住的石屋也塌了一地，烈焰熔洞内回荡着惊心动魄的响声，预示着一场大灾难即将来临。继续向前跑，路也不成路，处处裂得不成样子，只得凭记忆前进。吴琪居住的窑洞已经倒塌，人骨教堂只剩半副房架，宫殿、池塘、晓倩住的山庄早已面目全非。

越往外走地面开裂的现象越严重，脚底下不停地震颤，地底下仿佛有只暴戾恣睢的怪兽在咆哮，它呼之欲出！

两人以百米冲刺的速度冲过古堡大门，一口气来到小木屋，屋里空无一物，中年人也不知去向，山腰间的石像东倒西歪，已不构成迷惑、误导作用。穿过石像阵继续往山下跑，身后轰隆隆声不绝于耳，不时有巨大的石块从身边滚过，整个匇山都在摇晃，都在分裂！淌过一条小溪，溪水滚烫无比，刚爬过去只听到“咔嚓”，小溪裂出一道宽十米左右的地缝！

我们不敢回头，更不敢停留观望，不知疲倦地一直维持高速奔跑状态，不知跑了多久，视野里出现一列行驶中的火车，心里一松，再也支撑不住，踉跄几步昏倒在地。

不知睡了多久，醒来再看时高耸巍峨的匇山已荡然无存，眼前只有一堆堆岩石。

古堡没了，金字塔没了，谜团重重充满玄机的古蜀文明遗址没了。

我和阿诚久久看着远方，怅然若失。我觉得手心握着东西，摊开一看，是颗晶莹小巧的玉坠，指甲大小，白中泛绿，有隐隐的水滴孕育其中……

我依稀记得揪住蓝真真衣领时好像捏到件东西，难道……

阿诚赶紧掏出晓倩的玉坠，两枚玉坠几乎一模一样，在阳光下发出神秘的光泽。

蓝真真也是“璋叶社”家族成员吗？难怪她执意要到古堡探险，难怪她曾说老了以后告诉我一桩秘密，难怪晓倩说与她是同类……

然而“璋叶社”家族个个身怀绝技，这样看来蓝真真大概不会死在悬湖里吧？还有中年人和郭项龙，恐怕都不是随随便便丧命的人。正如神秘莫测的古蜀文明，用心寻找时虚无缥缈，忽视它时却突然出现在某个角落，默默绽放着奇异的光彩。你可以说它有，也可以说它没有，人类探索文明起源实质是不断怀疑和自我否定的过程，永远没有方向，永远没有尽头。

（完）